내 곁에서
꽃으로 피는
우리말

곁말

벼리

머리말

한자말 '애완'은 뜻이 썩 좋지 않다면서 다른 한자말 '반려'로 넘어오는 물결입니다. 이 틈새에 영어 '펫'이 끼어들기도 합니다. '애완·반려·펫' 사이에는 우리말이 없습니다.

전남 고흥이라는 시골에도 손톱물을 들이는 사람이 많아 '손톱집'이 늘어나는데 모두 '네일샵'이라는 이름입니다. 서울(도시)에서는 더러 '손톱꽃'처럼 곱게 우리말을 살리는 이웃이 있으나 시골에서는 영어를 앞세워야 멋스러이 여깁니다.

충북 음성 곁에서 네 해쯤 지낸 적이 있는데 음성읍 기스락에 '무지개'란 이름인 잿빛집(아파트)이 있습니다. 작은 시골 잿빛집이기에 조촐하면서 빛나는 이름을 붙였을 수 있는데, 서울(도시) 한복판 잿빛집에도 '무지개'나 '구름'이나 '바다'처럼 수수하면서 빛나는 우리말로 이름을 붙일 수 있을까 궁금합니다.

그냥 태어나서 쓰는 말은 없습니다. 우리가 우리말을 쓰든 한자말이나 영어를 쓰든, 모든 말은 저마다 제 삶자리에서 스스로 지은 말입니다. 오래도록 쓰는 우리말이란, 오랜 옛날부터 수수한 사람들이 스스로 삶을 지으면서 나란히 지은 말입니다. 한자말이라면 오랜 옛날 중국사람이 지은 말일 텐데, 요새는 일본사람이 지은 일본 한자말이 무척 많고, 영어라면 미국이며 영국에서 살아온 사람들이 예부터 그곳

터전에 맞게 지은 말입니다.

모든 말은 삶에서 비롯합니다. 삶을 그려내는 말입니다. 삶이 없으면 말이 없습니다. 우리나라에서는 '가시버시'라고만 하면 오래오래 함께 살림을 지으면서 사랑을 나눌 사이를 가리켰으니 굳이 다른 이름을 붙이지 않았어요. '배우자·반려자·동반자'라는 이름이 없이 오직 '가시버시' 하나로 이 모든 뜻을 품었습니다. 따로 '집짐승'이라고 쓰기는 했으되, 집에서 개나 고양이를 돌볼 적에 굳이 다른 이름을 안 붙였어요. 사람하고 똑같이 이름을 지어서 부를 뿐이었습니다. 그러니 우리말은 꽤 투박하달 수 있는데, 살림살이나 숲이나 마음이나 생각을 그리는 낱말은 매우 깊습니다. '생각·헤아리다·셈·살피다·짚다·따지다·어림·여기다·보다·톺다·돌아보다·새기다·되새기다·아로새기다·가름·가누다·가리다·판가름……'처럼 생각말이 깊고 넓어요. '넋·얼·마음·빛·숨'도 다른데, '숨결·숨빛·목숨'처럼 앞뒤에 다른 말을 붙여도 결이 다르지요. '알다'라는 낱말을 이루는 밑뿌리인 '알'을 놓고도 '알갱이·알맹이·알짜·알차다'에 '씨알·씨앗·난알·속알'처럼 쓰면 결이며 쓰임새가 또 다릅니다.

저는 책을 곁에 두면서 일합니다. 다만 책을 곁에 두되, 풀꽃나무를 나란히 곁에 두면서, 우리가 쓰는 모든 말에 스미면서 어리는 숲빛을 돌아보면서 보듬으려고 합니다. 우리말꽃(국어사전)이라는 꾸러미를 쓰고 엮는 일을 하기에, 낱말은 낱말대로 살피면서, 낱말이 태어나고 흐른 살림결하고 숲빛을 고루 짚으려고 합니다.

책을 늘 곁에 두기에 '곁책'을 둔다고 여깁니다. 따로 《곁책》이라는 책을 쓰기까지 했습니다. 저한테는 '반려책'이 아닌 '곁책'입니다. 우리 보금자리에서 자라나는 풀꽃나무는 '반려식물'이 아닌 '곁꽃·곁풀·곁나무'라고 여깁니다. 저하고 살아가는 사람은 '반려자'가 아닌 '곁님'입니다. 우리 보금자리에는 따로 '반려동물'을 안 둡니다만, 날마다 찾아드는 멧새를 '곁동무'로 삼고, 우리 집에서 함께 살아가는 개구리나 풀벌레나 뱀이나 구렁이나 두더지나 고라니를 '곁짐승'이나 '곁벗'이라고 여깁니다.

그래서 '곁말'을 노래하는 《곁말》을 써서 이웃님하고 나누려고 생각합니다. 우리가 저마다 다르게 살림하는 보금자리에서 저마다 즐겁게 마음자리에 놓으면서 두고두고 사랑할 말 한 마디를 스스로 푸른빛으로 보듬어 보자는 뜻을 적으려고 합니다.

저는 '곁말 = 삶말 = 살림말 = 사랑말 = 숲말 = 우리말'로 생각합니다. 티없이 맑거나 밝은 우리말도 안 나쁩니다만, 늘 곁에 두고서 우리 살림을 스스로 가꾸는 사랑으로 삶을 이루면서 사랑을 펴고 누리는 숲으로 나아가는 우리말로 피어난다면, 참으로 아름답고 즐거우리라 생각해요.

두 아이를 낳아 돌보면서 똥오줌기저귀를 손빨래하고 마당에 척척 널던 손으로 우리말을 건사합니다. 시골에서 소꿉놀이를 하듯 살림을 꾸리는 이야기를 우리말빛으로 담습니다. 날마다 찾아드는 멧새가 들려주는 노래를 마음으로 읽으면서 우리말결을 어루만집니다.

얼핏 보자면, 제가 입으로 하는 말이든 손으로 적는 글이든, 한자말이나 영어는 아예 없다시피 합니다. 한자말이나 영어를 싫어하기 때문에 안 쓰지는 않습니다. 어릴 적부터 고삭부리에 허짤배기인 몸으로 툭하면 말을 더듬던 몸이라, 어린 아이가 소리를 내기에 어렵던 한자말이나 영어를 차츰 꺼리고, 쉽게 소리낼 만한 우리말을 하나하나 찾아나서다가 어느새 우리말꽃(국어사전)을 짓는 길에 설 뿐입니다.

어릴 적에는 우리말 가운데 '우리'하고 '말'조차 소리가 씹히고 더듬었어요. 얼마나 힘겹고 눈물겹던지요. 그런데 한자말 '언어'는 '말'보다 더 소리내기 힘겹더군요. 어너너너 하고 더듬다가 낯을 붉히고 입을 닫으면 동무들이 깔깔거리고 놀렸어요. '우리나라'란 소리를 못 내고 '우이아라'처럼 소리를 내면 동무들이 책상을 치며 놀렸고요. 말소리 때문에 하도 놀림을 받았기에, 인천에서 나고자란 어린 날에는 기찻길을 한나절씩 홀로 디디고 오가면서 중얼중얼 소리내 보았고, 새뜸나름이(신문배달부)로 일할 적에는 새벽에 일부러 노래하고 자전거를 몰면서 소리내기를 했고, 사내인 몸이라 싸움터(군대)에 끌려갔을 적에는 강원도 양구 멧골짝을 오르내리며 끝없이 혼잣말로 소리를 가다듬으려 했습니다.

조금이라도 빨리 말하려 하면 혀가 꼬이기에 되도록 천천히, 또는 느리게 말하려 합니다. 글을 쓸 적에는 입으로 소리를 내어 보면서 '나 같은 말더듬이한테 소리가 엉기지 않을 만한가?' 하고 생각하며 낱말을 고릅니다. 소리를 내기 쉬운 말이 우리가 쓰기에 어울리는 말이요, 소리를 내기 쉬워서 우리가 쓰기에 어울리는 말이 어른하고 아이가 어깨동무하기에 알맞을 말이라고 느낍니다.

저는 '교과서'라는 한자말을 '배움책'으로 손질해서 쓰는데, 말더듬이로서는 '교과서'도 소리를 제대로 내기에 까다롭습니다. '효과' 같은 한자말도 얼마나 소리내기가 어려운지 몰라요. 이 한자말을 쓰는 곳을 샅샅이 따져서 '값·좋다·돕다·든다·보람·미치다·끼치다' 같은 우리말로 손질해서 씁니다. 이러다 보니, 언뜻 보는 사람들은 제가 '순우리말만 쓰려고 매달린다'고 여기지만, 저로서는 말더듬이가 놀림을 제발 더는 받고 싶지 않은 끔찍한 어린 나날을 보내면서 '혀짤배기이든 혀긴배기이든 한결 쉽고 부드러이 생각을 나누도록 이바지할 낱말을 찾아나서다가 우리말꽃(국어사전)을 쓰는 어른'으로 접어들었을 뿐입니다.

우리 곁에 마음꽃이 환하게 피어나기를 바랍니다. 우리 곁에 생각꽃을 활짝 피우기를 바라요. 잿빛꽃(시멘트덩이인 도시문화)보다는 숲꽃을 피우는 숨결로 서로 새롭게 만난다면 아름답겠다고 생각합니다. 곁말 한 마디로 우리 넋을 북돋우고, 곁말 두 마디로 우리 얼을 빛내면서 어깨동무하는 앞날을 그립니다. 고맙습니다.

전남 고흥
'말꽃 짓는 책숲'에서
숲노래.

'결하나. 꾸러미'는

낱말 하나를 새로 짓거나 뜻풀이를 할 적에 어떻게 하는가를 단출하게 들려줍니다. 어린 날부터 시골돌이로 살아가는 오늘에 이르기까지 맞아들인 삶을 헤아리면서 말빛을 추스르는 줄거리를 적으면서, 토막글마다 끝에 낱말풀이를 붙입니다.

'결둘. 넉줄꽃'은

글쓴이가 이웃님한테 책에 적어서 건넨 넉 줄로 적은 글(시)입니다. 글쓴이는 이제까지 모든 이웃님한테 넉줄꽃을 다 다르게 적어서 건네었습니다. 2004년부터 2022년까지 손글씨로 적어서 건넨 넉줄꽃 3000~4000 꼭지 가운데 몇 가지를 추리고 갈래를 잡아서 묶었습니다.

'결셋. 이야기'는

세 가지 글감을 놓고서 갈무리한 글입니다. '아이·어른'하고 '책'하고 '말·글' 셋입니다. 낱말풀이를 새로 쓰거나 느낌글(서평)을 쓰면서 헤아린 대목을 글꾸러미(수첩)에 밑글로 먼저 쓰곤 하는데, 이 밑글을 그대로 옮겨 보았습니다. 이야기꽃(강의)을 펴는 자리에서 여러 고장 이웃님을 만나서 한창 이야기를 펴다가 문득문득 떠오르거나 깨달은 대목을 곧장 옮겨적기도 하는데, 바로 이처럼 번뜩이는 생각줄기를 글꾸러미(수첩)에 잽싸게 옮겨적습니다.

나는. 먹거나 안 먹기 아닌, 나를 봐주기에 지킨다
생각하며 말하기에 새롭고, 새롭게 말하니
몸에 넣으니 무겁고, 몸에 안 넣으니
마음에 담으니 가볍고, 마음에 안

곁하나.

꾸러미

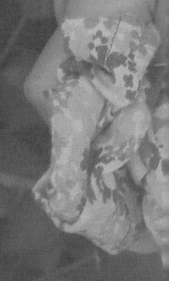

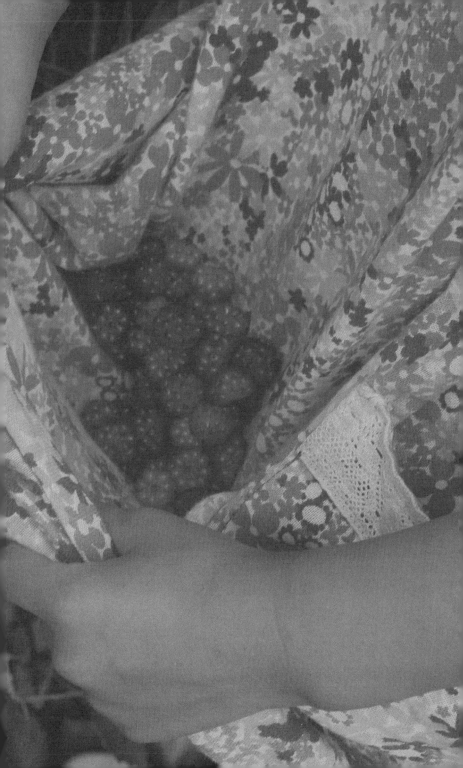

가는곳

낱말책에 '가는곳'이나 '가는길' 같은 올림말은 아직 없습니다만, 저는 이런 말을 거리끼리 않으면서 씁니다. 띄지 않고 붙입니다. 이제는 '타는곳' 같은 낱말이 자리잡아요. '나가는곳' 같은 낱말도 자리잡고요. 가장 수수하다 할 '가는곳·가는길'을 새말로 삼아 우리 넋과 삶과 길을 밝히면 한결 즐거우리라 생각합니다. 어느 낱말책을 뒤적이면 "행선지(行先地) : 떠나가는 목적지"처럼 풀이하고, "목적지(目的地) : 목적으로 삼는 곳 늑 신지"에다가 "목적(目的) : 실현하려고 하는 일이나 나아가는 방향"으로 풀이해요. 겹말·돌림풀이입니다. 우리말 '가다'랑 '나아가다·떠나다'를 알맞게 쓰는 결을 못 살피고 안 돌아보는 낱말책이네 싶습니다. 마음에 뜻한 바가 있기에 꿈을 그려요. 언제 어떻게 이룰는지 몰라도 한 발짝 내딛습니다. 둘레에서 하는 말이 아닌, 스스로 마음을 담아서 펼 말을 생각하면서 한 걸음 더 나아갑니다. 가는곳마다 꽃내음이 피어나기를 바랍니다. 가는길마다 풀꽃나무가 우거지기를 바라요. 몸도 눈도 손도 글도 즐겁게 어깨동무하면서 살림을 가꾸는, 아름드리 가는길을 차근차근 헤아립니다. 하나씩 해보려고요. 찬찬히 나아가려고요. 노래하는 몸짓으로 일어서려고요.

가는곳 (가다 + 는 + 곳) : 바라보거나 그리거나 생각하면서 마음에 담아, 몸으로 움직여서 이르거나 이루거나 있으려는 곳.

가락숲

아름다이 퍼지는 노래를 듣노라면, 이 노래는 으레 우리를 둘러싼 들이며 숲이며 바다이며 멧골이며 풀꽃나무를 가만가만 담는다고 느껴요. 사람은 가락틀(악기)을 손에 얹고서 소리를 새삼스레 튕겨서 노래를 이루는데, 들숲바다하고 풀꽃나무는 스스로 온갖 소리를 일으켜서 노래를 빚어요. 우리 몸을 포근하게 적시면서 부드러이 달래는 노래는 하나같이 숲빛입니다. 아무리 서울이 좋다고 하더라도 서울에서만 살아남을 사람은 아무도 없어요. 가까운 쉼터에 바람을 쐬러 가면서 풀내음이며 나무빛을 느끼지요. 집이나 일터에 꽃그릇을 놓지요. 사람이 먹는 밥은 시골에서 짓고, 시골은 숲을 품는 마을입니다. 시골사람도 숲에 안겨서 살아가고, 서울사람도 숲이 품어서 살아가는 얼거리예요. 영어 '오케스트라'를 일본사람은 '관현악'이나 '교향악' 같은 한자말로 옮겨냈어요. 이런 이름도 쓸 만하겠는데, 모든 노래란 숲을 옮긴 부드러우면서 상냥한 가락인 줄 헤아려 본다면 '가락숲' 같은 이름을 지을 만하지 싶어요. 곁에 두며 누리는 모든 노래, 이른바 '음악·뮤직·송'이라면 '노래꽃'으로 여기거나 '가락꽃'으로 삼을 만하구나 싶어요. 글은 글꽃, 그림은 그림꽃, 가락은 가락꽃입니다. 삶꽃에 사랑꽃에 살림꽃이고요.

가락숲 (가락 + 숲) : 숲처럼, 숲을 품으며, 숲을 닮아 푸르고 너른 결로 흐르거나 어우러지거나 펴는 여러 가락. (← 오케스트라, 관현악, 교향악)
가락꽃 (가락 + 꽃) : 꽃처럼, 꽃을 품으며, 꽃을 닮아 밝고 맑은 결로 흐르거나 어우러지거나 펴는 여러 가락. (← 음악, 뮤직, 송)

가랑잎

어릴 적에는 가랑잎을 보며 '가랑잎'이 아닌 '낙엽'이라는 낱말을 으레 썼습니다. 어린이는 둘레 어른이 쓰는 말을 듣고서 배우거든요. 둘레 어른이 '낙엽'이라 말하면 '낙엽'이로구나 하고 여기면서 혀에 얹습니다. 한참 나이가 들어 낱말책을 엮을 즈음 비로소 가랑잎하고 얽힌 가랑비·가랑눈 같은 낱말을 보고, 가랑꽃 같은 낱말을 문득 짓습니다. 가을에 마르기도 하지만, 봄여름에 마르기도 하는 나뭇잎이에요. 이 나뭇잎은 가지에서 톡 떨어집니다. 나무로 보자면 슬쩍 떨군다고 할 만합니다. "말라서 떨어진 잎 = 가랑잎"이요, 이를 한자말로는 '낙엽(落葉)'으로 옮기니, "낙엽이 떨어진다"고 하면 뜬금없는 말씨인 셈이에요. "잎이 진다·잎이 떨어진다"라 해야 할 텐데, 숱한 어른은 "낙엽이 지다·낙엽이 떨어지다" 같은 '틀린말'을 붙잡습니다. 알맞게 그리는 낱말을 혀에 고이 얹어서 즐겁게 쓰면 아름다울 테니, 굳이 틀린말을 붙잡을 일이 없어요. 그러나 저도 어릴 적에는 멋모르며 따라하던 말씨가 수두룩합니다. 가을에 지는 잎을 보며, 가랑잎을 밟으며 퍼지는 바스락소리를 들으며, 곁에 놓을 말씨를 새삼스레 돌아봅니다. 가랑잎은 나무를 한결 북돋우려고 땅으로 가서 흙이 되어 주니 아름답습니다.

가랑잎 (= 갈잎·가을잎) : 말라서 떨어진 잎. 푸르게 우거지던 숨을 다하고서 흙으로 가려고 떨어지는 잎.

가만히

가을볕이란 가만히 지나가면서 쓰다듬어 주는 손길 같습니다. 가을바람이란 가만가만 흐르면서 어루만지는 숨빛 같습니다. 찬찬히 하루를 짓습니다. 천천히 오늘을 누립니다. 아이하고뿐 아니라 어른하고 말을 섞을 적에도 가만히 귀를 기울이고 눈을 마주합니다. 사람뿐 아니라 풀꽃이며 나무하고 말을 나눌 적에도 가만가만 마음을 틔워 생각을 빛냅니다. 찰칵 소리를 내며 어떤 모습을 담는다고 할 적에는, 찍는 쪽하고 찍히는 쪽이 가만히 한마음으로 나아가야지 싶습니다. 글을 쓸 적에도 이와 같지요. 글로 옮기는 사람도, 이 글을 읽는 사람도, 가만가만 한마음으로 노래하기에 새롭게 만날 만합니다. 저는 빨리달리기(단거리경주)를 아주 못합니다. 오래달리기(장거리경주)라면 눈이 초롱초롱해요. 빨리 달리거나 빨리 가거나 빨리 하자면 허둥지둥 힘겨워요. 느긋이 달리거나 느릿느릿 가거나 느즈막이 하자면 빙그레 웃음이 나면서 즐거워서 춤짓으로 거듭나요. 가만히 가고 싶습니다. 가만가만 가다듬으려 합니다. 가던 길을 가만 멈추고서 가을잎한테 봄꽃한테 여름싹한테 겨울눈한테 가늘게 콧노래를 부르듯 이야기잔치를 펴고 싶어요. 가랑비를 가만히 맞으면서 눈을 감습니다. 가을날이 저물면서 겨울로 들어서는 길목이 가깝습니다.

가만히(가만가만·가만하다) : 1. 움직이지 않거나 아무 말 없이. 2. 움직임이 안 드러나게 조용히. 3. 마음을 가다듬어 곰곰이. 4. 말없이 찬찬히. 5. 아무 생각이 없거나 손을 쓰지 않고 그냥 그대로 6. 사람들한테 드러나지 않으면서 조용히.

걷는이

저는 부릉이(자동차)를 거느리지 않아요. 부릉종이(운전면허)부터 안 땄습니다. 으레 걷고, 곧잘 자전거를 타고, 버스나 전철이 있으면 길삯을 들여서 즐겁게 탑니다. 걸어서 다니는 사람은 '걷는이'입니다. 걸으니 '걷는사람'입니다. 걸으며 삶을 누리고 마을을 돌아보는 사람은 '보행자'이지 않아요. 걷다가 건너니 '건널목'일 뿐, '횡단보도'이지 않습니다. 아이랑 걷든 혼자 걷든 서두를 마음이 없습니다. 시골에서든 서울에서든 거닐길 귀퉁이나 틈새에서 돋는 풀꽃을 바라봅니다. 어디에서나 매캐한 부릉바람(배기가스) 탓에 고단할 테지만 푸르게 잎을 내놓는 나무를 살며시 쓰다듬습니다. 걷기 때문에 풀꽃나무하고 동무합니다. 걸으니까 구름빛을 읽습니다. 걸으면서 별빛을 어림하고, 걷는 사이에 아이들한테 노래를 들려주거나 함께 뛰거나 달리며 놀기도 합니다. 걷는 아이들은 재잘조잘 마음껏 떠듭니다. 이따금 꽥꽥 소리를 지르기도 해요. 사람 많은 데에서는 뛰지도 달리지도 외치지도 못하던 아이들은 걷고 뛰고 달리면서 실컷 앙금을 텁니다. 즐겁게 걸으며 둘레를 맞이하는 아이는 가끔 부릉이를 얻어탈 적에 반길 줄 알아요. 그러나 스스로 걸을 적에 가장 신나고 새로우며 멋진 나날인 줄 새록새록 느끼며 자랍니다.

걷는이 (걷다 + 는 + 이) : 걸어서 오가는 사람이기에 '걷는이'입니다. 달리면서 오가는 사람이라면 '달림이'일 테지요. 헤엄을 즐긴다면 '헤엄이'입니다.

곁에 있는 사람은 곁사람입니다. 곁에 있으며 서로 아끼는 사이는 곁
님이요 곁씨입니다. 곁에 있는 아이는 곁아이요, 곁에 있는 어른은 곁
어른이에요. "곁에 있을" 적하고 "옆에 있을" 적은 비슷하지만 다릅니
다. "곁에 둘" 적하고 "옆에 둘" 적도 비슷하지만 달라요. '곁·옆'은 우리
가 있는 자리하고 맞닿는다고 할 만하기에, 가깝다고 할 적에 쓰는 낱
말인데, '곁'은 몸뿐 아니라 마음으로도 만나도록 흐르는 사이를 나타
낸다고 할 만해요. 그렇다면 우리 곁에 어떤 말이나 글을 놓으면서 즐
겁거나 아름답거나 새롭거나 사랑스럽거나 빛날까요? 우리는 저마다
어떤 곁말이나 곁글로 마음을 다스리거나 생각을 추스르면서 참하고
착하며 고운 숨빛으로 하루를 짓고 살림을 누릴까요? 곁말을 그립니
다. 늘 곁에 두면서 마음을 가꾸도록 징검다리가 될 말을 헤아립니다.
곁말을 생각합니다. 언제나 곁에서 맴돌며 사랑을 빛내도록 이음돌이
될 글을 생각합니다. 곁에서 함께 살아가는 곁개요 곁고양입니다. 곁
짐승이에요. 곁에서 함께 숨쉬는 곁꽃이요 곁풀이며 곁나무입니다. 모
든 보금자리에 곁숲이 있기를 바라요. 모든 마을에 곁빛이 드리우기를
바라요. 곁말을 한 땀씩 여미어 오늘을 돌아보는 곁책을 지어 봅니다.

곁말 (곁 + 말) : 곁에 두거나 놓으면서 늘 생각하는 말. 삶·살림·사랑을 가꾸거나 북돋우도록 마
음을 북돋우는 말. (← 좌우명, 신조信條, 모토, 경구警句, 잠언)

고개앓이

어린이는 푸름이를 지나면서 앓고(사춘기), 어른은 마흔이나 쉰이라는 나이에 앓는다(갱년기)고들 말합니다. 곰곰이 보면 어린이·푸름이는 봄앓이(봄을 앓는다)를 할 텐데, 이보다는 철드는 무렵 새몸으로 피어나면서 '봄나이'를 맞는다고 할 만해요. 어른도 새삼스레 고개나 고비를 맞닥뜨리면서 '늙고개'를 지난다고 할 텐데, 이보다는 '어른앓이'로 여길 만합니다. 봄나이를 지나는 푸름이는 더욱 싱그러운 눈빛이라면, 고개앓이라 할 어른으로서는 삶·살림·사랑을 한결 깊고 넓게 헤아리는 '고갯길'이지 싶습니다. 저는 어릴 적부터 툭하면 앓아누웠기에 "신나게 앓고 푹 쉬면서 튼튼히 일어나렴" 같은 말을 늘 들었어요. 아이만 "앓고 나서 튼튼히 일어선다"고 느끼지 않아요. 어른도 고비앓이를 거치면서 튼튼하면서 든든히 빛나는 어진 모습으로 거듭난다고 느껴요. 아이하고 어른은 저마다 다르게 '철앓이'를 하면서 한결 눈부십니다. 어른이랑 아이는 서로 다르게 '나이앓이'를 가로지르면서 참으로 환해요. 삶이라는 고갯마루는 벅찬 날도 있을 테지만, 땀을 빼며 고개를 넘으면서 높바람을 쐬고 더욱 멀리 내다보는 눈썰미를 키웁니다. 기꺼이 고비앓이를 해봐요. 슬기에 눈뜨고 참한 사람으로 나아가요.

고개앓이·고비앓이 (고개·고비 + 앓다 + 이) : 몸이 확 바뀌는 어느 때. 흔히 어른이 나이가 제법 들어 아이를 낳기 어려운 몸으로 바뀌는 때를 가리킨다. (= 나이앓이·철앓이·어른앓이·늙고개·늙고비·고개·고비 ← 갱년기)
고개 : 1. 메·언덕이나 높은 데를 넘어서 다니는 길. 2. 잇거나 하거나 이루려는 일에서, 넘거나 넘어서야 할 곳이나 때. 3. 나이를 셀 적에 열 살마다 끊어서 세는 말. 4. 몸이 확 바뀌는 어느 때. 흔히 어른이 나이가 제법 들어 아이를 낳기 어려운 몸으로 바뀌는 때를 가리킨다.

그림잎

우리 아버지는 어린배움터 길잡이(국민학교 교사)로 일하며 글월(편지)을 자주 주고받았어요. 집전화조차 흔하지 않던 지난날에는, 손바닥만큼 작은 종이에 짤막히 알릴 이야기를 적어서 곧잘 띄웠어요. 우체국에서 "작은 종이"를 사서 부치기도 하지만, 두꺼운종이를 알맞게 자르고 그림을 척척 담아 날개꽃(우표)을 붙이기도 했습니다. "작은 종이"는 '엽서'라고 합니다. 어릴 적에는 어른들이 쓰는 말을 곧이곧대로 외워서 썼는데, 저 스스로 어른이란 자리로 나아가는 동안 자꾸 생각해 보았어요. 가을이면 가랑잎을 주워 알맞게 말리고서 한두 마디나 한 줄쯤 적어서 동무한테 건네었어요. 이러다가 새삼스레 느껴요. "작은 종이"를 "잎에 적는 글"을 가리키듯 '잎(葉) + 글(書)'이란 얼개이니, 우리말로는 '잎글'이라 할 만하더군요. '잎쪽'이나 '잎종이'라 할 수 있을 테고요. 잎글에 그림을 담으면 '그림잎글'입니다. 가랑잎이건 나뭇잎이건, 글을 슬며시 적어서 건네면 그야말로 '잎글월'인데, '잎글'에 날개꽃을 붙여 띄우듯, '그림잎글'이란 낱말에 날개를 달고 싶어요. 끝말 '-글'을 떼어 '그림잎'이라고 읊어 봅니다. 온누리 어느 곳이나 나무가 우거져 푸르기를 바라며 이야기 한 자락 띄우려 합니다.

그림잎 (그림 + 잎) : 한쪽에는 그림·빛꽃(사진)을 담고, 다른 한쪽에는 이야기를 적도록 꾸민 조그마한 종이로, 날개꽃(우표)을 붙여서 가볍게 띄운다. 나무가 맺는 잎이 바람·물결을 타고서 가볍게 멀리 나아가듯, 조그마한 종이에 그림·글·이야기를 엮어서 가볍게 띄우는 종이. (= 그림잎글 ← 그림엽서(-葉書))

글발림

"남한테 읽힐 뜻"이 아닌 "스스로 되읽을 뜻"으로 씁니다. 스스로 되읽으면서 아름답거나 사랑스럽다고 여길 만할 적에 비로소 이웃이며 동무이며 아이들한테 건넵니다. 둘레에서 "그만큼 손질하면 되지 않나요?" 하고 물어도 "제가 보기에는 아직 더 손질하고 보태어야 합니다" 하고 고개숙입니다. "남 보기에 부끄러운 글"이란 처음부터 남한테 보여주려고 치레한 글입니다. 스스로 삶을 적고 살림을 그리고 사랑을 노래한 글이라면 "남 보기에 부끄러울 턱"이 없습니다. '글발림'을 하는 분이 생각보다 많습니다. 아니, 배움터부터 아이들한테 글발림을 시킵니다. 해마다 나라에서 치르는 셈겨룸(시험)을 들여다보면, 도무지 무슨 소리인지 모를 글(지문)이 가득하더군요. 읽고서 생각하고 마음을 가다듬어서 뜻을 펴도록 이끄는 배움판이 아니라, 눈가림·눈속임이 넘실대는 발림판 같아요. "꿀맛에 빠져서 헤어나지 못한다"고들 합니다. 글발림이란 '주례사비평·립서비스·감언이설·포퓰리즘·형식적·요식행위·레토릭·사탕발림·인기영합'인 셈입니다. '글발림 = 겉발림'이거든요. 바르더라도 안 바뀌어요. 사랑을 담고 살림을 얹고 삶을 녹이기에 바뀝니다. 꽃으로 피어날 글꽃을, 씨앗으로 삼을 글씨를 생각합니다.

글발림 (글 + 발림/바르다) : 보거나 듣거나 읽거나 받아들이기 좋게 바른 말. 흉·허물·티·잘못·민낯은 모두 가리거나 치운 채 좋게 쓰거나 높이려는 말.

글이름

어릴 적에는 언제나 어머니한테 "어머니, 이 나무는 이름이 뭐예요? 이 풀은 이름이 뭔가요?" 하고 여쭈었습니다. 어머니는 끝없이 이어가는 이 '이름묻기'를 꼬박꼬박 대꾸해 주었습니다. "걔는 예전에 이름을 알려줬는데, 잊었구나?"라든지 "어머니도 몰라! 그만 물어봐!" 같은 대꾸도 하셨지요. 이제 우리 집 아이들이 아버지한테 늘 "아버지, 이 나무는 이름이 뭐야? 이 꽃은 무슨 이름이야?" 하고 묻습니다. 저는 가만히 풀꽃나무 곁에 다가서거나 기대거나 쪼그려앉아서 혼잣말처럼 "그래, 이 아이(풀꽃나무)는 이름이 뭘까? 궁금하지?" 하고 첫머리를 열고서 "넌 어떤 이름이라고 생각해?" 하고 다음을 잇고 "네가 이 아이(풀꽃나무)한테 이름을 붙인다면 어떻게 지어 보겠니?" 하고 매듭을 짓습니다. 아이가 먼저 스스로 풀꽃나무한테 이름을 붙여 보는 생각을 펴고 나서야 비로소 몇 가지 이름을 들려줘요. 먼먼 옛날부터 고장마다 다르게 가리키던 이름 하나가 있다면, 오늘날 풀꽃지기(식물학자)가 갈무리한 이름이 둘 있습니다. 온누리 모든 풀꽃나무 이름은 처음에 옛날부터 시골사람 스스로 고장마다 새롭게(다르게) 붙였어요. 우리는 오늘날에도 풀이름을 지을 만하고, 글이름도 즐겁게 붙여서 이야기를 지을 만해요.

글이름 (글 + 이름) : 1. 글을 쓰는 사람을 밝히려고 붙이거나 지어 놓은 이름. 글을 쓸 적에만 따로 밝히거나 붙이거나 지어 놓은 이름. '필명·펜네임'을 가리킨다 2. 글·글씨·책을 잘 쓰거나 훌륭히 펴면서 널리 알려진 이름 3. 쓰거나 지은 글을 밝히거나 알리려고 지어 놓은 이름.

길손집

놀이란 늘 사뿐사뿐 즐기는 노래이지 싶습니다. 놀면서 우는 사람은 없어요. 놀면서 다들 웃어요. 놀이란 마음에 즐거이 웃는 기운을 맞아들이려고 새롭게 펴는 몸짓이라고 할 만합니다. 오늘도 웃는다면, 오늘도 노래하면서 즐거이 놀았다는 뜻이로구나 싶어요. 언제나 집에 머물며 하루를 그려서 짓고 가꾸고 누리다가, 곧잘 이 집을 떠나서 이웃이나 동무한테 찾아갑니다. 이웃하고 동무가 살아가는 마을은 바람이 어떻게 흐르고 풀꽃나무가 어떻게 춤추는가 하고 생각하면서, 하늘을 보며 걷습니다. 철마다 새롭게 빛나는 숨결을 아름다이 느끼면서 나들이를 합니다. 집을 나와 돌아다니기에 "우리 집"이 아닌 "다른 집"으로 찾아들어 하룻밤을 묵지요. 이때에 이웃이나 동무는 저한테 "숙소는 정하셨나요?" 하고 물으시는데, "잘곳은 그때그때 찾아요." 하고 말합니다. 둘레에서 쓰는 말씨를 들으면서 제 나름대로 가다듬을 말을 짓습니다. '숙소' 같은 한자말은 어린이가 못 알아들어서 '잘곳'처럼 투박하게 말을 엮어요. 이웃나라는 '게스트 + 하우스'처럼 재미나게 새말을 여며요. 우리는 '길손 + 집'이나 '나그네 + 집'처럼 이름을 지으면 어떨까 싶어, 아이한테 "우리는 오늘 길손이야. 길손집에 가자." 하고 말합니다.

길손집 (길 + 손 + 집) : 길손이 깃드는 집. 집을 떠나서 돌아다니는 길에 하룻밤 있으면서 누리는 집. (= 길손채·나들칸·나들채·마실집·마실채·손님집·손님채·자는곳·잠집·잠터 ← 여관, 숙소, 숙박업소, 호텔, 모텔, 게스트하우스, 여행자숙소, 민박집, 객사客舍, 객주客主)

꼰대

스무 살에 인천을 떠나던 1995년까지 배움터에서 '꼰대'라는 말을 듣거나 쓴 적이 드물지 싶습니다. 몽둥이로 두들겨패던 어른한테 '미친개·그놈·x새끼' 같은 말을 쓰는 동무는 많았습니다. 싸움터(군대)로 끌려가서 스물여섯 달을 살던 강원도에서도 이 말을 못 들었어요. 이러다 2000년에 D.J.DOC란 이들이 부른 〈포졸이〉부터 '꼰대'란 말이 확 퍼졌다고 느낍니다. '꼰대'는 너무 꼬장꼬장하거나 비비 꼬였구나 싶은 사람을 가리킬 적에 쓴다고 느껴요. 꿋꿋하거나 꿋꿋하게 버티는 결을 나타낼 때도 있으나, 이보다는 '꼬여서 틀린·뒤틀린·비틀린' 결이 싫다는 마음을 드러내요. '장대·꽃대·바지랑대·대나무'에 쓰는 '대'는 가늘면서 긴 줄기나 나무를 가리키고, "대'가 곧은 사람"처럼 써요. 꼰인 채 단단하니 제 목소리만 내려는 사람인 꼰대요, 꼬여버린 마음결이란 둘레 목소리에 귀를 막은 사람이니 꼰대입니다. 말밑은 '꼬'로 같은데, '꽃대'라 하면 고운이를 가리키는 셈이에요. '꼬마'라 하면 귀여워 곁에 두고픈 사람을 가리키지요. '꼰대'라 하면 꼭 막혀서 함께하기 어려운 사람을 가리키는 꼴입니다. 어질며 착하고 참한 길로 가면서 함께 꽃님이 되고 꽃어른으로 피어나면 아름다우리라 생각합니다.

꼰대(꼬다 + ㄴ + 대) : 나이가 많거나 남보다 안다고 여기면서 늘 시키기만 하고 젊은이나 어린이 이야기를 잘 안 들으려 하는 사람. 꿋꿋하거나 꿋꿋한 마음이기보다는, 꼬여서 뒤틀리거나 꼭 막혔기에 반갑지 않은 사람. 달갑지 않도록 꼬장꼬장한 사람. (← 옹고집, 고집불통, 일방적, 독불장군, 편협, 근본주의, 원리주의, 내로남불)

ㄴ

나

난날노래

낯설다

너나하나

넉줄글

눈엣가시

늘꽃

나

저(나)는 겨울 첫머리인 12월 7일에 태어납니다. 어릴 적에 달종이를 보면 이날 '大雪'처럼 한자로만 적혔어요. "어머니 내가 태어난 날에 적힌 이 글씨가 뭐예요?" 하고 여쭈면 "'대설'이란 한자야. '큰눈'이란 뜻이고, 눈이 많이 온다는 날이야." 하고 들려주었습니다. 그무렵 '대설 = 대설사'로 여기며 말장난을 하는 또래가 있었어요. 한자로만 보면 '대설사 = 큰물똥'이니, 어른들은 왜 철눈(절기)을 저런 이름으로 붙였나 싶어 툴툴거렸어요. 누가 12월 7일이 무슨 철눈이냐고 물으면 으레 '큰눈'이라고만 말했습니다. 12월 22일에 있는 다른 철눈은 '깊밤'이라 했어요. 또래가 짓궂게 치는 말장난에 안 휘둘리고 싶기도 했고, 한자를 모르는 또래도 쉽게 그날을 알기를 바랐어요. 겨울에 태어나 자랐기에 얼핏 차갑다 싶은 겨울이 마냥 춥지만 않은 줄 알았어요. 추위(겨울)가 있기에 봄이 있거든요. 모두 얼어붙고 하얗게 덮으며 새해 새꿈을 그리기에 새날(설날)을 맞이해요. 배움터는 봄부터 다시 열지만, 삶은 겨울 한복판부터 열어요. 무럭무럭 자라 어른이 되어 아이를 맞이한 뒤엔 아이들을 토닥이고 별노래를 지어서 들려주었습니다. 겨우내 포근히 자고 봄내 실컷 뛰놀자는 자장노래를 부르며 밤새 하루를 그렸어요.

나 : 바로 여기에서 이 몸을 움직이고 이 마음을 다스리는 사람이 나. 저기에서 저 몸을 움직이고 저 마음을 다스리는 사람은 너. '나'를 바탕으로 '나(나다)'고 '나오(나오다)'고 '낳(낳다)'고 '내(내다)'고 '내놓(내놓다)'고 '나아가(나아가다)'고 '난'(날다)다.

난날노래

서른 몇 살 무렵부터 '난날'을 세지 않습니다. 어릴 적부터 어느 하루만 난날이 아니라고 느꼈고, 한 해 모든 날이 새롭게 난날이자 '빛날'이고 '온날'이며 '사랑날'이라고 생각했어요. 둘레에서는 난날을 맞이해 영어 노래인 "Happy Birthday to You"를 "생일 축하합니다"로 바꾸어 부르곤 하지만 이 노래도 영 마음에 안 들어요. 판박이요, 어린이는 '축하(祝賀)'가 무슨 말인지 모르는데, 왜 어린이가 못 알아들을 말을 노래로 불러야 할까요? 저는 '난날노래'를 안 부르지만, 둘레 어린이한테 노래를 불러야 할 일이 있다면 "기쁘게 온 날, 반갑게 온 날, 사랑스레 온 날, 고맙게 온 날."처럼 부르자고 생각합니다. "즐거운 날이야"나 "빛나는 날이지"나 "기쁜 날이네"처럼 웃으면서 얘기할 테고요. 모든 말은 스스로 쓰면서 둘레에 빛이나 어둠을 퍼뜨려요. 한결 어울리는 말은 즐겁게 생각하면 어느 날 문득 나타난다고 느낍니다. 난날노래를 부를 적에도 그때마다 다르게 손보면서 다 다른 우리 아이들하고 이웃하고 동무를 헤아리면 새롭게 말과 넋과 삶이 빛나리라 봅니다. 어린이하고 눈을 마주보면서 언제나 즐겁게 노래하려는 마음이라면, 이렇게 태어난 말은 어른 삶터에서도 눈부시게 피어날 만합니다.

난날노래 (나다 + 날 + 노래) : 태어난 날을 기리거나 기뻐하면서 부르는 노래.
- 기쁘게 온 날, 반갑게 온 날, 사랑스레 온 날, 고맙게 온 날.
- 즐겁게 왔고, 반갑게 왔네. 사랑스런 ○○○, 고맙고 기뻐.
- 별에서 왔지. 꽃에서 왔네. 아름다운 ○○○, 기쁘게 왔어.
- 신나게 웃자. 노래하며 놀자. ○○○가 태어난, 고마운 오늘.
- 별처럼 노래해. 꽃처럼 춤을 춰. ○○○가 태어난, 기쁜 오늘 하루.

낯설다

읽어 보려는 생각을 문득 마음에 심기에 처음에는 낯설구나 싶은 이야기를 어느덧 찬찬히 받아들여서 누리는구나 싶어요. 읽으면서 스스로 새롭게 눈뜨고 싶다는 생각을 가만히 마음에 품기에 그동안 잘 와닿지 않던 이야기를 시나브로 차곡차곡 맞아들여서 노래하는구나 싶고요. 익지 않기에 '설'다라 합니다. 밥이 설면 먹기 어렵고, 잠이 설면 몸이 찌뿌둥합니다. 아직 익숙하지 않아서 사람도 일도 집도 설 텐데, 아직 모르기에 '설레'기도 합니다. 그런데 아직 모르는 채 나서면 자칫 '설레발'에 '설치기'로 흐르기 쉬워요. '섣부르'지 않도록 다독입니다. 낯선 이야기에 더 귀를 기울이고, 낯선 일에 더 손을 대어 차근차근 가다듬어요. 처음이니 못 할 만해요. 처음부터 잘 해내는 사람도 있으나, 누구나 처음부터 잘 하라고 몰아세울 수 없어요. 아이가 목을 가누고 뒤집고 서고 걷고 달리기까지 오래오래 지켜보듯, 아이가 처음 수저를 쥐고 설거지를 하고 비질을 하는 몸짓을 기다리며 지켜보듯, 어른도 설거나 낯선 여러 가지를 맞아들이기까지 고이 지켜보면서 기다릴 노릇입니다. 처음부터 훌륭하기를 바라기에 쓴맛을 본다고 느껴요. 처음부터 새롭다고 여기면서 기쁘게 마주하면 어느새 배우고 익혀 살림꽃으로 피어요.

낯설다 (낯 + 설다) : 1. 어떤 사람·말·물건이 지난날에는 거의 못 보거나 못 들은 것이다. (익숙하지 않다. 처음으로 보거나 듣는다고 느끼다.) 2. 빈틈이 있고 제대로 못 다루다. (익숙하지 않아서 쓰기가 쉽지 않다. 처음으로 보거나 듣는다고 느끼기에 다루는 길을 알지 못한다고 느끼다.)

너나하나

주먹힘은 주먹을 담금질하는 사람이 세요. 돈힘은 돈을 긁어모으는 사람이 세고요. 마음힘은 마음을 돌보는 사람이 내고, 사랑힘은 사랑을 헤아리며 스스로 짓는 사람이 폅니다. 나라(국가·정부)가 서지 않던 무렵에는 위아래·왼오른·순이돌이를 가르는 굴레가 없습니다만, 나라가 서면서 위아래·왼오른·순이돌이를 갈라놓습니다. 돌이를 싸울아비로 억누르고 순이를 집에 가두거든요. '평등(平等)' 같은 한자말이 없던 무렵에도 사람들은 '나란히·고르게·어깨동무'를 했어요. 그런데 순이돌이를 가르고 위아래에 왼오른으로 가른 나라는 순이는 순이대로 돌이는 돌이대로 짓눌렀고, '짓눌린 수수한 돌이는 곁에 있는 수수한 순이를 짓밟는 바보짓'을 오래도록 '나라지기·나라일꾼한테 길든 채 저질렀'습니다. '순이물결(페미니즘)'은 일어날 노릇입니다. 추레하거나 거짓스러운 틀을 깰 노릇입니다. 이러면서 '나라 아닌 보금자리숲'을 함께 찾으며 같이 가꾸고 나란히 돌보는 새길을 슬기롭게 스스로 살필 일입니다. 누가 먼저일 까닭이 없고, 누가 위여야 하지 않습니다. 너랑 나는 언제나 사랑으로 하나이면서 다르기에 새롭게 만나는 고운 숨빛인 줄 알아채야지 싶어요. 목소리 아닌 살림길을 품는 '너나하나'를 그립니다.

너나하나 (너 + 나 + 하나) : 너하고 나는 하나. 너하고 나를 가르거나 쪼개거나 나누거나 떼지 않는 마음·몸짓·생각·뜻으로 하나. 너하고 나는 어깨동무를 하거나 나란하거나 사랑하는 숨결로 하나. 어느 쪽을 높이거나 낮추지 않고, 어느 쪽을 앞이나 뒤에 놓지 않으며, 너하고 나를 함께 헤아리면서 살아가고 사랑하는 길. (← 양성평등, 성평등, 페미니즘, 평등, 일심, 일심동체, 구별없다, 이타심, 자애)

넉줄글

2004년에 처음으로 책을 내놓으면서 책에 이름을 적어서 건네었습니다. 처음에는 글쓴이 이름만 적기보다는 한 바닥 가득하게 글월을 쓰듯 이야기를 적었어요. 줄줄이 이야기를 써 주기를 바라지 않는 분한테는 글쓴이 이름만 적어서 건네었는데, 손수 내놓는 책이 하나둘 늘면서 책에 이모저모 적어서 건네는 일도 나란히 늘어, 어느 날 문득 '이웃님한테 손글씨를 남겨서 드릴 적에 스스로 한결 보람찬 길을 찾자'고 생각했어요. 때로는 스물이나 마흔 분한테 하나하나 이름하고 이야기를 적어서 건네다 보니 뒤에서 기다리는 분한테 잘못하는구나 싶기까지 해서 누구한테나 꼭 넉 줄만 쓰기로 했어요. 다만, '넉줄글'을 쓰되 늘 다르게 씁니다. 책은 똑같더라도 '이 똑같은 책을 장만해서 읽는 이웃님'은 모두 달라요. 나무에 돋는 잎이 모두 다르고, 들에서 자라는 들풀이 몽땅 다르듯, 사람도 참말로 누구나 다르기에, 다 다른 이웃님한테 곁말로 깃들 만한 넉 줄을 생각하자니 어느 날 "난 '넉줄꽃'을 쓰는구나!" 싶더군요. 그냥 손글씨(사인·서명)가 아닌 꽃입니다. 꽃글입니다. 글꽃입니다. 넉 줄로 이루는 꽃빛입니다. 꽃내음을 넉 줄로 갈무리합니다. 우리는 서로 다르면서 아름답게 빛나기에 누구나 똑같은 사랑꽃이에요.

넉줄글 (넉 + 줄 + 글) : 넉 줄로 쓰거나 짓거나 엮은 글. (= 넉줄꽃. ← 사행시)
석줄글 (석 + 줄 + 글) : 석 줄로 쓰거나 짓거나 엮은 글. (= 석줄꽃. ← 삼행시)

눈엣가시

어린 날부터 아이를 낳아 돌보는 오늘에 이르도록, 저는 스스로 보고 느끼고 생각하여 알아낸 대로 말합니다. 안 보거나 못 본 모습은 말하지 않고, 안 느끼거나 못 느낀 대목도 말하지 않습니다. 한마디로 거짓말은 도무지 안 하며 살아요. 누구를 속인다는 생각도, 속여야 할 까닭도 못 느껴요. "에그, 그럴 때는 모르는 척해야지." 하는 핀잔을, "좀 숨기면 안 돼?" 하는 짜증을 으레 들어요. 바른말을 하며 착하게 살고 싶은 사람이 어떻게 모르는 척하거나 숨길까요. '바른말'을 어렵게 바꾸면 '정론직필·내부고발'입니다. 우리 삶터는 바른말을 매우 꺼려 '눈엣가시'로 삼더군요. 온통 꾸밈말에 감춤말에 속임말이 판치지 싶습니다. 바르거나 곧거나 참하거나 착한 말을 싫어하니 저절로 눈가림말이 넘칠 테지요. 아이들도, 저랑 마주하는 이웃님도, 적어도 우리부터 참말이랑 착한말을 하면서 즐겁게 살아가기를 바랍니다. 참말을 눈엣가시로 여긴다면 "달콤한 딸기이기에 서둘러 먹으면 배앓이하기 쉬우니 가시가 있어요." 하고 속삭입니다. 착한말을 자꾸 손사래치면 "고운 꽃 찔레(장미)에 가시가 잔뜩이랍니다. 아름다운 꽃빛을 함부로 건드리지 말고 눈코귀로 가만히 느끼라는 뜻이에요." 하고 들려줍니다.

눈엣가시 (눈 + 에 + ㅅ + 가시) : 눈에 박히거나 찔리는 가시. 눈에 가시가 박히거나 찔릴 때처럼 싫거나 밉거나 꺼리거나 치우고 싶은 일·사람·자리·때. 마주하거나 보거나 듣거나 겪거나 함께하고 싶은 마음이 하나도 없다.

늘꽃

구경하면 재미없습니다. 엉성하더라도 스스로 할 적에 재미있습니다. 높일 까닭도 낮출 까닭도 없습니다. 수수하게 있는 오늘이 그대로 아름답기에 서로 동무요 이웃으로 지내고, 이웃이나 동무이니 굳이 거룩하거나 이쁘장해야 하지 않아요. 아이는 아이대로 놀고, 어른은 어른대로 일합니다. 바깥일을 하느라 아침에 열한 살 작은아이하고 헤어지고서 저녁에 다시 만나는데, 아이가 "아버지 보고 싶었어요." 하면서 저를 폭 안습니다. 아이 등을 토닥토닥하면서 "우리는 늘 언제 어디에서나 마음으로 함께 있어." 하고 들려줍니다. 우리는 늘 서로 그립니다. 우리는 늘 서로 생각하며 마음에 담습니다. 우리는 늘 서로 꽃이며 나무이자 숲입니다. 늘꽃이자 늘나무요 늘숲으로 어우러지면서 저마다 즐겁게 놀거나 일합니다. 글은 어떻게 쓰고 그림은 어떻게 그리며 사진은 어떻게 찍어야 할까요? 저는 늘 스스로 집에서 부엌일·비질·걸레질·빨래를 도맡아서 하고, 아이들이 한참 어릴 적에는 똥오줌기저귀를 갈고 삶고 씻기고 입히고 놀면서 보내다가 쪽틈에 글을 쓰고, 이 아이들이 자라나는 하루를 사진으로 담고, 아이들하고 붓을 쥐고서 그림을 그렸어요. "살림하고 사랑하는 수수한 눈빛"으로 하면 늘 빛나는 오늘을 누립니다.

늘꽃 (늘 + 꽃) : 늘 꽃으로 있는 숨결. 언제 어디에서나 곱고 밝으며 싱그럽게 피어나는 꽃 같은 숨결. 한결같이 빛나는 숨결.

ㄷ

달콤이

더없다

돈

돌림앓이

들꽃

들딸

때

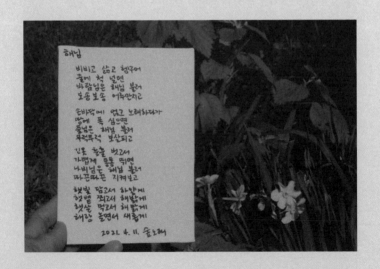

달콤이

저는 김치를 못 먹습니다. 고춧가루를 듬뿍 치면 재채기부터 나옵니다. 찬국수에 동치미를 못 먹고, 달콤이도 못 먹어요. 달콤이를 받아들이는 몸이라면 누가 달콤이를 먹을 적에 달려들거나 눈을 반짝하겠지만, 달콤이를 섣불리 먹었다간 배앓이를 여러 날 하기에 냄새부터 맡고 싶지 않아요. 잎물(차)을 마시는 자리에 곧잘 달콤이 한 조각쯤 같이 놓잖아요? 저는 잎물만 마신다고 여쭈지만 고작 이 한 조각이 얼마나 대수롭냐고 여기는 분이 많습니다. 김치를 못 먹는다고 하면 "한 조각도요? 맛도요?" 하고 되묻는 분이 있는데, 이런 먹을거리 이름이나 모습만 보아도 더부룩하면서 괴롭곤 했어요. 이제는 옆에서 누가 이런 먹을거리를 즐기더라도 더부룩하지는 않고, 괴롭지도 않습니다. 속에서 안 받는 밥에 마음을 빼앗기지 않으면 되더군요. 스스로 즐거울 생각을 하고, 스스로 신나는 이야기를 하고, 스스로 아름답게 맞이할 책을 읽고, 스스로 사랑을 기울여 글을 쓰면 돼요. 달콤이는 못 먹지만 달콤가루는 맛봅니다. 곰곰이 생각하자니, 달콤가루도 꿀도 그리 즐기지 않은 몸이네 싶어요. "달달한 뭘 먹고 싶지 않아요?" 하고 묻는 분한테 "아뇨, 조금도요!" 하고 빙그레 웃으며 대꾸합니다. 아, 숲에서 솟는 샘물은 참 달아요.

달콤이 (달콤하다 + 이) : 1. 달콤한 먹을거리. '케이크'를 가리키는 말. 2. 달콤하게 마주하거나 어울리거나 사귀거나 지낼 만한 사람.
달콤하다 : 1. 마음이 끌릴 만큼 부드럽고 넉넉하게 입에 닿다. 즐겁게 먹거나 누릴 만한 맛이다. (감칠맛) 2. 마음이 부드러이 끌릴 만하다. 재미있게 받아들이거나 누릴 만하다. (즐겁다) 3. 부드러우면서 느긋이 감싸서 안기는 듯하다. 부드럽고 느긋해서 가벼이 있을 만하다. 부드러우면서 느긋해서 몸에 힘을 빼고서 있을 만하다.

더없다

말끝 하나로 다른 말입니다. 어릴 적에 어머니나 언니는 말끝 하나로 살살 놀리곤 했습니다. "더 주셔요." "덜 달라고?" "아니, 더 주셔요." "덤을 달라고?" 때로는 말이 안 될 만한 수수께끼를 내면서 놀립니다. "말은 말인데 말이 아닌 말은?"이나 "눈은 눈인데 눈이 아닌 눈은?" 같은 말을 하지요. 글씨로 적으면 똑같은 '말'이나 '눈'이지만, 달리는 말하고 입으로 소리를 내는 말하고 부피를 재는 말은, 또 하늘에서 내리는 눈하고 몸으로 보는 눈하고 싹이나 잎으로 맺는 씨눈은 소릿값이 다릅니다. 여덟아홉 살 무렵 할아버지가 '말'하고 '눈'을 길거나 짧거나 높거나 낮게 들려주면서 우리말을 넌지시 가르쳐 주는데, 영 알쏭달쏭했어요. 요새는 어린배움터(초등학교)에서 긴소리·짧은소리를 가르도록 가르치지 않습니다만, 제가 어릴 적에는 셈겨루기(시험문제)로 나오기까지 했습니다. 어느새 우리말 긴소리·짧은소리는 덧없다고 여겨 낱말책에서도 잘 안 다뤄요. 더없이 한숨을 돌리긴 합니다만, 뭔가 잃어 가는구나 싶어요. 가만 보면 우리말도 바깥말(외국말)도 살며시 꼴을 바꾸어 뜻이 확 벌어집니다. 외우려고만 하면 어렵고, 놀이처럼, 덧없이 여기는 소꿉잔치로 맞이하며 누리면 더없이 재미있을 만해요.

더없다 (더 + 없다) : 끊이지 않으면서 그보다 많을 수 없다. 그(어떤 잣대)보다 크거나 깊거나 나아갈 수 없다.
덧없다 (덧 + 없다) : 1. 알지 못하는 사이에 때가 매우 빠르게 지나가거나 바뀌다. 2. 보람이나 쓸모가 없어 허전하거나 아쉽다 3. 갈피를 잡을 수 없거나 까닭·바탕이 없다.
더 : 1. 끊거나 끊이지 않고서 많이. 2. 그보다 많이. 그보다 많게 하여. 3. 그(어떤 잣대)보다 커지거나 깊어지거나 나아가도록.
덧 : 얼마 안 되는 때. 짧은 때. 살짝 지나는 때.

돈

요즈음은 탈거리(전철·버스)에서 동냥하는 사람을 찾아보기 어렵습니다만, 제가 나고자란 인천에서는 '서울을 오가는 전철'이며 '인천 시내를 달리는 버스'에서 으레 동냥꾼을 만났습니다. 저는 가난살림을 오래 이었는데, 어릴 적부터 동냥꾼을 만나면 그냥 못 지나쳐요. 주머니를 뒤져 10원이든 50원이든 있으면 다 털어서 드려요. 이러다가 주머니랑 쌈지 모두 텅 빈 채 한동안 보내던 어느 날 동냥꾼한테 1원조차 못 주면서 문득 생각했지요. "넌(난) 가난살림이잖아? 넌 네 주제를 알아야지. 넌 너한테 가장 가멸찬 살림을 이웃한테 주렴. 넌 날마다 새글을 끝없이 쓰잖니? 마치 샘물처럼 글을 쏟아내잖아? 날마다 새글을 신나게 쓰니까, 네가 이웃한테 줄 한 가지라면 오직 글 한 줄이 아닐까? 다 다른 이웃한테 다 다른 노래(동시)를 써서 주렴." 참말로 이날부터 이웃·동무랑 우리 아이들한테 돈이 아닌 글(동시나 동화)을 써서 건넵니다. 늘 새글을 써서 띄워요. 스스로 지을 수 있는 사랑으로 오롯이 여민 글을, 사랑글을, 사랑씨앗이 되기를 꿈꾸며 드려요. 저한테 글 한 줄은 사랑길을 여는 징검다리입니다. 가난살림은 차근차근 '가멸살림(부자)'으로 갈 테지요. 돈으로만이 아니라 마음이랑 풀꽃나무랑 글로도 가멸찹니다.

돈 : 살림을 나누거나 가꾸거나 짓는 길에 징검다리처럼 쓰거나 다루는 것.

돌림앓이

걷다가 넘어집니다. 누가 발을 걸지 않았으나 바닥이 미끄럽고 디딤돌이 자잘하게 많군요. 무릎이 깨지고 팔꿈치가 까지고 손가락이 긁힙니다. 넘어진 저를 나무라야 할는지, 거님길이 얄궂다고 탓해야 할는지, 길바닥에 엎어진 채 한동안 생각하다가 자리를 털고 일어섭니다. 피멍이 들고 다리를 절뚝입니다. 핏물이 흐르지만 씻고 바람에 말리면 며칠 뒤에 낫습니다. 한두 해나 서너 해마다 고뿔을 호되게 앓는데, 며칠쯤 끙끙거리면 한 해 내내 튼튼히 살림을 지어요. 둘레에서 무슨무슨 돌림앓이로 고되다고 말하더라도 대수롭지 않게 여깁니다. 나란히 걸려서 앓는다면, 가만히 몸을 바라보거나 마음을 다독이면서 나으면 돼요. 어떤 까닭에 아프거나 앓는다기보다 푹 쉬면서 푸른숲에 깃들어 하늘빛을 품을 길이라고 느껴요. 숲을 잊은 서울이기에 사람들이 한꺼번에 앓아누워요. 풀꽃나무를 멀리하면서 잿빛으로 뒤덮은 터전이니 돌봄터(병원)를 아무리 높이 세우고 돌봄이(의사·간호사)가 수두룩하더라도 자꾸 자주 앓게 마련입니다. 햇볕을 쬐고 빗물을 마시고 바람을 머금기에 풀꽃나무가 아름답고 푸르게 자란다면, 사람도 해바람비를 물씬 맞아들일 적에 튼튼하겠지요. 풀빛이랑 파란하늘을 등지기에 두려움싹이 트는구나 싶어요.

돌림앓이 (돌다 + ㅁ + 앓다 + 이) : 곳곳에서 돌아가며 아프거나 앓는 일. 돌거나 번지거나 퍼지는 아픔·앓이. 두렵게 여기는 탓에 자꾸 빠르게 돌거나 번지거나 퍼지며 아프거나 앓는 일. (= 나란앓이. ← 감염병, 전염병, 역병, 유행병, 팬데믹)

나란앓이 : 곳곳에서 나란히 아프거나 앓는 일. 나란히 번지거나 퍼지는 아픔·앓이. 두렵게 여기는 탓에 자꾸 빠르게 나란히 번지거나 퍼지며 아프거나 앓는 일. (= 돌림앓이. ← 감염병, 전염병, 역병, 유행병, 팬데믹)

들꽃

한자말 '국민'은 일본이 우리나라로 쳐들어와서 퍼뜨렸어요. '일본 우두머리를 섬기는 나라에 사는 사람'이란 뜻이에요. 한자말 '시민'은 '시에 사는 사람, 곧 도시사람'을 가리킵니다. 한자말 '인민'은 북녘하고 중국에서 널리 쓰는데, 북녘·중국은 날개(자유)를 꺾습니다. 한자말 '민중·민초'는 '백성'처럼 위아래로 가르는 틀을 거스르자면서 퍼졌는데, '民'은 '눈을 찔린 종(노예)'을 뜻하기에, 이 한자가 깃든 말은 이제 털어내야지 싶어요. 한자말 '대중'은 '우르르 몰리는 사람'을 가리켜요. 이 한자말 저 한자말 모두 '우리'를 스스로 나타내기에 걸맞지 않아요. 그런데 우리한테는 '사람·사람들'이란 낱말이 있어 수수하게 쓸 만합니다. 그리고 '들꽃·들풀'이란 낱말이 있어 맑고 푸르게 쓸 만해요. 애써 '民'이나 '人' 같은 한자를 붙여야 하지 않습니다. 꽃을 꽃으로 풀은 풀로 나타내면서, 우리를 스스로 꽃이나 풀로 일컬을 만해요. "국민 여러분"이 아닌 "들꽃 여러분"으로, '국민학교' 아닌 '들꽃배움터'로, "국민 작가" 아닌 "들꽃 지음이"로, '시민사회' 아닌 '들꽃누리'로, '서민생활' 아닌 '들꽃살림'으로, '민중가요' 아닌 '들꽃노래'로 새롭게 바라보고 싶습니다.

들꽃 (들 + 꽃) : 1. 들에서 피거나 자라거나 살아가는 꽃. 2. 나라·삶터·마을을 이루는 모든 사람이나 숨결. 나라·삶터·마을에서 바탕으로 있고, 높거나 낮지 않으며, 서로 어깨동무를 하면서 뜻·생각·마음을 나누고, 스스로 이 터전에 뿌리를 내리면서 맑고 밝게 살아가는 사람이나 숨결. (← 국민, 백성, 백인百人, 민중, 민초, 양민, 중생衆生, 인민, 서민, 시민, 대중) 3. 나라에 깃든 사람으로서 으뜸길(헌법)을 함께 따르고, 제몫(권리·의무)을 누리면서, 스스로 삶을 짓고 꿈을 펴고 생각을 나누면서 살아가는 사람.

들딸

어머니 옛집을 어릴 적에 자주 드나들었습니다. 요새는 휙휙 가로지르는 길이 곳곳에 뚫립니다만, 예전에는 한참 돌아요. 인천부터 당진 사이도 굽이굽이 멀디멀고, 어머니랑 저는 멀미로 애먹습니다. 오며가며 지치지만 큰고장하고 사뭇 다른 시골에서는 뛰놀 들하고 멧자락이 있고, 시골 누나하고 언니는 "넌 서울(도시)서 살아 다 모르는구나?" 하며 깔깔거리다가도 사근사근 알려주었어요. 딸기꽃을 여덟아홉 살 무렵 처음 보았지 싶어요. "딸기꽃이야. 딸기꽃도 몰라?" "……." "이다음에 오면 딸기가 빨갛게 익겠네. 그때는 밭에서뿐 아니라 숲에서도 딸기를 딴단다." 어린 날에는 가게에서 사먹는 딸기만 보았으니 딸기가 어떻게 맺는 줄 모르기도 했어요. 이 딸기는 딸기꽃이 지고 나서 맺는 열매라는 생각도 못 했습니다. 더구나 밭하고 들하고 숲하고 다른 딸기가 있는 줄은 어림도 못 했고요. "하하하, 너는 개암도 모르겠네? 메뚜기는 먹을 줄 아니? 개구리는? 그래도 메추리알은 먹겠지? 저기 처마에 메추리집이 있어서 가끔 메추리알을 하나씩 꺼내서 먹지." 맨발로 나무를 타고 맨손으로 숲을 누비고 맨몸으로 들바람을 마시면서 '딸기'란 이름이 얼마나 달콤한가 하고 돌아봤어요. 들딸·멧딸·밭딸을 비로소 만났어요.

들딸 (들 + 딸기) : 들에서 스스로 씨앗을 퍼뜨리면서 자라는 딸기.
멧딸 (메 + ㅅ + 딸기) : 멧자락이나 숲에서 스스로 씨앗을 퍼뜨리면서 자라는 딸기.
밭딸 (밭 + 딸기) : 사람이 따로 밭에 씨앗을 심어서 기르는 딸기.

때

모든 책은 때가 되면 손길을 받습니다. 손길을 받는 책은 천천히 마음을 보여줍니다. 책이 되어 준 숲은 사람들 손길·손때·손빛을 받으며, 새롭게 살아가면서 노래하는 길을 느끼고는, 나무라는 몸으로 받아들인 숨빛을 들려줍니다. 오늘은 다 다른 어제가 차곡차곡 어우러져, 앞으로 나아가는 꿈길을 심는 씨앗이지요. 우리는 이 씨앗을 말이라는 소리에 가볍게, 그리는 삶을 사랑이라는 별빛으로 얹어, 서로서로 웃고 나누는 살림으로 지핍니다. 아이가 가을을 맞이하며 뛰놉니다. 어른이 봄을 바라보며 아이를 안습니다. 여름은 비바람으로 하늘을 씻습니다. 겨울은 눈꽃으로 온누리를 보듬습니다. 하루는 별길을 따라서 걸어갑니다. 이때에 무엇을 느끼고 싶습니까. 저때에 누구하고 살아가고 싶습니까. 그때에 어떤 꿈씨를 살포시 묻으면서 살림을 짓고 싶습니까. 스스로 즐겁다면 티끌이 없어요. 스스로 즐겁지 않으니 티끌이라고 할 만한 때가 묻어요. 스스로 즐거우니 어느 때이든 노래해요. 스스로 안 즐거우니 노래도 춤도 이야기도 웃음도 눈물도 없어요. 소리도 모습도 같은 '때'인데, 스스로 어떻게 마음을 가다듬거나 생각을 추스르느냐에 따라 다르게 받아들이는 두 가지 '때'입니다.

때 : '때 1'는 '오늘·하루·여기'라고 하는 흐름을 가리키는 이름이다. '때 2'은 '손길·숨결'이 타거나 묻어서 다르게 보이는 모습을 가리키는 이름이다.

먹깨비

멀미

무릎셈틀

먹깨비

저는 어릴 적에 무엇이든 참 못 먹는 아이였습니다. 스무 살까지 변변하게 안 먹으면서 살았는데, 싸움터(군대)에 끌려갈 적에 곰곰이 생각했습니다. "나는 김치뿐 아니라 못 먹는 밥이 잔뜩 있는데, 그곳(싸움터)에서는 주는 대로 안 먹으면 얻어터지잖아? 얻어터지면서 먹을 바엔 입에 무엇이 들어가는지 생각하지 말고 그냥 얼른 쑤셔넣고 끝내자." 참말로 스물여섯 달 동안 맛이고 뭐고 안 가렸습니다. 밥판에 뭐가 있는지 안 쳐다보았습니다. 썩었는지 쉰내가 나는지 안 따졌어요. 배에서 다 삭여 주기를 바랐습니다. 마음에 새긴 말 때문인지 싸움터에서 밥 때문에 얻어맞거나 시달린 일이 없습니다. 싸움터에서 풀려난 뒤에라야 마음을 풀고서 몸한테 속삭였어요. "고마워. 몸이 이렇게 버티어 주어 살아남았구나. 앞으로는 몸이 거스르는 밥은 손사래칠게." 우리 어머니는 입이 짧은 막내를 늘 걱정했습니다. 잔뜩 먹어야 한다고, 먹보가 되어야 한다고 여겼어요. 저는 어머니 뜻하고 달리 먹보도 먹깨비도 먹돌이도 먹꾼도 안 되었습니다. 그렇지만 다른 깨비로 나아갔어요. 책깨비가 되고 글깨비에다가 살림깨비에 자전거깨비, 또 시골깨비가 되었어요. 이제는 숲깨비에 풀꽃깨비에 나무깨비에 바람깨비로 하루를 지으면서 살아갑니다.

먹깨비 (먹다 + 도깨비) : 잘 먹는 사람. 밥을 즐기는 사람. 맛있게 잘 먹거나 실컷 먹으려고 하는 사람. 먹는 데에만 마음을 쓰는 사람. 남보다 더 먹으려고 나서는 사람. 마구 먹어치우려고 하는 사람. 마구 먹어치우려는듯 나서는 사람.

멀미

숱한 사람들이 부릉부릉 잘만 몰고 다닌다지만, 적잖은 사람들은 되도
록 걷거나 자전거를 타려고 합니다. 숱한 사람들은 뱃멀미가 없다는
데, 적잖은 사람들은 부릉거리는 탈거리에 몸을 실으면 어지럽고 힘들
어 넋을 잃거나 헤맵니다. 저는 어릴 적부터 멀미가 대단했습니다. 우
리 어머니도 똑같았어요. 짧은길도 먼길도 둘은 늘 멀미질입니다. 요
새는 기름 냄새가 줄었다지만 그만큼 플라스틱 냄새가 가득한 부릉이
(자동차)예요. 기름·플라스틱 냄새가 아무렇지 않은 아기가 있으나, 이
런 냄새에 괴로운 아기가 많아요. 탈거리에 올랐다 하면 우는 아기는
무엇보다 멀미가 나고 괴롭답니다. 열일곱 살에 접어들 무렵까지 웬만
하면 탈거리를 손사래쳤으나 아버지가 살림집을 배움터하고 멀리 옮
기는 바람에 날마다 탈거리에 몸을 실어야 했어요. 어떻게 멀미를 견
디나 하다가 책을 읽기로 했어요. 동무들은 묻지요. "넌 안 어지럽냐?
어떻게 이렇게 흔들리는 버스에서 읽어?" "책에 푹 빠지면 멀미 생각을
잊거든. 오히려 안 어지러워." 이때부터 걸을 적조차 책을 읽었어요.
둘레가 시끄럽건 말건 다 잊고 스스로 마음길만 바라보기로 했어요.
이제는 책읽기를 넘어 글쓰기를 하느라 손수 부릉이를 몰거나 탈 생각
도 안 하면서 살아갑니다.

멀미 : 1. 속에서 올라올 듯하면서 머리가 어지럽고 힘듦. 흔들리는 곳에 있을 적에 속이 못 견디
고 머리가 어지럽고 힘듦. 2. 하고 싶은 마음이 모두 사라짐. 아주 싫어서 멀리하고 싶음.

무릎셈틀

볼일이 있어 바깥으로 멀리 다녀와야 할 적에 셈틀을 챙깁니다. 자리에 놓고 쓰는 셈틀은 들고다닐 수 없기에, 포개어 부피가 작은 셈틀을 등짐에 넣어요. 영어로 '노트북'이라 하는 셈틀을 2004년 무렵부터 썼지 싶습니다. 처음에는 영어를 그대로 썼는데, 생각하면 생각할수록 "들고다니는 셈틀 = 노트북"처럼 수수하게 이름을 붙인 이웃나라 사람들이 대단해 보이더군요. 이름짓기란 수수하고 쉽다고, 이름이란 삶자리에서 문득 태어난다고, 스스로 즐거이 가리키고 둘레에서 재미있거나 반갑다고 여길 이름은 시나브로 떠오른다고 느꼈어요. "최종규 씨도 '노트북'만큼은 우리말로 이름을 못 붙이나 봐요?" 하고 묻는 분이 많았는데 빙그레 웃으면서 "음, 얼른 우리말을 지어내기보다 이 셈틀을 즐겁게 쓰다 보면 어느 날 이름 하나가 찾아오리라 생각해요." 하고 대꾸했습니다. 길에서 길손집에서 버스나루에서 셈틀을 무릎에 얹고서 일을 하다가 갑자기 "아! 나는 이 셈틀을 무릎에 얹어서 쓰네? 다른 사람들도 길에서는 으레 무릎에 얹잖아!" 하고 혼잣말이 터져나왔습니다. 손에 쥐기에 '손전화'이듯, 무릎에 얹으니 '무릎셈틀'이라 하면 어울리겠구나 싶어요. 책상에 얹는 셈틀은 '책상셈틀'이라 하면 어울릴 테고요.

무릎셈틀 (무릎 + 셈틀) : 가볍고 작기에 때로는 접어서 들고 다니다가, 무릎에 얹어서 쓰기도 하는 셈틀. '노트북'을 손질한 낱말.

바깥밥

혼자 살 적에는 바깥밥을 먹을 일이 없었습니다. 밥값을 아껴 책값으로 삼았거든요. 가래떡이나 김밥 한 줄로 끼니를 삼았어요. 곁님을 만나 아이를 낳고부터 "아, 오늘은 집에서 밥을 지을 기운이 없네." 할 적에는 이따금 밖으로 나가서 바깥밥을 누렸습니다. 이웃님 밥집에 손님으로 찾아갔어요. 어느덧 국립국어원 낱말책조차 '집밥'을 올림말로 싣는데, 막상 '바깥밥'은 아직 안 싣더군요. 예전이야 누구나 어디서나 그냥 '밥'이었고, 오늘날은 '집밥·바깥밥'으로 가르니, 이러한 살림결을 낱말책도 살포시 담을 노릇이라고 생각해요. 바깥에서 하기에 '바깥일(← 외근)'입니다. 바깥에서 쓰기에 '바깥말(← 외국어)'입니다. 바깥으로 나들이를 가니 '바깥나들이(← 외유·외국여행)'입니다. 바깥에 있는 사람이니 '바깥사람(← 외부인)'이에요. 집은 '안채·바깥채'로 가르고, 길은 '안길·바깥길'로 갈라요. 안팎으로 헤아리면서 오늘을 가꾸고, 안쪽이든 바깥쪽이든 모두 돌보면서 하루를 즐거이 누려요. 집은 모름지기 포근한 터전인데, 살짝 숨돌린다면서 바깥바람을 쐬어요. 집에서도 놀고, 바깥에서도 놀아요. 집은 집대로 살뜰히 보듬으면서 바깥은 바깥대로 알뜰히 보살핍니다.

바깥밥 (바깥 + 밥) : 바깥에서 먹는 밥. 바깥에서 사다가 먹는 밥. 밥집으로 가서 먹는 밥이거나, 밥집에서 사서 집으로 가져와서 먹는 밥이기도 하다. (← 외식外食)
집밥 (집 + 밥) : 집에서 먹는 밥. 집에서 손수 지어서 먹는 밥. 지난날에는 누구나 집에서 손수 지어서 먹었기에 '밥' 한 마디이면 되었고, 오늘날에는 따로 밥집이 널리 자리잡았기에 '집밥·바깥밥'으로 갈라서 쓸 만하다. 바깥에서 사다가 먹는 밥이 부쩍 늘면서 '집밥'은 "우리 손길을 포근히 담아서 살가이 누리는 밥"이라는 마음을 새삼스레 나타내기도 한다. (← 가정식家庭食, 가정식 백반, 가정식 요리, 가정요리)

바다빗질

어릴 적 살던 인천에서는 바닷가를 보기가 만만하지 않았어요. 쇠가 시울타리가 높고 길게 뻗었거든요. 개구멍을 내어 드나들었고, 가까운 영종섬으로 배를 타고 갔습니다. 뻘바다는 모래밭이 적으니 먼곳에서 물결에 쓸려온 살림을 구경하는 일은 드뭅니다. 모래밭이 넓은 곳에서는 물결 따라 쓸린 살림이 많아요. 때로는 빈병이, 조개껍데기가, 돌이, 쓰레기가 쓸려옵니다. 어느 나라부터 물결을 타고 머나먼 길을 흘렀을까요. 우리나라부터 흘러갈 살림이나 쓰레기는 어느 이웃나라 바닷가까지 나들이를 갈까요. 바닷가 사람들은 으레 줍습니다. 살림이라면 되살리도록 줍고, 쓰레기라면 치우려고 줍습니다. '해변정화' 같은 어려운 말은 몰라도 바닷가를 빗질을 하듯 찬찬히 거닐면서 물결노래를 듣는 하루를 건사합니다. 머리카락을 가만가만 빗질을 하며 가지런하고 티끌을 떨어냅니다. 바닷가를 다독다독 어루만지면서 깔끔하며 싱그러이 보듬습니다. '바다빗질'을 하듯 '숲빗질'이나 '하늘빗질'을 할 만합니다. 빗을 놀리니 빗질이고, 비(빗자루)를 놀리면 비질입니다. 스웨덴이란 먼나라에서는 '플로깅'을 한다면, 우리는 '골목빗질·마을빗질'을 할 만해요. 들도 냇물도 찬찬히 빗질하고, 마음이며 생각도 천천히 빗질해요.

바다빗질 (바다 + 비 + ㅅ + 질) : 바닷가를 빗질하는 일. 물결에 밀려서 바닷가에 쌓인 것을 빗질을 하듯이 줍거나 치우는 일. 바닷가에 밀려든 쓰레기를 빗질을 하듯 깔끔하게 줍거나 치우는 일. (← 비치코밍beachcombing, 해변정화)

바닷방울

낱말책에 실린 말도 많지만, 안 실린 말도 많습니다. 우리말에 있는 말도 많고, 없는 말도 많아요. 우리나라는 숲이며 멧골도 깊으면서 바다를 두루 끼는 삶터요, 냇물이 곳곳에 뻗고 못도 퍽 많은 살림자리입니다. 더구나 봄여름가을겨울이라는 철이 저마다 뚜렷하니 해바람비하고 얽힌 낱말이 꽤 많습니다. 더위를 가리키는 낱말도 추위를 나타내는 낱말도 두루 있고, '따스하다·포근하다'처럼 갈라서 쓰기도 해요. 철을 밝힐 적에는 겨울에만 쓰는 '포근하다'예요. 물을 보면 '물방울'이고, 이슬을 보면 '이슬방울'이고, 비를 보면 '빗방울'입니다. 딸랑딸랑 소리를 내는 '방울'은 물이며 비며 바다에서 마주하는 '방울'에서 따온 낱말이에요. 그런데 '물방울·이슬방울·빗방울'에 '눈물방울'은 흔히 말해도 막상 바닷물을 놓고는 '바닷방울'이라 말하는 사람이 드물고, 낱말책에 아직 없기도 합니다. 작고 동글게 이루는 물이라면 물방울이듯, 바닷물 한 톨을 작고 동글게 손바닥에 받으면 '바닷방울'이에요. 바닷방울이 출렁출렁 튀면서 반짝여요. 바닷방울이 뺨에 닿으며 간질간질해요. 바닷방울을 혀로 받으며 짭쪼름한 맛을 느껴요. 바닷물에 몸을 담그고서 바닷방울을 서로 튕기며 놀아요.

바닷방울 (바다 + ㅅ + 방울) : 바다를 이루어 흐르는 물에서 작고 동글게 이루는 하나.

바람꽃

열 살 언저리에 바람을 타고 날아오른 적 있습니다. 쉽게 앓고 힘이 여리고 언니하고 대면 못하는 투성이에 날마다 꾸중을 듣다 보니, "난 아무것도 못 하나 봐. 그렇지만 나처럼 못 하는 아이도 하늘을 날 수 있을까? 하늘을 날면 좋을 텐데." 하고 혼자서 생각하는 나날이었어요. 요즈음은 바람종이(연鳶)를 하늘에 띄워 노는 아이가 드물 텐데, 제가 어릴 적에는 바람이 센 날이면 골목이며 빈터마다 바람종이를 챙겨서 나온 아이가 많았어요. 회오리바람이 씽씽 부는 날 어머니 심부름으로 바깥을 다녀오다가 이 바람이 저를 와락 품고는 하늘로 휙 올리더군요. "아!" 발이 땅에서 가볍게 떨어지면서 하늘로 오르니 대단히 신났는데, 덜컥 두렵더군요. "날았다가 어떻게 내려오지? 안 떨어지나?" 이때 회오리바람은 "두렵니? 두려우면 다시 내릴게." 하고 속삭이더니 천천히 땅바닥으로 내려주었어요. 풀꽃나무는 바람을 반기면서 꽃가루받이를 합니다. 우리는 즐겁게 바람을 타면서 일을 하거나 놀이를 찾습니다. 그리고 바람을 타는 새처럼 홀가분히 온누리를 누비는 사람이 있어요. 바람꽃을 곁에서 지켜보면서 바람꽃을 타다가 바람꽃 같은 동무를 만나서 함께 바람놀이를 즐깁니다. 이 바람은 모두를 보드라이 살리는 기운입니다.

바람꽃 (바람 + 꽃) : 1. 꽃가루를 바람으로 옮겨서 받는 꽃. 수술에 있는 꽃가루를 바람으로 옮겨서 암술로 받는 꽃. (= 바람받이꽃) 2. 움직이거나 흐르거나 일어나거나 생기도록 하는 기운. (= 바람) 3. 어느 곳에 오래 머무르거나 뿌리내리지 않고서, 마치 바람처럼 가볍게 어디로든 다니면서 삶·살림·사랑을 짓는 들꽃 같은 사람. (= 바람새)

바른글

어린이로 살던 무렵에는 "글을 쓰자"는 생각이 없었고, 열넷~열여섯 사이에도 "글을 쓸" 생각은 없었어요. 열일곱에 접어들어 눈을 틔우는 책을 하나둘 만나다가 "바르게 말하는 글이 참 적다"고 느껴 스스로 목소리를 내고 싶다고 생각했습니다. 그렇지만 열일곱 살 푸름이 글을 실어 줄 곳이란 그때에도 요즈음에도 없다시피 합니다. 마침 푸른배움터를 마칠 즈음인 1993년부터 '피시통신'이란 이름으로 글판이 확 열려, 이름값·글값·돈값이 없는 누구라도 홀가분하게 목소리를 낼 수 있습니다. 1994년 1월부터 "읽고 쓰기"를 합니다. 다른 목소리에 기대지 않습니다. 어른뿐 아니라 또래 싸움꾼이 으레 두들겨패고 억누르면서 가두던 굴레에서 용케 열아홉 살까지 살아남은 사람으로서 목소리를 냈어요. 이때에 '바른글(바른붓)·곧은글(곧은붓)'이란 말을 곱씹었습니다. "삶을 슬기롭게 읽어서 사랑스레 들려주는 어른"이 안 보여 스스로 글을 쓰기로 했다면, "나부터 어른이란 나이나 자리에 들어서기까지, 또 들어서고서 내내 바른글·곧은글로 살아갈 뿐 아니라 아름글·사랑글로 살림을 짓고 노래글·웃음글·춤잔치글이 되어 어린이하고 어깨동무하는 글빛을 밝히자"고 다짐했어요. 붓을 삐뚜름히 쥐면 날림으로 갑니다.

바른글 (바르다 + 글) : 바르게 쓰는 글. 드러나거나 보이거나 밝힌 모습·삶·사람·이야기를 있는 그대로 쓰는 글. 맞도록 쓰는 글. 틀리지 않게 쓰는 글.

밥투정

어릴 적부터 못 먹는 밥이 잔뜩 있습니다. 둘레에서는 "뭐든 다 잘 먹어야 튼튼하게 자라지!" 하면서 제가 못 먹는 밥을 자꾸 먹였습니다. 입에도 속에도 와닿지 않는 먹을거리를 받아야 할 적에는 눈앞이 캄캄하더군요. 어떻게 이곳을 벗어나려나 아무리 생각해도 뾰족한 길이 없습니다. 둘레 어른들은 제가 코앞에 있는 밥을 말끔히 비워야 한다고만 여겨요. 눈을 질끈 감고서 입에 넣어 우물거리지만 목구멍에 걸립니다. 억지로 삼키면 이내 배앓이를 하거나 게웁니다. 거의 모두라 할 어른들은 '가려먹기(편식)'를 한다고 여겼어요. 그런데 마땅하지 않을까요? 몸에 안 받을 적에는 가려야지요. 다른 사람이 잘 먹기에 모든 사람이 잘 먹어야 하지 않아요. 사람마다 밥살림은 다르고, 옷살림도 집살림도 글살림도 다릅니다. "또 밥투정이야?" 하는 말을 들을 적마다 죽도록 괴로웠어요. 아이들은 왜 밥투정을 할까요? 싫거나 질리기도 할 테지만 '몸에 받을 만하지 않아'서입니다. 곰곰이 보면 '투정'이란, 모든 사람을 틀에 가두어 똑같이 길들이려 하면서 닦달하는 말 같아요. 다 다른 목소리를 듣고, 다 다르게 살림을 꾸리고, 다 다르게 말빛을 가꿀 적에, 비로소 함께 살아나며 즐거울 하루가 되리라 생각합니다. 투정은 안 나쁩니다.

밥투정 (밥 + 투정) : 어느 밥이 안 맞거나 싫다고 여기는 마음. 맞거나 좋다고 여기는 밥을 찾는 마음.

범힘

타고난 몸은 바꿀 수 있을까요? 어릴 적부터 이 대목을 늘 생각하고 자꾸 떠올렸습니다. 주먹힘이 없고 몸힘도 여려 쉽게 앓고 자주 골골거렸습니다. 어릴 적에 잘 몰랐습니다만, 여덟 살(1982년)에 어린배움터를 들어가면서 집하고 배움터 사이를 늘 걸었어요. 처음 혼자서 버스를 타는데 '차장 누나'가 저 같은 꼬마를 보며 "아침에 이렇게 붐비는데 애들은 뭐 하러 버스를 타!" 하면서 짜증내요. 어머니는 버스를 타고 셋을 가서 내리라 하셨는데, '어른 눈'으로는 길지 않은 길을 애들이 우글우글 타니까 성가실 만합니다. 배움터 여섯 해를 통틀어 처음이자 마지막으로 이날 버스를 타고서 내내 걸었어요. 한 달 두 달 여섯 달 한 해 두 해 지나는 사이 걸음이 늘더군요. 범이나 미르(용)처럼 엄청난 띠를 타고나지는 않았으나 내내 걸으며 조금씩 몸이 달라지는구나 싶었고, 열너덧 살에는 날마다 달리기를 하면서 천천히 기운이 솟았습니다. 몸가꿈(운동)이 아닌 살아남기(생존)를 생각했어요. 여덟아홉 살 무렵까지는 범이니 미르한테서 힘을 빌리면 얼마나 좋을까 싶었으나, 그 뒤로는 토끼나 쥐나 염소여도 스스로 꿋꿋하면서 이 땅을 달리며 노래하면 넉넉히 튼튼한 줄 알아차렸습니다. '범힘'은 아닌 '곁힘'으로 살림을 짓습니다.

범힘 (범 + 힘) : 범한테서 얻거나 빌리는 힘. '호가호위(狐假虎威)'를 손질한 말.
곁힘 (곁 + 힘) : 곁에서 얻거나 빌리는 힘. '호가호위(狐假虎威)'를 손질한 말.

별님

둘레에서 어떤 말을 쓰든 대수롭게 여기지 않습니다. 둘레에서 다 어느 낱말을 쓰더라도 굳이 따라야 한다고 느끼지 않습니다. 둘레에서 잘 안 쓰더라도 마음으로 와닿는 말이라면 기꺼이 받아들입니다. 아직 아무도 안 쓰는 낱말이라지만 스스로 사랑을 담아서 즐겁게 짓곤 합니다. 둘레에서는 '장애인·장애아' 같은 낱말을 쓰지만, 저는 이런 낱말을 안 써요. 제 나름대로 새말을 지었어요. 먼저 '별님'이나 '별아이'라는 이름을 씁니다. '별순이·별돌이'나 '별빛아이·별빛사람' 같은 낱말도 지어서 써요. 저는 이 '별님·별아이'라는 이름을 '스타·에이스·히어로·신데렐라·천사·인재·영웅'을 가리킬 적에도 씁니다. '인디고 아이들'을 가리킬 적에도 함께 써요. 문득 생각해 보니, 둘레에서는 '발달장애아' 같은 이름을 쓰기도 하던데, 저는 이 아이들한테 '어린별님·어린별꽃·어린별이' 같은 이름을 새롭게 지어서 불러요. "어린별님은 오늘 무엇을 보았니?" "어린별꽃은 어제 무슨 놀이를 했어?" "어린별이는 풀꽃나무랑 어떤 말을 속삭였을까?" 하고 혀에 얹습니다. 겉으로 눈부신 별이 있습니다. 속으로 환한 별이 있습니다. 누구보다 앞장서는구나 싶은 별 곁에, 한결같이 고요히 밝은 별이 있어요.

별님 (별 + 님) : 1. 별을 높이거나 포근하게 여기거나 느끼면서 가리키는 이름 2. 아름다우면서 눈부신 사람 3. 겉으로는 크거나 대단하게 드러나지 않지만, 속으로는 밝으면서 맑은 숨빛을 품은 사람.

봉긋꽃

바리데기 옛이야기에 '살살이꽃·피살이꽃·숨살이꽃' 세 가지가 나옵니다. 어릴 적에는 '살(몸)·피(물)·숨(바람)'이 우리 목숨을 이루는 세 바탕이로구나 하고만 생각했고, 어른이 되어 삶터를 시골로 옮겨 날마다 풀꽃나무를 바라보던 어느 날 "모든 풀꽃나무는 저마다 우리 '살·피·숨'을 북돋우며 이바지한다"고 느꼈습니다. 이웃나라에서 들어온 '코스모스'를 우리 겨레는 '살살이꽃'으로 가리키곤 했습니다. 바리데기 이야기에 나오는 "살(몸)을 살리는 꽃"이라기보다는, 꽃대(꽃줄기)가 더없이 가녀린데 꽃송이는 소담스러워서, 바람이 안 불어도 살살거리는 듯하고, 가벼이 부는 바람이어도 살랑거리되 쓰러지거나 꺾이지는 않아서, 이렇게 이름을 붙일 만했구나 싶어요. 살살 춤추는 '살살이꽃'인데, 영어 이름 '코스모스'를 떠올린다면 '온누리(우주)'란 바로 우리 몸이라고 여길 만해요. 우리 몸짓이란 가벼이 움직이는 춤사위라 할 만하고, '움직이다 = 놀린다'처럼 쓰기에 '놀이 = 가벼운 몸짓'이라는 얼개를 살핀다면 '살살이꽃'이란 이름은 무척 어울리고 놀랍습니다. '해바라기'란 이름도 알맞게 지었어요. 그래서 '봉긋꽃·꽃찔레·사랑꽃'처럼 꽃이름을 새롭게 붙여 봅니다.

봉긋꽃 : 꽃송이가 봉긋하게 맺는 '튤립'을 가리키는 이름. (← 울금향, 튤립)
살살이꽃 : 가늘고 어린 꽃대에 소담스레 꽃송이가 벌어지면서 가벼이 부는 바람에도 살살 춤을 추는 듯한 '코스모스'를 가리키는 이름. (← 코스모스)
해바라기 : 해(햇볕)가 잘 드는 곳에서 더없이 잘 자라는데, 꽃송이가 해를 바라보듯 햇볕이 흐르는 결에 따라 움직이는 모습이 뚜렷하기에 붙인 이름. (← 향일화, 선플라워)
꽃찔레 : 눈부신 꽃송이가 돋보이는 '장미'를 가리키는 이름. 찔레(들찔레)를 바탕으로 사람들이 손보고 따로 키우면서 꽃송이가 더욱 눈부시도록 가꾼 '장미'를 가리키는 이름. (← 장미)
사랑꽃(사랑바람꽃) : 술(여러 가닥으로 난 실처럼 퍼진 잎이 돋보이면서, 사랑하는 마음을 나타낼 적에 쓰는 '카네이션'을 가리키는 이름. (← 카네이션)

붓

글을 쓰려면 붓하고 종이를 곁에 둡니다. 붓은 털을 봉긋하게 묶고서 대를 끼워서 쓰는 살림입니다. 여러 말글지기(국어학자)는 '붓'이 이웃 나라에서 들어왔고, 이웃나라는 '筆'이란 한자를 옛날에 '붇'처럼 읽었 다고 하면서, 우리말 '붓'은 이웃나라 말소리를 그대로 옮겼다고 이야 기합니다. 이 이야기가 옳을 수 있습니다만, 글을 쓰는 붓을 뒤집어서 세우면 '촛불'하고 닮습니다. 불이 일렁이는 모습은 "대에 털을 봉긋하 게 묶어서 끼운" 모습하고 닮지요. 불·불빛·촛불은 어두운 곳을 밝힐 뿐 아니라 몸을 따스하게 보듬습니다. 글이라고 해서 모두 아름답지는 않을 수 있습니다만, 글은 모름지기 마음을 밝히면서 포근하게 가꾸는 길에 이바지하려고 지었습니다. 이웃나라에서 '붓'이라는 글살림을 들 여오면서 말소리까지 들어왔을 수 있지만, 우리 나름대로 '불'을 떠올 리면서 우리말을 새롭게 바라보고 북돋우려는 마음이었을 수 있습니 다. 어느 한 갈래로만 따질 수 없는 말밑입니다. 더구나 '붇다·붓다'라 든지 '봉긋·봉우리'에 '방울·망울'처럼 여러 말씨가 ㅏㅓㅗㅜ로 잇닿는 우리말이기에, 우리는 우리 삶자락이며 살림새에 맞추어 우리말을 읽 을 적에 우리 넋이며 얼을 곱게 가꿀 만하다고 느껴요.

붓 : 1. 글·글씨를 쓰거나 그림을 그리거나 빛깔을 입히거나 물을 들일 적에 쓰며, 털을 봉긋하거 나 납작하게 모아서 대에 끼워 쓰는 살림. 2. 글·글씨를 쓰거나 그림을 그릴 적에 쓰는 살림. (← 필기구, 필기도구) 3. 생각·마음·뜻·꿈·길·이야기를 말글로 펴는 일. 생각·마음·뜻·꿈·길·이야기 를 펴는 말이나 글. 생각·마음·뜻·꿈·길·이야기나 어떤 일·모습·흐름·몸짓·삶을 널리 펴거나 알리 거나 나누는 일이나 사람이나 모임. (← 언론, 매스컴)
글붓 (글 + 붓) : 1. 글·글씨를 쓰는 살림. (← 필기구, 필기도구) 2. 생각·마음·뜻·꿈·길·이야기를 말글로 펴는 일. 생각·마음·뜻·꿈·길·이야기를 펴는 말이나 글. 생각·마음·뜻·꿈·길·이야기나 어 떤 일·모습·흐름·몸짓·삶을 널리 펴거나 알리거나 나누는 일이나 사람이나 모임. (← 언론, 매스 컴)

비바라기

'비바라기'라는 이름을 쓰는 이웃님이 있습니다. 이웃님 이름을 처음 듣던 날 '해바라기'만이 아니라 '비바라기'를 지나 '꽃바라기·꿈바라기'나 '삶바라기·사랑바라기'처럼 '-바라기'를 뒷가지 삼아서 새말을 숱하게 지어내어 우리 마음을 담으면 즐겁고 아름답겠다고 생각했습니다. 저는 '숲바라기·별바라기'가 즐겁습니다. 책을 사랑하는 분이라면 '글바라기·책바라기'를 헤아릴 테지요. '그림바라기·사진바라기'라든지 '오늘바라기·마을바라기'처럼 살림자락을 담아도 어울려요. 우리 터전을 보면, 비가 조금이라도 올라치면, 비 탓에 길이 막힌다고 투정을 하거나 꺼리는 목소리가 높습니다. '비없는날바라기'인 마음이 늘어나 막상 비가 뚝 끊기면 그제야 걱정하는데, 드디어 비가 좀 온다 싶으면 다시금 길이 막힌다고 걱정해요. 하늘은 우리 목소리를 고스란히 듣고서 움직이지 않을까요? 비바라기 마음이 없기에 오래 가물다가 벼락비를 쏟는지 몰라요. 별바라기 마음이 없으니 매캐한 하늘에 먼지구름이 가득할지 모릅니다. 빗물은 구름이고, 구름은 바다이고, 바다는 냇물이고, 냇물은 샘이요, 샘은 빗물입니다. 하나이면서 다 다른 숨빛이기에 다 다른 이름으로 우리 곁에서 아름다이 반짝이지 싶습니다.

비바라기 (비 + 바라다 + -기) : 비를 바라는 마음·일·몸짓·자리. 비를 바라거나 바라보는 사람. 비가 안 내려서 날이 가물 적에 비가 오기를 바라면서 하늘을 바라보면서 비는 자리. (← 기우제)

빛

쟤가 주어야 하는 '빛'일 수 있지만, 쟤가 주기를 바라기만 하면 어느새 '빚'으로 바뀝니다. 내가 주어야 하는 '빛'이라고 하지만, 내가 주기만 하면 너는 어느덧 '빚'을 쌓습니다. 하염없이 내어주기에 빛인데, 마냥 받기만 할 적에는 어쩐지 '빚'이 돼요. 아이는 어버이한테서 가없이 사랑빛을 받습니다. 아이가 받는 사랑은 빚이 아닌 빛입니다. 아이도 어버이한테 끝없이 사랑빛을 보내요. 어버이가 받는 사랑도 빚이 아닌 빛입니다. 오롯이 사랑이 흐르는 사이라면 빚이란 터럭만큼도 없습니다. 옹글게 사랑이 흐르기에 언제나 빛입니다. 사랑이 아닌 돈이 흐르기에 빚입니다. 사랑이란 티끌만큼도 없다 보니 그냥그냥 빚일 테지요. 사랑하는 마음으로 건네는 돈은 '살림'이란 이름으로 스밉니다. "가없게 여겨 내가 다 베푼다"고 하는 몸짓일 적에는 "받는 사람이 빚더미에 앉도록" 내몹니다. 똑같이 건네지만 한쪽에서는 '빛'이고 다른쪽에서는 '빚'입니다. 돌려받을 생각을 하면서 아이·동무·이웃이 빚에 허덕이기를 바라나요? 너른 품으로 포근한 사랑이 되어 아이·동무·이웃이 빛을 반기며 활짝 웃기를 바라나요? 굳이 빚쟁이가 되고 싶다면 말리지 않겠어요. 저는 서로서로 웃음꽃을 피우는 빛님이 되겠습니다.

빛 : 바라보면서 밝게 느끼거나 맞이하는 기운.

ㅅ

사랑이

사랑하는 사람은 어떤 이름으로 부르면 서로 즐거울까요? 한자말로는 '애인'이라 하고, 영어로 '허니·달링' 같은 말을 쓰는 분이 무척 많으나, 저는 사랑하는 사람이나 사랑스러운 사람한테는 수수하게 '사랑이'라 합니다. 때로는 '사랑님'이라 하고, '사랑꽃'이나 '사랑별'처럼 말끝을 슬쩍 바꾸기도 해요. 서로 사랑하는 사이라면 '사랑순이·사랑돌이'일 테고, '사랑벗·사랑동무'라든지 '사랑짝·사랑짝지·사랑짝꿍'이기도 합니다. 마음이 흐르고 이어요. 따스하게 부는 바람이고, 포근하게 이는 물결입니다. 말 한 마디는 서로를 잇는 즐겁고 튼튼한 다리 같습니다. 겉을 꾸밀 적에는 사랑하고 멀어요. 속을 가꾸기에 사랑으로 피어납니다. 겉모습만 차릴 적에는 사랑이 아니에요. 속빛을 나누며 스스로 웃고 노래하기에 사랑이로구나 싶어요. 아이를 바라보며 '사랑아이'를 느낍니다. 아이는 어버이를 바라보며 '사랑어른'이라 느낄까요? 곁에는 사랑책을 놓고, 언제나 사랑글을 씁니다. 넌지시 사랑말을 띄우고, 사랑살림을 짓는 사랑집을 일구려고 합니다. 언제 어디에서나 사랑을 바라볼 줄 아는 사람으로, '사랑사람'으로 살아간다면 온누리를 사랑누리로 빛내는 사랑길을 찾을 만하리라 생각합니다.

사랑이 (사랑 + 이) : 1. 사랑하는 사람. 서로 사랑하는 사이. 2. 어느 사람이나 어느 것·책·일·영화 들을 매우 아끼거나 즐기는 사람.

삶맛

지난 2004년에 〈The Taste Of Tea〉라는 영화가 나왔고, 우리말로는 "녹차의 맛"으로 옮겼습니다. 아이들을 맞이하기 앞서 만났고, 아이들을 맞이하고서 이따금 이 영화를 함께 보았어요. 줄거리를 간추리자면 딱히 없다 싶으나, 다 다른 한집안이 다 다르면서 스스로 즐겁게 삶이라는 꽃을 피우는 길을 수수하면서 새롭게 숲빛으로 나아간다고 풀어낼 만합니다. 일본사람은 말을 할 적에 'の'가 없으면 막힙니다. 이와 달리 우리는 '-의'가 없대서 말이 안 막혀요. 저는 '-의' 없이 서른 해 즈음 말을 하고 글을 씁니다만, 여태 막힌 일이 아예 없습니다. 글살림이 널리 안 퍼지던 지난날, 그러니까 누구나 손수 살림을 짓고 아이를 사랑으로 돌보며 숲살림으로 보금자리를 가꾸던 무렵에도 우리말에 '-의'는 아예 없다고 여겨도 될 만한 말씨였어요. 영화를 우리말스럽게 옮긴다면 '차맛'이나 '녹차맛'입니다. 이웃님 한 분이 뜻깊게 읽은 책에서 "삶의 맛을 알 수 있어"에 밑줄을 죽 그으면서 되새기셨다고 해서 곰곰이 생각했어요. 영어를 옮긴 이 글자락은 "삶이 어떠한가 맛볼 수 있어"나 "삶을 맛보며 알 수 있어"로 손질할 만합니다. 우리로서는 "삶의 맛"이 아닌 '삶맛'입니다. 삶멋·삶길·삶꿈·삶글·삶말이에요.

삶맛 (삶 + 맛) : 삶에서 누리거나 느끼거나 나누는 맛. 오늘을 살거나 하루를 살면서 새롭게 겪거나 마주하거나 배우거나 알아차리는 맛.

새가슴

선뜻 나서지 못한다고 나무라거나 놀리는 "새가슴이네." 같은 말을 늘 들으며 자랐습니다. 툭 불거지기에 '새가슴'이고, 그야말로 새라는 이웃 숨결을 가리키는 이름인데, 사람이란 눈길로 새를 얕보는 얼거리라고 느꼈어요. 작은 소리에도 흠칫 놀라며 날아가는 새라 하는데, 모든 숲짐승이나 들짐승은 아주 작은 소리라도 귀여겨들어요. 반가운 소리인지 반갑잖은 소리인지 가리지 않는다면 자칫 목숨을 잃어요. 더 생각해 보면, 새는 하늘하고 땅 사이를 홀가분히 오갑니다. 바람을 가벼이 타고서 호젓하게 마실을 다니고, 나무 곁에 앉거나 나뭇가지랑 줄기 사이에 둥지를 짓고서 사랑으로 새끼를 낳습니다. 시답잖은 소리가 흐른다면 곧장 떠날 줄 아는 새라면, 여리고 작고 가벼운 몸짓이나 언제나 맑고 밝게 노래하는 새라면, 풀꽃나무 곁에서 숲을 푸르게 누리고 사랑하는 새라면, 저는 기꺼이 '새가슴'을 받아들이겠노라 생각했어요. 어느 낱말책에는 '새가슴'을 놓고서 두 가지로만 뜻풀이를 하지만, 셋째 뜻풀이를 새롭게 담아내려고 합니다. 사람은 새를 잊으면서 맑고 밝은 노래를 나란히 잊는다고 느껴요. 새가 깃들 보금자리인 숲을 밀어내면서 사람 스스로 푸른빛을 잃는구나 싶어요. 새마음으로 새빛을 지어 새길을 엽니다.

새가슴 (새 + 가슴) : 1. 새처럼 툭 불거진 가슴. 복장뼈가 불거진 가슴. 2. 무서워하거나 걱정하면서 좀처럼 마음을 활짝 펴지 못하는 여린 사람을 빗대는 말. 3. 하늘을 날며 바람처럼 노래하고 풀꽃나무를 곁에 두는 새처럼, 여리면서도 맑고 밝게 삶을 돌보면서 누릴 줄 아는 사람을 빗대는 말.

새바라기

한참 놀다가 문득 가만히 해를 보고서 담벼락에 기대던 어린 날입니다. 어쩐지 멍하니 해를 바라보는데 옆을 지나가던 어른이 "넌 해바라기를 하네?" 하고 얘기해서 "네? 해바라기가 뭔데요?" 하고 여쭈었더니 "해를 보니까 해바라기라고 하지." 하고 일러 주었습니다. 속으로 그렇구나 하고 생각했습니다. 오래지 않아 '별바라기'라는 말을 듣습니다. 별을 좋아해서 밤하늘 별을 가만히 보는 일을 가리켜요. 낱말책에는 그릇을 가리키는 '바라기'만 나오고, '바라다·바람'을 가리키는 '바라기'는 아직 없습니다. '님바라기'를 흔히 말하고 '눈바라기·비바라기'가 되면서 '구름바라기·바다바라기'로 지내는 분이 퍽 많아요. 저는 '숲바라기'하고 '사랑바라기·꽃바라기'를 생각합니다. 어느새 어른이 되어 아이를 낳고 보니 '아이바라기'란 삶이 흐르고, 글을 써서 책을 지으니 '글바라기·책바라기'이기도 한데, '책집바라기'란 몸짓으로 마을책집을 찾아나서기도 합니다. 새를 사랑한다면 '새바라기'입니다. 나비를 아긴다면 '나비바라기'입니다. 온누리에는 '고래바라기'에 '나무바라기'에 '풀바라기'에 '밥바라기'처럼 숱한 사랑길이 있어요. 사랑을 담아 바라보는 눈빛은 모두 아름답습니다.

새바라기 (새 + 바라기) : 새를 바라보는 일. 새가 어디에서 어떻게 무엇을 하며 살거나 지내거나 있는가를 가만히 보고 알려고 하는 일. (← 탐조探鳥)

서로좋다

혼자서는 어울리지 않습니다. 적어도 둘이 있어야 '어울린다'고 합니다. 혼자서는 이웃이 없습니다. 적어도 둘이 있어야 '이웃'이에요. 사이 좋게 지내는 사이라서 '이웃'이라 합니다. 누리그물 네이버에서 처음 '서로이웃'이란 이름을 선보이던 날, '이웃' 하나이면 넉넉한데 굳이 군더더기를 붙인다고 느꼈습니다만, '서로 + 이웃'이란 낱말을 곰곰이 생각하니, 이처럼 새말을 지을 만하구나 싶더군요. 삶자리를 더 깊고 넓게 마주하자면 '서로이웃'뿐 아니라 '새이웃·오랜이웃'이나 '마음이웃·살림이웃'이나 '책이웃·밥이웃'처럼 얼마든지 새말을 엮을 만해요. '서로돕기'란 이름을 처음 듣던 날에도 '돕다'라는 낱말에 이미 '서로'라는 뜻이 깃들었으니 군말 같았는데, 막상 '서로돕기'란 낱말을 더 헤아리니 꽤 쓸만하고, '함께돕기·같이돕기'나 '포근돕기·기쁨돕기'처럼 엮어도 재미있어요. 이리하여 '서로좋다'라는 낱말을 슬쩍 엮어 봅니다. 수수하게 '좋다' 하나여도 좋은데, 너랑 내가 새롭게 마주한다는 뜻을 살그머니 얹어서 한결 넉넉히 나아가자는 숨결을 담을 만하구나 싶어요. 오늘은 서로좋게, 이튿날은 모두좋게, 다음날을 함께좋게, 언제나 같이좋게 뚜벅뚜벅 걷습니다.

서로좋다 (서로 + 좋다) : 짝을 이루거나 얽히는 것·사람이 나란히 마음에 들 만하거나 도움이 되다. 서로 시원하거나 넉넉하게, 부드럽거나 곱게, 즐겁게 어울리거나 가깝게, 알맞거나 걸맞게, 거리낄 일이 없이, 어떤 일을 할 적에 힘이 덜 들거나 줄이도록, 마음도 삶도 생각도 맑게, 더 높이거나 낮추지 않고 고르게, 반가이 맞이하거나 받아들일 만하게 나아가거나 있다. (← 윈윈·공동 이득)

서서손뼉

요새도 어린이를 너른터(운동장)에 불러세우는 아침모임(조회)을 하는지 모르겠는데, 날이 맑으면 모래땅인 너른터에서 땡볕을 받으며 어질어질하도록 꼼짝없이 서서 으뜸어른(교장선생) 말씀을 들어야 했습니다. 비가 쏟아지면 겨우 배움칸(교실)에 앉아서 알림말(방송)로 말씀을 듣는데, 때로는 보람(상장)을 누구한테 건넨다고 하면서 "자, 기립박수!"라 합니다. '기립'이 뭔지 아는 아이도 있으나 모르는 아이도 많아요. 멀뚱멀뚱 있으면 우리 배움칸 길잡이(교사)는 "뭐 하나? 얼른 자리에서 일어나서 손뼉!" 하고 외칩니다. 속으로 '왜 이렇게 어린이를 닦달해? 그리고 처음부터 '일어나서 손뼉'이라 하면 다 알아듣잖아? '기립박수'처럼 어렵게 말하니 누가 알아들어?' 하고 궁시렁거렸어요. 마땅한 얘기인데 '기립박수'는 우리말이 아닌 일본말입니다. 일본말도 쓸 만하면 받아들이면 됩니다만, 일어서서 손뼉을 친다면 '서서손뼉'이나 '선손뼉'이겠지요. 총을 들고서 '서서쏴·앉아쏴'를 하고 '서서갈비'나 '선술집'이란 이름처럼 '서서-'나 '선-'을 앞가지로 삼을 만해요. 손뼉은 '앉은손뼉'이나 '손뼉물결'을 보낼 만합니다. 버스나 기차에서는 '앉는자리'에 '서서자리·선자리'처럼 쓸 만하고요.

서서손뼉·선손뼉 (서다 + 손뼉) : 자리에서 일어나서 치는 손뼉. 훌륭하거나 아름답거나 놀랍거나 대단하기에 반갑다고 여겨, 널리 기리면서 기뻐하는 마음을 드러내려고, 자리에서 일어나서 치는 손뼉. (← 기립박수)

섣달꽃

하루만 반짝하고 지나가면 반갑지 않습니다. 바쁜 어른들은 으레 '하루만 반짝'하고서 빛날(생일)도 섣달꽃(크리스마스)도 지나가려 했습니다. 어린이날도 어버이날도 매한가지이고, 한글날도 한가위도 마찬가지였어요. 이날을 맞이하기까지 설레는 마음도, 이날을 누리며 기쁜 마음도, 이날을 보내면서 홀가분한 마음도, 느긋하거나 넉넉히 살필 겨를이 없구나 싶더군요. 워낙 일거리가 많다 보니 "다 끝났잖아. 얼른 가자." 하면서 잡아끄는 어른들이었습니다. 어린 날이 휘휙 지나가고 어버이가 되어 아이를 돌보는 살림길에 곰곰이 보니 이웃나라는 '섣달잔치'를 으레 한 달쯤 즐기더군요. 다른 잔치도 그래요. 달랑 하루만 기리고 지나가지 않습니다. 이날을 맞이하기까지 달살림을 헤아리면서 아이어른이 함께 이야기꽃을 펴고 집살림을 추스릅니다. 우리나라도 먼 지난날에는 설이나 한가위뿐 아니라 크고작은 여러 기림날이 있으면 '기림달'처럼 누렸습니다. 나락꽃은 새벽에 피고 아침에 진다지만, 꽃가루받이를 마친 꽃은 이내 시든다지만, 숱한 꽃은 하루만 반짝하지 않아요. 이쪽 들꽃이 피고서 저쪽 들꽃으로 퍼지며 한 달 즈음 꽃잔치입니다. 섣달에 맞이하는 기쁜 하루도 '섣달꽃' 같다고 느낍니다. 모두한테 꽃날입니다.

섣달꽃 (섣달 + 꽃) : 한 해가 저무는 달인 12월을 기리면서 누리는 잔치. = 섣달잔치 (← 성탄절·크리스마스)

손질

싸움판(군대)은 모두 싸움판입니다. 하루를 머물러도 싸움질에 몸서리치고 위아래가 매섭습니다. 낮은자리는 '밑바닥'이라는 '총알받이'예요. 싸움(전쟁)이 터지면 맨 먼저 나아가 2분 30초를 버티도록 길들여요(훈련). 남녘·북녘은 싸움줄(군사분계선)을 사이로 어마어마한 젊은이가 총부리를 겨누는데, 이쪽저쪽 다 2분 30초를 버티고, 바로 뒤에서는 5분을 견뎌, 이동안 윗자리는 뒤로 달아나면서 뺑뺑 쏘아 죄다 죽음판으로 물들이는 얼거리예요. 1995년에 싸움판으로 끌려가서 총을 한자루씩 받는데, 날마다 '총기(銃器) 수입(手入)'을 하라고 시킵니다. 하루 세끼는 '조식·중식·석식'이고, 아침저녁으로 '일조점호·일석점호'에, 새벽이면 꼬박꼬박 '구보(驅步)'예요. 싸움말(군대용어)은 죄다 일본말입니다. 그곳에서 열넉 달을 살아내 석칸(상병)에 이른 날부터 손으로 글을 적어 '우리말 이야기쪽(소식지)'을 엮어 골마루에 붙였어요. 어느 날 윗분(대대장)이 불러요. "자네가 쓴 종이를 봤네. 이렇게 고치면 좋겠네. 처음 들어온 아이도 알아듣기 좋겠어." '총기 수입'은 '총기 손질'로 고쳐쓰자고 적었어요. '아침점호·저녁점호'를 하고 '아침·낮밥·저녁'에 '달리기'를 하자고도 적었고요. 몸부림처럼.

손질 (손 + 질) : 1. 손을 대어 한결 낫거나 좋도록 하다 2. 손으로 남을 함부로 때리다

수다꽃

사내는 수다를 떨면 안 된다는 소리를 들으며 자랐습니다. 사내가 말이 많으면 "계집애가 된다"고, 사내는 점잖게 말없이 있어야 한다더군요. 길게 말하지 않았는데 할아버지나 둘레 어른은 헛기침을 하면서 그만 입을 다물라고 나무랐습니다. "계집애처럼 수다나 떨고!" 하면서 굵고 짧게 호통이 떨어집니다. 잔소리로만 들린 이런 말을 귀에 못이 박히도록 듣노라니 '수다는 좋지 않다'는 생각이 슬그머니 또아리를 튼 듯해요. 그러나 '말없이 묵직하게 있어야 한다'는 말이 몸에 배고 나니 막상 '말을 해야 할 자리'에서 말이 안 나와요. 스무 살이 넘어서야 '말할 자리에서 말을 하는 길'을 처음부터 짚으면서 혼잣말을 끝없이 읊었습니다. 새벽에 새뜸(신문)을 나를 적에 주절주절 온갖 말을 뱉고, 큰소리로 노래를 불렀어요. 밤에 잠자리에 들 적마다 마음속으로 여러 이야기를 그리면서 벙긋벙긋했습니다. 총칼로 서슬퍼렇게 억누르던 나라는 우리 입을 여러모로 틀어막아 길들이려 했습니다. 사내야말로 수다를 떨며 가시내랑 마음을 나눠야 생각을 틔우고 슬기롭고 착하게 어깨동무로 나아갈 수 있다고 느꼈어요. 수다로 꽃을 피워야 이야기도 꽃이 피고, 말도 글도 꽃이 피겠지요. 온누리는 들꽃수다가 북적여야 아름다워요.

수다꽃 (수다 + 꽃) : 서로 마음을 열어 즐겁게 나누면서 널리 피어나는 말. 서로 마음을 열어 즐겁게 널리 말을 나누는 자리. (= 수다꽃판·수다잔치·수다꽃잔치 ← 강의·강연·토크쇼·북토크)

순돌이

지난날 '국민학교'란 이름이던 어린배움터를 다닐 적에 "철수와 영희" 라는 이름을 듣고 배웠습니다. 제가 다니던 무렵만 해도 "철수와 영희" 보다 '영수·용수'나 '은경·은희' 같은 이름이 훨씬 흔했지 싶은데, 한어버이가 들려주는 옛이야기에는 으레 "순이와 돌쇠"가 나왔어요. "순이와 돌쇠"란 이름을 들으면 가시내는 "쟤들은 '쇠'래." 하면서 낄낄거려요. 놀림말에 붉으락푸르락하다가 "왜 사내만 '쇠'예요?" 하고 따지면 어른들은 "그럼 가시내한테 '쇠'라고 할까?" 하며 꿀밤을 먹여요. 놀림말에 꿀밤까지 그저 입을 샐쭉거립니다. 나중에 "갑순이와 갑돌이"라든지 "공돌이와 공순이" 같은 말을 들으며 비로소 '순이돌이'하고 '돌이순이' 같은 이름을 되뇌었어요. 어른들은 '순(順)'하고 '돌(乭)'처럼 자꾸 한자를 붙이려 하지만, 가시내랑 사내를 살가이 부르는 오랜 우리말은 고스란히 숲빛을 담고 돌봄길을 들려주려는 속뜻이지 싶습니다. 순이는 슬기롭게 숲살림을 가꾸는 길이라면, 돌이는 돌(차돌)처럼 다부지면서 모든 숨결을 따스히 돌보는 몸짓으로 나아가는 길이라고 느낍니다. 마음부터 밝은 순이요, 몸짓부터 맑은 돌이가 서로 포근하게 만나는 길이기에 천천히 사랑이 싹틀 테고요.

순돌이·순이돌이 (순이 + 돌이) : 순이하고 돌이를 아우르는 이름. 숲을 품고 수더분한 숨결인 순이(여자·여성)이고, 동글동글 둘레를 돌볼 줄 아는 숨결인 돌이(남자·남성)를 함께 가리키는 이름. (← 남녀男女)

숲노래

어려우면 우리말이 아닙니다. 처음 듣기에 어렵지 않아요. 우리가 옛
날부터 오늘에 이르도록 누린 삶하고 동떨어지기에 어렵습니다. 오늘
은 어제하고 달라 옛사람처럼 살아가지 않으나, 우리 눈빛하고 마음은
늘 이곳에서 흐르는 날씨하고 풀꽃나무하고 눈비바람에 맞게 피어나
면서 즐겁습니다. 저는 열 살 무렵에는 혀짤배기·말더듬이에서 벗어나
려고 용썼고, 열아홉 살 무렵에는 네덜란드말을 익혀 우리말로 옮기는
길을 가려다가 우리말을 헤아리는 쪽으로 접어들며 스스로 '함께살기'
란 이름을 지었어요. 서른아홉 살에 접어들자 새롭게 이름을 지어야겠
다고 느껴 '숲노래'를 지었습니다. '함께살기'는 너나없이 어깨동무하
는 푸른삶을 가리킨다면, '숲노래'는 누구나 푸르게 별빛이라는 사랑을
가리킵니다. '함께살기'는 '동행·공생·공유·공동체·상생·혼례·조화·하모
니·균형·동고동락'을 풀어낼 만하고, '숲노래'는 '우화寓話·자연음악·치
유음악·자연언어'를 담아낼 만하다고 생각해요. 스스로 새롭게 살림을
짓고 싶기에 이름이며 말을 손수 새삼스레 지어요. 앞으로 쉰아홉 살
에 이르면 또 이름을 새롭게 지을 생각이에요. 저로서는 스무 해를 고
비로 아주 새빛으로 태어나려는 꿈으로 하루를 바라보면서 걷습니다.

숲(수풀) : 1. 누구나 무엇이든 수수하면서 푸르게 어우러지는 곳. 멧골이나 들판을 덮는 풀꽃나
무가 지은 즐거운 살림터. 멧골이나 들판에 풀꽃나무가 가볍게 퍼지면서 싱그럽게 춤추고 스스
럼없이 스스로 피어나는 터전 (풀꽃나무가 싱그럽고 가벼우며 산뜻하고 푸르게, 넉넉하면서 넘
실넘실 너르게 있는, 슬기롭게 거듭나면서 철마다 새롭게 흐드러지는 터전. ← 자연) 2. 풀·나무·
덩굴이 이리저리 가득 모이거나 붙은 곳 (풀·나무·덩굴이 엉켜서 지나가기 힘든 곳) 3. 많거나 가
득하거나 넉넉하게 있는 곳
숲노래 (숲 + 노래) : 1. 풀꽃나무·짐승·새·돌바위모래·눈비바람·해·별·헤엄이 들을 빗대거나 그
리면서 사람이 사람스럽게 살아가고 살림하며 사랑하는 길을 밝히도록 들려주는 이야기. (← 우
화寓話) 2. 숲을 그대로 들려주거나, 숲에서 피어나는 푸른바람·푸른기운·푸른빛을 담은 노래.
몸하고 마음을 다독이거나 달래면서 푸르게 깨어나거나 피어나도록 하는 노래. (← 자연음악, 치
유음악, 힐링송) 3. 숲에서 태어난 말. 숲을 바탕으로 지은 말. 숲을 품은 살림살이를 가꾸면서 엮
은 말. (← 자연 언어, 자연어)

시골사람

낱말책에 '서울사람·시골사람'이 없습니다. '시골내기·서울내기'란 낱말이 있으니 없을 만할까요? '-내기'를 붙인 말씨도 퍽 쓰지만, '-사람'을 붙인 말씨를 훨씬 자주 쓸 텐데요. 고장이름을 붙여 '창원사람·화순사람'이라든지, 나라이름을 붙여 '네팔사람·폴란드사람'처럼 수수하게 씁니다. 이때에는 굳이 띄어쓰기를 할 까닭이 없다고 느낍니다. 붙여쓰기일 적에 알아보기 나아요. 저는 인천에서 나고자랐기에 인천사람이기도 하지만, 곁님이랑 아이들하고 시골로 옮겨 꽤 오래 살아가기에 시골사람이기도 합니다. 인천에서 살 적에는 '골목사람' 같은 이름을 짓기도 했습니다. 잿빛집(아파트) 아닌 골목마을에서 살았거든요. 앞으로는 숲사람으로 살아갈 길을 생각하는데, 오늘 지내는 터전이 시골이다 보니, 이 시골은 어떤 자리인가 하고 되새기곤 합니다. 서울에서 멀기에 시골인가요? 서울사람이 배냇터를 그리는 데가 시골인지요? 시골은 모름지기 밥옷집이란 살림을 누구나 손수 지어서 누리는 터요, 숲이며 들이며 내에 바다나 멧골을 품은 삶터를 가리킨다고 느낍니다. '시골 = 손수짓기'라면 '서울 = 장사마당'이라 할 만해요. 시골은 살림집이 띄엄띄엄이고, 서울은 살림집이 겹겹에 다닥다닥이며 가게가 넘쳐요.

시골사람 (시골 + 사람 / = 시골내기) : 1. 숲·들·내·바다가 있으면서 물·바람이 맑고 해가 좋아, 삶·살림·사랑을 손수 짓는 터에서 태어났거나 살아가는 사람. 2. 시골에서 살거나, 시골에서 태어나고 자란 사람. 3. 서울·큰고장(도시)에서 멀리 떨어진 곳에서 태어났거나 살아가는 사람.

신가락

노래를 잘 하는 사람이 있다면, 저는 노래를 못 하는 축입니다. 손가락에 얹거나 튕기는 가락틀(악기)도 힘들고, 높낮이를 맞추어 흥얼거리는 소리도 만만하지 않습니다. 그러나 아이를 낳아 돌볼 적에 쉬잖고 자장노래랑 놀이노래를 들려주었어요. 아이들은 아버지 소릿결을 따라가지 않더군요. 아버지 소릿결은 저렇구나 하고 느끼면서 노랫결을 찬찬히 맞아들여요. 예전에 "너희가 재즈를 아느냐"란 이름이 붙은 책이 나온 적 있는데, 참 거북했어요. 저 같은 노래바보가 여느 노래는커녕 '재즈'를 어찌 알겠습니까. 거꾸로 "너희가 재즈를 모르느냐"처럼 이름을 붙였다면, 그 노랫가락을 아는 분도 모르는 우리도 한결 부드러이 온노래에 마음을 기울일 만할 텐데 하고 생각했습니다. 스스로 부르거나 켜거나 들려주지는 못 하지만, 노래님이 선보이는 '재즈'를 오래오래 듣다가 어느 날 "참 신명나게 울리는구나" 하고 혼잣말을 했어요. '신나다·신명나다·신바람'은 '즐거움'하고 비슷하되 다른 낱말입니다. '신'은 웃는 기운 곁에 우는 눈빛도 품지 싶어요. 먼먼 어느 나라에서 지어서 나누었다는 'jazz'는 '신가락'이나 '신명노래'일 만하겠다고 느껴요. 온삶을 녹여내어 터뜨리는 '가락꽃' 같습니다.

신가락 (신·신나다 + 가락) : 신나게 흐르거나 들려주거나 펴거나 어우러지는 가락. (= 신명가락·신노래·신명노래 ← 재즈jazz)

아기봄빛

"뭣 하러 이름을 새로 지으려 해요? 그냥 쓰면 되지?" 하고 묻는 분한테 빙그레 웃으며 "뭣 하러 우두머리(대통령)를 갈아요? 한 사람 박아 놓고 그냥 살면 되지?" 하고 여쭙습니다. "아니, 그거하고 이거하고 같아요?" 하고 되물으시면 "아니, 어떻게 크고작거나 다른 일이 있을까요? 모든 일이나 삶이나 말은, 바라보거나 다루거나 돌보거나 살림하거나 가꾸는 결이 매한가지예요. 말 한 마디를 대수롭잖게 여기는 마음이라면, 다른 곳에서도 대수롭잖게 넘어간답니다. 우리 삶 곳곳을 대수롭게 하나씩 볼 줄 안다면, 조그마한 말 한 토막이더라도 가만히 짚으면서 사랑으로 다스리려 할 테고요." 하고 보탭니다. 일본말이건 일본 한자말이건 일본 영어이건 그냥 영어이건, 그럭저럭 써도 나쁘지는 않다고 여겨요. 그러나 '나쁘지 않다 = 좋다'로 보아도 될까요? '아름답다 = 즐겁다 = 사랑스럽다'로 어우러지도록 나라지기를 살피고 말 한 마디를 추스르기에 우리 삶터가 빛나리라 느껴요. 한자말 '보모'를 '베이비시터'란 영어로 바꾸기보다는, '보육교사'란 한자말에 머무르기보다는, "아기를 돌보는 빛"이라는 뜻을 담아 본다면, 이 일을 맡는 어른부터 스스로 새빛을 품으면서 한결 눈부신 하루를 지으리라 생각합니다.

아기돌봄(아기봄) : 아기를 돌보는 일. 아이가 누릴 삶을 헤아리면서, 아이가 스스로 살림을 가꾸는 사람으로 자라나도록 곁에서 지켜보고 살펴보고 돌아보면서 차근차근 이끌거나 도우면서 함께 즐겁게 살아가려는 길. (← 육아, 탁아, 양육, 육영(육영사업), 훈육, 보육)
아기돌봄이(아기돌봄빛·아기봄이·아기봄빛) : 아기를 돌보는 사람. 아이가 누릴 삶을 헤아리면서, 아이가 스스로 살림을 가꾸는 사람으로 자라나도록 곁에서 지켜보고 살펴보고 돌아보면서 차근차근 이끌거나 도우면서 함께 즐겁게 살아가려는 길을 나아가는 사람. (← 베이비시터, 맘시터, 보모, 보육사, 보육교사)

아양

여태 아양을 떤 적이 없습니다. 앞으로도 아양을 떨 일이 없다고 생각합니다. 아양쟁이를 보면 닭살이 돋고, 누가 저한테 아양을 떨려 하면 얼른 비키거나 달아납니다. 아양순이가 아니어도 사랑스럽습니다. 아양돌이가 아니어도 아름답습니다. 애써 꾸밀 일이 없어요. 굳이 거짓스레 안 굴어도 돼요. 누구나 마음 깊은 데에서 솟아나는 숨빛을 찬찬히 보듬을 줄 알면 고와요. 뒷셈이 있기에 아양을 떨 테지요. 얻고픈 마음에 아양을 떨 테고요. 아양질 하나는 잘 하되, 다른 일은 서툰 사람이 있겠지요. 그러나 서툴면 서툰 대로 좋아요. 모든 사람이 훌륭해야 하거나 빼어나야 하지 않거든요. 엉성한 대로 말을 하고, 글을 쓰고, 밥을 짓고, 노래를 부르고, 춤을 추고, 이야기를 하면 됩니다. 남한테 잘 보이려는 마음에 억지웃음을 지으려 하면 얼마나 고단하거나 지칠까요. 그저 웃으면 돼요. 들풀처럼 웃고 나뭇잎처럼 웃습니다. 그저 뛰고 달리고 날고 춤추면 돼요. 꽃잎처럼 춤추고 별빛처럼 날아오릅니다. 눈앞에 어른어른하려고 나서고 싶지 않습니다. 누구한테 알랑알랑하면서 이름을 드러내어 본들 속빛이 깊어 갈 일이 없습니다. 빗방울은 아양을 안 떨어요. 이슬도 바다도 바람도 햇살도 벌나비도 아양을 떨지 않으며 수수하기에 빛납니다.

아양 : 좋게 보이려고 거짓으로 하는 짓. 좋게 보이거나 눈길·손길·귀염·사랑을 받을 생각으로 드러내어 꾸미거나 하는 짓.

아이어른

어쩐지 어릴 적부터 자꾸 말을 지었습니다. 혀짤배기인 몸이라 소리내기 어려운 말이 너무 많다고 느껴, 둘레에서 아무리 쉽다고 여기는 낱말이라 하더라도 저한테는 힘겹거나 어렵기에, 제가 소리를 내기 좋도록 새말을 끝없이 지었어요. 이러면 "그런 말이 어디 있냐? 사전에도 없을걸?" 합니다. "그런 말이 여기 있잖아. 내가 지었어. 사전에 없으면 이제부터 실으면 되지." 하고 대꾸하면 "누가 그런 말을 쓰냐? 네가 쓰는 말을 누가 사전에 싣니?" 하고 핀잔을 합니다만, "내가 쓰고 내가 실으면 되지." 하고 받았어요. 둘레 어른은 '남녀노소'나 '남녀불문' 같은 한자말을 척척 말하지만, 저로서는 이런 낱말도 소리내기 버거웠습니다. 이러던 어느 날 "아이어른 할 것 없이 모이시오" 하는 말을 듣고서 무릎을 쳤습니다. 낱말책을 살피니 '아이어른'은 없습니다. "아니, 이 쉽고 좋은 말이 왜 없지?" 하고 고개를 갸웃했습니다. 어른이 되어 돌아보니, 아이 말밑은 '알·알다·앎'이요, 어른 말밑은 '얼·어르다(얼우다)·어루만지다'입니다. 새삼스럽더군요. 먼 옛날부터 낱말 하나에 담은 깊고 너른 뜻을 새록새록 새기면서 '아이'란 이름하고 '어른'이란 이름을 곁에 포근히 두자고 생각했어요.

아이어른 (아이 + 어른) : 아이하고 어른을 아우르는 이름. 모두 새롭게 깨달은 숨결로 이 땅에 찾아온 빛인 아이하고, 새롭게 입은 몸으로 이웃님을 어루만지면서 새삼스럽게 삶을 짓는 숨결인 어른을 아우르는 이름. (← 노소(老少), 노소불문, 일동, 전원, 남녀노소, 남녀불문)

앉은풀

여름에는 풀이 우거집니다. 온누리를 푸르게 덮어요. 예부터 풀을 함부로 안 베었고 '잡초' 같은 한자말도 안 썼습니다. 그냥 '풀'이고, 마소가 누리는 밥이자, 모두한테 푸르게 베푸는 숨결이요, 사람은 나물이나 살림풀(약초)로 삼았어요. 성가시거나 나쁘다고 여기는 마음이 없습니다. 임금이나 벼슬아치가 사는 곳에는 풀 한 포기 없고 나무도 없습니다. 경복궁·광화문이나 절이나 으리으리한 기와집을 보면 알 만해요. 들꽃 같은 사람들이 지내는 곳은 집을 나무로 둘러싸고 숲에 안겨서 들풀을 들나물로 삼았어요. 겨울이 저물 즈음 땅바닥에 납작하게 붙듯 돋는 첫 봄나물을 먼 옛날부터 '앉은뱅이꽃'이라 했어요. 납작 앉았다는 뜻입니다. 요새는 '앉은뱅이'를 달갑지 않게 받아들여 이 이름도 안 써야 한다고 여기는 분이 많은데, '-뱅이'를 덜어 '앉은풀·앉은꽃'이라고만 해도 확 달라요. 바깥말 '로제트'를 끌어들이지 않아도 됩니다. '납작풀·납작꽃'이나 '바닥풀·바닥꽃' 같은 이름을 붙여도 어울려요. 아늑하게 깃들어 햇볕을 머금고 바람을 마시는 조그마한 풀꽃을 고이 쓰다듬습니다. 아름드리로 크지 않더라도 옅푸르거나 짙푸르게 이 땅을 폭 덮으며 봄을 노래하는 작고 상냥한 들빛을 가만히 안습니다.

앉은풀 (앉다 + 풀) : 땅바닥에 폭 앉은듯이 잎이 퍼지면서 자라는 풀. 잎이 땅바닥에 납작하게 붙듯이 퍼지면서 자라는 풀. (= 납작풀·납작꽃·앉은꽃·앉은뱅이꽃·앉은뱅이풀 ← 로제트rosette)

온눈

하루에 한 낱말씩 바꾸기도 안 나쁘지만, "늘 어린이 곁에서 어린이하고 어깨동무하는 눈빛"으로 즐겁게 살림수다·숲수다를 편다는 마음이 되어, 생각이 꿈을 사랑으로 펴는 길로 차근차근 나아가면 넉넉해요. 한글은 대단하지 않아요. 우리가 스스로 즐겁고 푸르게 지어서 노래하고 춤추며 함께 일하고 노는 수수한 하루를 그리는 말이면 저마다 다른 사투리처럼 다 다르게 빛나지 싶어요. 좋거나 바른 낱말을 안 찾아도 됩니다. 스스로 사랑하는 마음을 담아내는 말씨(말씨앗)를 헤아려서 찾고, 스스로 꿈꾸는 마음을 펼치는 글씨(글씨앗)를 신바람으로 살펴서 품으면, 우리말(우리가 쓰는 말)은 늘 별빛으로 흘러서 포근하더군요. 마음씨(마음씨앗)를 돌보면서 가꾸는 밑자락이 될 낱말 하나이기에, 오늘 하루를 "노래하는 놀이"로 누리면 아침노을 같은 말이 태어나고 저녁노을 같은 말이 피어나다가 바다물결 같은 말이 싱그러이 자란다고 느껴요. 우리는 누구나 하늘빛을 품은 아기로 이 별에 찾아와서 큰 사람이니, 문득 '온눈'으로 무지개를 그리는 사이에, 생각을 틔우고 눈귀를 열면서 초롱초롱 몸짓으로 하하호호 이야기를 짓는 숨결로 어우러질 테지요. 가을빛이 깊어 가는 새벽입니다. 풀벌레는 풀밭에서 부드러이 노래를 들려줍니다.

온눈 (온 + 눈) : 온누리를 오롯이 바라보고 받아들일 줄 아는 눈. 트인 눈. 열어 놓은 눈. 이른바 '개안(開眼)'이나 '제3의 눈'이라 할 만한 눈.

우리말꽃

'우리'를 소리내기 참 힘들었습니다. 혀짤배기에 말더듬이인 몸을 어떻게 다스리거나 돌보아야 하는지 알려주는 어른이나 동무도 없는 터라, 말을 않거나 짧게 끊기 일쑤였습니다. 소리내기 힘든 말은 안 하려 했습니다. 열여덟 살로 접어들 즈음 우리 아버지는 새집으로 옮겼고, 여태 어울리던 동무랑 이웃하고 모두 먼 낯선 데에서 푸른배움터를 다녀야 했는데, 논밭하고 동산을 밀어내어 잿빛집(아파트)만 한창 올려세우려는 그곳은 스산하고 길에 사람이 없다시피 했어요. 이때부터 혼자 한나절씩 걸으며 목청껏 소리내기를 했어요. 꼬이거나 씹히는 말소리를 천천히 외치며 또박또박 말하려 했어요. 스스로 낸 말소리를 스스로 들으며 하나씩 가다듬었어요. 내 말소리를 구슬이 구르듯 빛내자는 생각은 엄두조차 못 냈어요. 더듬말이 아닌 고른말로 들을 수 있도록 추스르자고 생각했어요. 작은 까마중꽃을 보며 이 꽃빛을 닮자고 꿈꾸며 고치고 또 고쳤어요. 서른세 살에 큰아이를 낳고서 자장노래를 날마다 끝없이 불러 주었는데, 아직 모든 소리를 따박따박 내지는 못 하나 조금은 들어줄 만하게 다듬었으려나 싶습니다. 말을 더듬어 놀림받았기에 '우리말꽃'을 짓는 길을 걸었나 싶습니다. 꽃노래로 나눌 말을 누구나 품기를 바라면서.

우리말꽃 (우리 + 말 + 꽃) : 우리가 쓰는 말을 차곡차곡 모아서 엮은 꾸러미. 우리나라 사람이 쓰는 말을 하나하나 돌보고 가꾸고 북돋아서 나누려는 마음으로 뜻풀이·보기글·쓰임새·결·밑뿌리를 고루 짚으면서 엮은 꾸러미. 우리가 예부터 물려주고 물려받으면서 쓴 말을 발자취와 흐름과 숨결을 고루 헤아리면서 엮은 꾸러미. 우리가 스스로 삶을 짓고 서로 사랑하면서 함께 나누고 하루하루 즐겁게 일군 말을 누구나 쉽고 즐겁고 슬기롭고 아름답고 사랑스레 쓰도록 돌아보거나 익히도록 이끄는 꾸러미. 우리 스스로 생각해서 쓰는 말을 알뜰히 담아서 엮은 꾸러미. 우리 나름대로 삶을 가꾸고 지으면서 나란히 가꾸고 지어서 쓰는 말을 알아보고 익히도록 엮은 꾸러미. (← 국어사전)

윤슬

서울에 바깥일이 있어 나들이한 어느 날 체부동 〈서촌 그 책방〉에 찾아간 적이 있습니다. 이날 책집지기님한테서 '윤슬'이란 낱말을 새삼스레 들었습니다. 느낌도 뜻도 곱다면서 무척 좋아한다고 하셨어요. 진작부터 이 낱말을 듣기는 했으나 잊고 살았는데, 이튿날 천호동 마을책집을 찾아가려고 골목을 헤매다가 '윤슬'이란 이름을 붙인 찻집 앞을 지나갔어요. 사람이름으로도 가게이름으로도 조곤조곤 퍼지는 '윤슬'이요, 국립국어원 낱말책을 뒤적이면 "햇빛이나 달빛에 비치어 반짝이는 잔물결"로 풀이합니다. 그런데 '달빛'이란 '없는 빛'입니다. 햇빛이 달에 비추어 생길 뿐이니 '달빛'이란 '튕긴 햇빛·비친 햇빛'입니다. 곰곰이 '윤슬'을 생각해 보는데, 이 낱말이 어떻게 태어났거나 말밑이 어떻다는 이야기는 찾아보기 어렵습니다. 이때에 여러 우리말결을 나란히 놓으면 실마리를 어렵잖이 찾을 만합니다. 먼저 '유난'이 있고, '유들유들·야들야들'에 '여릿·여리다'로 잇는 말씨가 있고, '구슬·이슬'에 '슬기·스스로' 같은 낱말이 있어요. 해나 별이 비출 적에 작고 가벼이 일렁이는 물이 빛을 받아들여 남다르게(유난하게) 반짝이는 모습을 본 옛사람이, 어우러지는 빛물결에 이름 하나 붙였겠지요.

윤슬 : 햇빛·별빛을 받아서 유난히 반짝이는 작고 가벼운 물결.

어울길

푸른배움터에 들어가는 1988년 즈음에 '문화의 거리'란 말을 처음 들었지 싶어요. 더 앞서부터 이런 이름을 썼을는지 모르나 서울에서 놀이마당(올림픽)을 크게 편다면서 나라 곳곳에 '문화·예술'을 붙인 거리를 갑작스레 돈을 부어서 세웠고, 인천에도 몇 군데가 생겼어요. 그런데 '문화의 거리'나 '예술의 거리'란 이름을 붙인 곳은 으레 술집·밥집·옷집·찻집이 줄짓습니다. 먹고 마시고 쓰고 버리는 길거리이기 일쑤예요. 즐겁게 먹고 기쁘게 마시고 반갑게 쓰다가 푸른빛으로 돌아가도록 내놓으면 나쁠 일은 없되, 돈이 흥청망청 넘치는 노닥질에 '문화·예술'이란 이름을 선불리 붙이면 안 맞기도 하고 엉뚱하구나 싶어요. 먹고 마시고 쓰며 노는 곳이라면 '놀거리'나 '놀잇길·놀잇거리'라 하면 됩니다. 우리 삶을 밝히면서 이웃하고 새롭게 어우러지면서 차근차근 살림을 북돋우는 길거리를 펴고 싶다면 '어울길·어울거리·어울골목'이나 '어울림길·어울림거리·어울림골목' 같은 이름을 붙일 만해요. 살림하고 삶이 어우러지는 어울길이에요. 춤이며 노래가 어우러지는 어울골목이에요. 책이며 그림을 아이어른 누구나 즐기며 어우러지는 어울거리예요. 곁에 멧새랑 풀벌레랑 숲짐승이 나란히 있으면 짙푸를 테고요.

어울길 (어울리다 + 길) : 어울리는 길. 여러 이야기·살림·삶·이웃·놀이·노래·춤·책·그림 들을 한 자리에서 누구나 함께 누리면서 어울리거나 어우러지는 길. (= 어울거리·어울골목·어울림길·어울림거리·어울림골목. ← 문화의 거리, 문화 거리)

이웃사람

'이웃'이라는 낱말만으로도 "가까이 있는 사람"을 가리킵니다만, 이제는 따로 '이웃사람'처럼 쓰기도 해야겠구나 싶습니다. '이웃짐승·이웃별·이웃목숨·이웃나라·이웃나무·이웃숲'처럼 쓰임새를 자꾸 넓힐 만해요. '이웃-'을 앞가지로 삼아 새 낱말을 차곡차곡 지으면서 말결이 살아나고, 우리 스스로 둘레를 바라보는 눈길을 새록새록 가다듬을 만하지 싶습니다. 요사이는 '서로이웃'이란 낱말이 새로 태어났습니다. 그저 옆에 붙은 사람이 아닌 마음으로 만나면서 아낄 줄 아는 사이로 나아가자는 '서로이웃'일 테니, 따로 '이웃사람'이라 할 적에는 '참사랑'이라는 숨빛을 없는 셈이라고 할 만합니다. 어깨동무를 하기에 서로이웃이요 이웃사람입니다. 손을 맞잡고 춤추며 노래하는 사이라서 서로이웃이자 이웃사람이에요. 이웃마을에 찾아갑니다. 이웃넋을 읽습니다. 즐겁게 이야기꽃을 엮고, 새삼스레 수다잔치를 폅니다. 옆집에 산다지만 아침저녁으로 시끄럽게 굴거나 매캐한 냄새를 피운다면 이웃하고는 동떨어질 테지요. 나무를 심어 돌보고, 밤이면 별빛을 헤아리고, 낮에는 멧새하고 풀벌레 노랫소리를 그윽히 누릴 줄 알기에 비로소 서로이웃이자 이웃사람이 되어, 온누리를 밝히는 길을 열리라 생각합니다.

이웃사람 (이웃 + 사람) : 그저 옆에 붙거나 있는 사람이 아닌, 몸으로도 마음으로도 깊고 넓게 아낄 줄 아는 포근한 숨결로 만나거나 사귀거나 어울리는 사람.

일자리삯

서울에서 살며 일터를 쉬어야 할 적에 '쉬는삯'을 받은 적이 있습니다. 일터를 다니는 동안 받는 삯에서 조금씩 뗀 몫이 있기에, 일을 쉬는 동안에 이 몫을 돌려받는 셈입니다. 서울살이를 하는 동안에는 미처 못 느꼈는데, '일자리삯'이라 할 이 돈은 서울사람(도시사람)만 받더군요. 시골에서 일하는 사람은 못 받아요. 씨앗을 심어 흙을 가꾸는 일꾼은 '일자리삯'하고 멀어요. 아이를 낳아 돌보는 어버이는 어떨까요? 곁일을 하는 푸름이는, 또 일거리를 찾는 젊은이는 어떨까요? 나라 얼개를 보면 빈틈이 꽤 많습니다. 이 빈틈은 일터를 이럭저럭 다니며 일삯을 꾸준히 받기만 했다면 좀처럼 못 느끼거나 못 보았겠다고 느낍니다. 시골에서 조용히 살기에 빈틈을 훤히 느끼고, 아이를 낳아 돌보는 살림길이기에 빈구석을 으레 봅니다. 아무래도 시골사람은 매우 적고, 거의 다 서울(도시)에 모여서 북적거리기에 나라살림도 서울에만 맞추는구나 싶어요. 그렇지만 북적판 서울이 아닌 고요누리 시골에서 살아가기에 언제나 파란하늘하고 푸른숲을 마주합니다. 자전거를 달리면 바다가 가깝습니다. 해가 진 밤에는 별잔치를 누립니다. 주머니에 들어오는 쉬는삯이 없더라도, 마음으로 스미는 빛살이 그득한 시골살이입니다.

일자리삯 (일자리 + 삯) : 일자리를 얻으려는 사람이 아직 일자리가 없어서 일을 하지 않거나 못 하는 동안 받는 삯. 앞으로 일감이나 일자리를 찾을 때까지 살림을 도우려고 주는 삯. (= 일감삯·일거리삯·쉬는삯. ← 실업급여)

읽눈

남처럼 읽어야 할 까닭이 없다고 생각하지만, 배움터(학교)는 늘 '남처럼 읽기'랑 '남처럼 쓰기'에 '남처럼 말하기'하고 '남처럼 듣기'를 시켰구나 싶습니다. 셈겨룸을 치러서 좋게 나오려면 '나처럼 읽기'로는 다 틀립니다. '남처럼 읽기'를 해야 셈겨룸이 잘 나오고 이름난 열린배움터(대학교)에 들어가기 좋다고 했습니다. 어린배움터도 푸른배움터도 모든 글(동시·동화·시·소설·수필·사설·해설)을 똑같이 읽고 외우도록 내몰아요. 모든 글을 다 다르게 읽고 생각해서 새롭게 글밭을 가꾸도록 북돋우지 않습니다. 곰곰이 보면 맞춤길하고 띄어쓰기도 '남처럼 쓰기' 가운데 하나입니다. 엉망으로 써도 좋다는 소리가 아닌, 사투리·마을말·고장말은 나쁘거나 몹쓸말로 친 우리나라입니다. 저는 남눈이 아닌 참눈을 뜨고 싶어요. 어릴 적부터 느낌글(독후감)을 쓸 적마다 꼬박꼬박 '내 생각'을 붙이려 했습니다. 왜냐하면 내가 쓴 글이거든요. '읽눈'은 "읽는 눈"입니다. "보는 눈"은 '봄눈'입니다. "생각하는 눈"은 '새눈'입니다. "짓는 눈"은 '짓눈'이에요. 스스로 마음을 고요히 보면서 사랑할 줄 알기에 이웃을 차분히 마주하면서 사랑한다고 느껴요. 내 읽눈으로 잎눈을 보고 꽃눈을 보기에 기쁩니다.

읽눈 (읽다 + 눈) : 읽는 눈. 겉으로 보이는 모습을 비롯해, 속으로 흐르는 뜻·삶·이야기·숨결을 보고 느껴서 받아들이는 눈. (← 안목·감식안)

작은님

주제

지음이

쪼잔이

작은님

언니가 있어 언제나 '작은아이'였습니다. '작은'이란 이름은 마흔 살이 넘든 여든 살이 지나든 매한가지입니다. 그러고 보면 저도 우리 집 둘째한테 '작은아이'란 이름을 씁니다. '작다·크다'는 좋거나 나쁘게 가르는 이름이 아닙니다. 그저 앞뒤를 가리려고 붙인 이름입니다. '작은아이'라서 물러서거나 입을 다물어야 하는 자리가 수두룩했고, '작은아이'인 터라 "워낙 힘이 딸리고 안 될 텐데?" 하는 말을 숱하게 들었어요. 가만히 돌아보면 작기에 잘못을 너그러이 봐주기도 했지만, 작다고 너그러이 보는 눈이 달갑지 않았어요. "날 작은아이라 부르지 말고 내 이름을 부르라고욧!" 하고 으레 외쳤지만, 어른들은 호호호 웃으면서 "쟤가 참 철이 없네." 하고 여겼습니다. 어제를 돌아보고 오늘을 생각하다가 우리 집 두 아이를 놓고 어느 때부터인지 '큰아이·작은아이'란 말은 거의 삼가고 '아이들 이름'만 쓴다고 느낍니다. 그래요. 이름을 불러야지요. 꼭 첫째랑 둘째를 갈라야 한다면 '작은님·작은씨'처럼 불러야겠어요. 고운 빛을, 맑은 눈을, 환한 사랑을, 즐거운 길을 속삭이고 싶습니다. 아직 널리 알려지거나 빛나지 않으나, 머잖아 초롱초롱 빛나는 별님으로 드리울 작은님이요 작은씨입니다.

작은님 (작다 + 님) : 1. 솜씨나 재주가 살짝 뛰어나거나 훌륭한데 아직 널리 알려지거나 도드라지지 않은 사람. 앞으로 솜씨나 재주가 자라서 널리 알려지거나 도드라질 사람 2. 둘레에서 보기에 작거나 낮거나 바깥이라 할 만한 자리에 있는 사람 3. 사람·여러 목숨·풀꽃나무 같은 모습으로 꾸며서 곁에 두거나 함께 노는 님. '인형'을 가리킨다.

주제

어릴 적부터 "○○하는 주제에" 소리를 익히 들었습니다. "힘도 없는 주제에"나 "골골대는 주제에"나 "못하는 주제에"나 "말도 더듬는 주제에" 같은 소리에 으레 주눅들었어요. "넌 그냥 쭈그려서 구경이나 해" 하는 말을 들으며 스스로 참 못났구나 하고도 생각하지만, '난 스스로 내 주제를 찾겠어' 하고 다짐했어요. 어릴 적에는 우리말 '주제'가 있는 줄 모르고 한자말 '주제(主題)'인가 하고 아리송했습니다. 나이가 들고 나서는 "돈없는 주제에"나 "안 팔리는 주제에"나 "시골 주제에" 같은 소리를 곧잘 들으며 빙그레 웃어요. "주제모르고 덤벼서 잘못했습니다" 하고 절합니다. 이러고서 "돈없고 안 팔린다지만, 늘 즐겁게 풀꽃나무하고 속삭이면서 노래(시)를 쓰니, 저는 제 노래를 부를게요." 하고 한 마디를 보태요. 나설 마음은 없습니다. 들풀처럼 들숲을 이루면 넉넉하다고 여깁니다. 손수 지으면 모든 살림이 아름답듯, 언제나 끝없이 새롭게 샘솟는 손빛으로 신나게 글꽃을 지어서 그대한테 드릴 수 있어요. 이러고서 "돈있는 주제라면 둘레에 널리 나눠 주세요. 저는 글쓰는 주제라 글꽃을 드리지요." 하고도 읊습니다. 왁자지껄한 소리는 때때로 바람에 흘려 하루를 잊도록 쓰다듬어 주기도 하더군요.

주제 : 볼만하거나 넉넉하거나 제대로라 하기 어려운 모습·몸·몸짓·차림새 (못나거나 모자라다고 여길 만한 그릇·살림·삶)

지음이

제가 어릴 적인 1980해무렵(년대)을 돌아보면, 그무렵에 밥을 '만든다'
고 말하는 사람은 없었다고 느낍니다. 밥을 '한다'거나 밥을 '짓는다'고
했고, 밥을 '차린다'고 했어요. 나고자란 고장을 떠나 서울에서 일하는
동안 밥을 '만든다'고 말하는 사람을 곧잘 보았고, 요새는 밥을 '짓거나
하거나 차리'는 사람은 드물다고 느껴요. 다들 '만든다'고 합니다. '만들
다'라는 낱말은 쓰임새가 꽤 좁습니다. 뚝딱뚝딱 똑같이 찍어내는 곳
에서 '만들다'란 말을 써요. 손수 내놓거나 스스로 선보이는 자리에서
는 '짓다'란 말을 씁니다. 그런데 우리나라 어린배움터는 일찍부터 '글
짓기'란 이름으로 아이를 억눌렀어요. '글짓기'는 일본 배움터에서 펴
던 '작문(作文)'을 그대로 옮긴 이름입니다. 이 이름은 안 나빠요. 잘 옮
겼어요. 다만 이름만 글짓기이되 어린배움터에서는 '글만들기·글꾸미
기'를 시켰을 뿐입니다. 뚝딱뚝딱 똑같이 틀로 찍어내면서 '짓다'란 이
름을 붙였으니 참 얼토당토않아요. 책을 새로 쓰거나 그림을 새로 선
보일 적에 '지은이'라 합니다. 남하고 다르게 스스로 새롭게 빛나려고
하는 살림이기에 '지은이'입니다. 저는 여기에 '지음이·짓는이'하고 '지
음님·짓는님' 같은 몇 마디를 보탭니다.

지음이 (짓다 + ㅁ + 이) : 새롭게 나타나도록 하는 이. 이름을 처음으로 붙인 이. 집·옷·밥을 스스
로 마련하는 이. 흙을 가꾸어 스스로 먹을거리를 얻는 이. 이야기를 새로 내놓거나 글·노래를 새
로 쓰는 이. 묶거나 엮어서 어떤 모습을 스스로 새롭게 이루는 이. 어떤 일·말이 끝이 나도록 하
는 이. 서로 새롭게 잇도록 하는 이.

쪼잔이

어릴 적에 저한테 자꾸 돈을 빌리려는 아이가 있었습니다. 이 아이는 돈을 빌려주면 갚는 일이 없는데, 안 빌려주면 괴롭히거나 때립니다. 저는 여덟 살부터 집하고 배움터 사이를 걸었습니다. 다른 아이는 모두 버스를 타지만, 저는 걸으면서 날마다 120원씩 모았어요. 그러니 이 아이는 제 길삯 120원을 빼앗으려는 셈입니다. 돈을 빼앗기다가 얻어맞다가 도무지 견디지 못하고 맞붙으며 더 얻어맞곤 했지만, 그래도 그 아이 팔뚝에서 피가 나도록 이로 깨물거나 종아리를 깨물었어요. 주먹힘이 안 되니 깨물기라도 해야 떨어집니다. "너 참 쪼잔하다. 어떻게 깨무냐?" 하는 이 아이한테 "돈을 빼앗고 때리는 너야말로 쪼잔하지! 힘없다고 괴롭히잖아!" 하고 읊고서 더 얻어맞았어요. 이러던 어느 날 이 아이네 집으로 갔습니다. 기찻길 곁 가난한 집입니다. 이때에는 누구나 가난했어요. 이 아이 어머니는 종이꽃을 접어서 파시더군요. 저더러 "○○이랑 놀러왔니? 집에 없는데?" 하고 물으셨고, "아뇨. ○○이가 여태 저한테 빌리고 안 갚은 돈을 받으러 왔어요." 하고 여쭈었습니다. 저는 이 아이한테 빌려준 돈을 0원 돌려받았지만, 이날 뒤로 이 아이는 저를 더 안 괴롭혔습니다. 어느 날 옆을 지나가며 또 "쪼잔한 놈!" 하더군요.

쪼잔이 (쪼잔하다 + 이) : 쪼잔한 사람. 마음이 좁고 작은 사람. 스스로한테도 남한테도 마음을 좁고 작게 쓰는 사람. '쪼잔하다 = 좁다·조그맣다·쪽(쫍다·쪼그맣다·조각) + 잔(잘다)'인 얼거리.

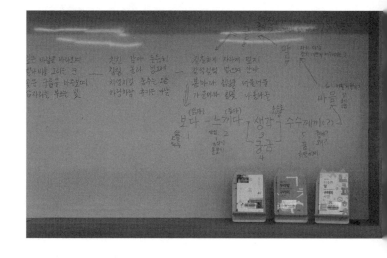

ㅊ

차림멋

새옷을 장만하기보다는 언제나 이웃한테서 물려받는 옷을 반겼습니다. "다른 집 아이들은 새옷을 좋아하는데, 너는 참 유난하다."는 말을 늘 들었어요. 남이 입던 옷을 왜 반겼나 하고 돌아보면, 갓 장만한 옷에서 나는 냄새가 메슥거렸어요. 새옷이 가득한 옷집에 가면 어질어질하더군요. 어린 날에는 몰랐으나, 갓 지은 옷이 품은 죽음냄새(화학약품 냄새)가 살갗에 닿으면 두드러기가 났습니다. '세제'란 이름인 빨랫가루는 냇물·흙·바다를 망가뜨리지만 사라질 줄 모릅니다. 곁님도 이 대목을 느껴 투박한 빨랫비누로 손수 비비며 옷살림을 건사하다가 '잿물'을 집에서 마련해서 빨아요. '이엠(E.M./유용 미생물)'을 쌀뜨물하고 섞어 삭이고 이닦이물로도 빨랫물로도 씁니다. 겉으로 아무리 보기좋다고 하더라도 속에서 받지 않으면 덧없습니다. 속에서 괴로운 옷감이나 살림으로 꾸미려 든다면 '차림'이 아닌 '치레'이지 싶어요. '차림새'는 옷을 차린 겉모습만 가리키는 말은 아니라고 생각해요. 스스로 즐거우면서 푸르게 살아가려는 마음을 조촐히 가꾸는 숨결이 묻어나기에 '차림빛'이요, 아이한테 물려줄 살림새를 건사하려는 어버이 손길이기에 '차림멋'으로 피어난다고 생각해요.

차림새 : 차린 모습 (누리거나 나누거나 쓰거나 하기에 넉넉하면서 즐겁도록, 짓거나 얻거나 받거나 놓거나 만진 모습 ← 코디네이션·패션·핏·외관·외형)
차림멋 : 차린 멋 (누리거나 나누거나 쓰거나 하기에 넉넉하면서 즐겁고 보기에 좋도록, 짓거나 얻거나 받거나 놓거나 만져서 눈에 띄는 모습)
차림빛 : 차린 빛 (누리거나 나누거나 쓰거나 하기에 넉넉하면서 즐겁고 빛나도록, 짓거나 얻거나 받거나 놓거나 만져서 눈에 띄는 모습)

찰칵

옆나라 일본은 'camera'를 'カメラ'로 적고 읽어요. 우리는 이 소리를 그대로 받아들여 '카메라'라 합니다. 또는 한자말을 고스란히 들여서 '사진기(寫眞機)'라고도 합니다. 일본말 아닌 영어로 'camera'를 받아들였다면 '캐머러'나 '캐멀'이란 말을 쓸 테지요. 찰칵찰칵 찍는 길을 걷는 여러 젊은이는 한때 '빛그림'이라는 이름을 지었으나 그리 퍼지지는 않았어요. 무척 어울리는 이름이기에 혼자 조용히 혀에 얹어서 두고두고 읊어 보았어요. 이러다 문득, 글을 글꽃(문학)이라 하고, 말을 말꽃(언어학)이라 하면 새롭듯, '빛꽃'이라 하면 새롭겠구나 싶더군요. 빛꽃길을 걷지 않으면서도 빛꽃을 즐기는 분들은 아이를 찍을 적에 곧잘 "우리 '찰칵' 하자!" 하고 말합니다. 곰곰이 보면 이 말씨를 살려 '찰칵이·찰칵틀'처럼 수수하게 이름을 지을 만해요. '빛그림·빛꽃·찰칵 = 사진'이라는 얼거리입니다. '빛그림틀·빛꽃틀·빛틀·찰칵이 = 카메라·사진기'인 얼개이고요. 겹빵을 가리키는 이름으로 '샌드위치'가 있듯, 누구나 즐거이 빛살을 담아 반짝반짝 하루를 아로새기는 살림을 '빛꽃'이며 '찰칵'으로 보듬으면 한결 부드러우면서 상냥하게 마음을 나누리라 생각합니다.

빛그림·빛꽃(찰칵) : 바라보는 온누리·삶·살림·둘레·숲·터·자리·흐름·기운·바람·이야기·생각·마음을 새롭게 빛으로 담는, 또는 빛을 담아 새롭게 펼치는 길. 빛으로 담거나 빛을 담아 새롭게 펼쳐서 그림으로 거듭나거나 꽃처럼 피어난다. 빛그림·빛꽃으로 담아낼 적에 '찰칵' 하는 소리가 나기에, 이러한 소리가 나는 틈에 이루는 그림이자 꽃이기에 '찰칵'이란 말로 빗대기도 한다. (← 사진寫眞)
빛그림틀·빛꽃틀·빛틀(찰칵이) : 빛으로 담거나 빛을 담아 새롭게 펼쳐서 그림으로 거듭나거나 꽃처럼 피어나도록 쓰는 연장. 이 연장으로 담아낼 적에 '찰칵' 하는 소리가 나기에 '찰칵이'라고도 한다. (← 사진기, 카메라)

참스승

요즈음은 '참교육'이란 낱말을 엉뚱하게 씁니다. 참답게 살아가도록 슬기로이 밝히는 길을 들려주거나 나누려는 자리가 아닌, 잘못을 저지른 이를 호되게 나무라거나 두들겨패어 깨닫게 이끌려는 자리에 널리 써요. '참'다운 길이 아니라 '거짓'스러운 굴레에 갇히는 사람을 제대로 가르치자면(일깨우자면) 때려야(주먹다짐) 할까요? 거짓은 늘 그대로 거짓입니다. 참은 언제나 고스란히 참입니다. 밀어붙이거나 우격다짐이라면 참 아닌 거짓입니다. 따스하고 아늑하며 수월하고 넉넉히 품는 사랑이라면 거짓 아닌 참입니다. 곰곰이 보면 '이끎이(교사)'만 넘치고 '스스로슬기(스승)'는 자취를 감추는 터라, 우리가 쓰는 말도 어지러이 흩날리는구나 싶어요. 먹고살려면 종이(자격증·졸업장)를 따야 한다고 여기면서 자꾸 다투거나 겨루기에 그만 배움길을 잊고 스승을 잃으며 스스로 무너지는구나 싶어요. 스스로 착하게 살면 스스로 참다우리라 생각해요. 스스로 차갑게 굴면 스스로 매몰찬 하루로 가는구나 싶어요. 아이들 곁에서 즐겁게 오늘을 노래하는 어른으로 살아가는 길을 그립니다. 아기로 태어나 아이로 자라온 나날을 새록새록 되새기면서 스스로 사랑을 돌보고 가꾸면서 어진 사람으로서 살림꽃을 피우자는 꿈을 그립니다.

참스승 (참 + 스승) : 참다운 스승. 스스로 가벼우면서 밝고 사랑스러워 넉넉히 다스리고 나누면서 새롭게 나아갈 줄 알아 누구한테나 슬기롭고 부드러이 빛나는 사람. (← 위인偉人)
스승 : 스스로 나아갈 줄 아는 사람. 스스로 배워서 스스로 아는 사람. 스스로 나아갈 줄 알면서, 스스로 배우고 스스로 알기에, 남을 이끌거나 가르치는 길을 열어 주는 슬기로운 사람. 누구나 스스로 슬기롭도록 부드러이 쉽게 알려주는 사람. 굳이 이끌지 않으면서 사람들 스스로 나아가도록 가만히 길을 속삭이는 사람.

책꽃종이

책을 좋아하는 사람은 '도서상품권'이 처음 나올 무렵부터 이 종이를 기꺼이 장만해서 둘레에 나눠요. 책을 그리 좋아하지 않는 사람은 예나 이제나 '도서상품권'이란 이름이 낯설어요. 책을 좋아하는 어린이도 '도서상품권' 같은 이름은 만만하지 않습니다. "그럼 그대가 새로 이름을 지어 봐? 투덜대지 말고. 좋은 이름을 짓고 나서 투덜거려." 제가 투덜거리는 소리를 들은 이웃님은 이따금 이렇게 나무랍니다. 옳은 말이에요. 스스로 이름을 새로 지어서 어린이하고 어깨동무하는 길을 열노릇입니다. 투덜투덜 해본들 바뀔 일이 없어요. 1991년부터 2022년까지 쪽종이를 손에 쥘 적마다 생각에 잠겼습니다. 이러던 어느 날 "책으로 바꾸는 쪽종이를 내가 꾸려서 이웃하고 나눈다면, 난 어떻게 이름을 붙이려나?" 하고 생각했어요. "책을 나누도록 잇는 종이"일 텐데, 억지로 책을 읽히면 안 즐겁습니다. 언제라도 스스럼없이 즐거이 책하고 사귀도록. 잇는 종이로 나부끼기를 바란다면, 상냥하고 고운 숨결을 담을 노릇이라고 느껴요. 노래처럼, 봄빛처럼, 꽃처럼 책 한 자락을 나누면 즐겁겠다고 생각하자 "아, 책으로 꽃이 되도록 주고받는 종이로구나!" 하고 깨달아 '책꽃종이'란 이름을 여미어 보았습니다.

책꽃종이 (책 + 꽃 + 종이) : 적힌 값대로 책으로 바꿀 수 있는 종이. 책을 널리 읽도록 북돋우려고, 오직 책을 살 적에 쓰도록 값을 미리 치러 놓아서 돈처럼 쓰는 종이. (← 도서상품권)

책읽기

나라(정부·국립국어원)에서 펴낸 낱말책은 "독서(讀書) : 책을 읽음"으로 풀이합니다. 아주 틀리지는 않다고 할 뜻풀이입니다만, 영 엉성합니다. 더구나 우리말 '책읽기'는 올림말로 안 삼아요. '책 읽기'처럼 띄라고 합니다. 왜 아직도 우리말 '책읽기'를 낱말책에 안 올릴까요? 한자말은 '독 서'처럼 띄어쓰기를 안 하는데, 왜 '책 읽기'처럼 띄어야 할까요? '마음읽기·숲읽기·삶읽기·글읽기·그림읽기·바로읽기·오늘읽기·날씨읽기'처럼 '-읽기'를 뒷가지로 삼아 새말을 차근차근 지을 만합니다. 삶은 새롭게 뻗고, 생각은 새삼스레 자라고, 삶터는 새록새록 넓게 자랍니다. 이러한 길이나 물결을 돌아본다면 바야흐로 '읽기'를 슬기롭게 할 노릇이요, 우리 나름대로 '새로읽기'를 의젓이 할 줄 알아야지 싶어요. 마음닦기를 하는 이웃님이라면 마음읽기를 하다가 마음쓰기를 할 만합니다. 어린이 곁에서 함께 글쓰기도 글읽기도 하다가, 하루쓰기랑 하루읽기도 할 만해요. 조금 어려울는지 모르나 '사회읽기·문화읽기·정치읽기·경제읽기'도 할 만하지요. 가볍게 읽다가 깊이 읽습니다. 가만히 읽다가 곰곰이 읽습니다. 살며시 읽다가 살펴서 읽습니다. 그리면서 읽고, 노래하다가 읽고, 포근히 쉬다가 읽습니다.

책읽기 : 책을 읽음. 책에 흐르는 이야기나 줄거리나 뜻을 헤아려서 아는 일. 책을 펴서 이야기나 줄거리나 뜻을 제 것으로 받아들이거나 마음으로 맞아들이거나 배우는 일. 책이라는 꾸러미에 담은 삶·살림·숲·사람·사랑 같은 이야기를 새롭게 바라보면서 맞이하려는 일. 스스로 삶을 짓고 살림을 가꾸며 숲을 품고 사람으로서 노래하고 사랑이라는 길을 연 사람들이, 이웃·동무하고 나누려고 여민 꾸러미인 책을 곁에 두면서, 어제부터 오늘로 이은 길을 짚고, 오늘부터 모레로 나아갈 길을 그리도록 스스로 생각을 북돋우려는 일.

철갈이

푸른배움터를 다닐 무렵인 열너덧 살 무렵부터 "환기 시키게 창문 좀 열어." 하는 말을 들었다고 떠올립니다. 그때 '환기'란 한자말을 못 알아듣는 또래가 제법 있었어요. 한자말 '환기'는 '喚起'하고 '換氣'인데, 앞쪽은 '일으키다'를 뜻하고 뒤쪽은 '갈다'를 뜻합니다. "바람 좀 바꾸게 창문 열어."나 "바람갈이를 하도록 창문 열어."처럼 말한 어른은 예나 이제나 아직 못 만났습니다. '공기정화'처럼 더 어렵게 말하는 어른은 있되, '바람갈이'처럼 손쉽게 나눌 말을 쓰는 어른은 어쩐지 찾기 어려워요. '사람갈이'나 '물갈이'라 하면 되겠으나 '인적청산'처럼 어렵게 말하려는 우리 어른들입니다. 철이 바뀔 적에는 어떤 말을 쓰면 어울릴까요? 새철을 맞이할 적에는 어떤 말이 알맞을까요? '환절기'란 한자말에 이어 '간절기' 같은 일본말을 아무렇지 않게 쓰는 어른이 수두룩해요. 철을 바꾸거나 간다는 뜻을 그대로 담아 '철갈이'처럼 쓰면 되는 줄 생각하기가 오히려 어려울까요? 어려운 말이 그야말로 어려운 이웃하고 아이를 헤아리기가 어렵기에 그냥저냥 일본말을 끌어당기려나요? 이제는 '말갈이'를 할 노릇이지 싶어요. '밭갈이'처럼 '생각갈이'를 하고 '삶갈이'를 해야지 싶어요.

철갈이 (철 + 갈다 + 이) : 철을 갈다. 철이 바뀌다. 철이 새롭게 찾아오다. 새롭게 오거나 바뀌는 철. 어느 철을 마치거나 끝내고서 다른 철로 넘어서거나 나아가는 무렵. (← 환절기, 간절기)

철바보

인천에서 나고자랐습니다. 인천은 시골이 아닌 큰고장입니다. 그러나 서울 곁에 있으면서 모든 살림이며 마을은 매우 수수했어요. 다섯겹(5층)이 넘는 집조차 드물었거든요. 골목은 널찍하면서 아늑했고, 바다랑 갯벌이 가까우며, 곳곳에 빈터나 들이 흔했어요. 시골놀이는 아니지만 골목놀이에 바다놀이에 풀밭놀이를 누리면서 언제나 '나이'란 뭘까 하고 생각했어요. 신나게 뛰노는 우리를 바라보는 마을 어른들은 "철없이 놀기만 한다"고 나무랐는데, 어버이 심부름이며 집안일을 다들 엄청나게 함께하기도 했어요. "어른들은 하나도 모르면서." 하고 혼잣말을 했어요. 곰곰이 생각하면, 나이가 들기만 할 적에는 메마르고, 철이 들면 즐겁게 노래하며 놀리라 생각해요. 놀지 않거나 놀이를 얕보는 분이란 '낡은이·늙은이'로 가고, 철빛을 살피면서 아이하고 어깨동무하는 분이란 '어른'으로 간다고 생각했어요. 철을 알기에 아이한테 상냥하면서 어진 말씨를 들려주고, 철을 익히기에 아이 곁에서 부드럽고 포근한 눈빛으로 이야기를 편다고 생각해요. 걱정하거나 두려울 일이 있을까요? 철들어 가는 길이라면 걱정도 두려움도 무서움도 잊은 채, 신바람에다가 노래에다가 놀이를 품으면서 참다이 빛나는 하루가 된다고 느꼈어요.

철바보 (철 + 바보) : 철을 모르거나 잊거나 살피지 않거나 느끼지 않는 사람. 철이 들지 않은 사람. 한자를 붙인 '철부지(-不知)'를 손질한 낱말이다.

추근질

풀죽임물(농약)이 논밭에 퍼지기 앞서 거머리가 논자락에 함께 살았어
요. 논자락은 미꾸라지하고 개구리도 살고, 뜸부기에 뱀에 왜가리에다
가, 게아재비랑 물방개랑 거머리도 어우러지는 곳이었습니다. 거머리
는 종아리나 허벅지에 찰싹 붙어서 피를 쪽쪽 빱니다. 피를 빨려서 좋
은 사람이 없을 테니, '거머리·찰거머리'는 싫은데 자꾸 들러붙으며 성
가신 사람을 가리킬 적에 빗대는 이름이에요. 마을 빨래터에 낀 물풀
을 걷다가 거머리를 보고는 슬쩍 그릇에 담아 들여다보았어요. 통통하
고 까만 몸에 입만 크게 보여요. 오직 빨아들이기만 하는 숨결로 태어
났기에 스스로 기운을 지어내지는 않는구나 싶더군요. 자꾸 들러붙어
귀찮게 굴거나 우리 몸을 만지는 사람이 있다면 '추근'댄다고 합니다.
스스로 즐겁고 스스로 사랑이라면 남한테 들러붙지 않아요. 스스로 안
즐겁고 스스로 사랑을 잊은 채 헤매기에 거머리처럼 달라붙거나 엉뚱
하게 추근질을 한다고 느껴요. 따뜻한 마음빛으로 살아가자고 생각합
니다. 포근한 사랑꿈을 그리자고 생각합니다. 풀꽃을 어루만지는 손길
이 되고, 나뭇잎을 쓰다듬는 손빛으로 가자고 생각합니다. 어쩌면 우
리 삶터에서 풀꽃나무가 밀리거나 밟히면서, 숲이 쫓겨나거나 시달리
면서 추근꾼이 늘지 싶어요.

추근질 (추근 + 질) : 1. 자꾸 다가오거나 붙으려 하면서 그쪽을 보도록 해서 마음에 안 드는 짓.
싫거나 꺼리거나 괴롭다고 하는데 자꾸 다가오거나 붙으려 해서 마음에 안 드는 짓. 2. 싫거나
꺼리거나 괴롭다고 하는데 자꾸 몸을 만지려 하면서 다가오거나 붙는 짓. '추행·성추행·파파라
치·스토커'를 손질한 말.

쿨쿨깨비

큰그림

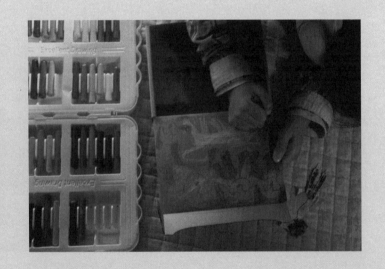

쿨쿨깨비

낱말책에 없는 '의심암귀(疑心暗鬼)'인데 일본에서는 제법 쓰는 듯합니다. 이런 한자말을 끌어들이려 하다 보면 묶음표를 치고 한자를 붙이거나 뜻풀이를 길게 늘어야 합니다. 이와 달리 단출하면서 재미있고 알뜰히 새말을 지을 만합니다. 걱정에 근심에 끌탕이 너울치는 모습을 도깨비(귀신)에 빗대어 한자로 새말을 지은 옆나라 사람들이 있다면, 우리는 '걱정·근심·끌탕'에다가 '도깨비'란 낱말을 엮어서 '걱정깨비·근심깨비·끌탕깨비'처럼 나타낼 만합니다. 잘 먹어서 '먹깨비'입니다. 눈물이 많아 '눈물깨비'입니다. 돈을 좋아해 '돈깨비'요, 늘 두려워하는 '두렴깨비'예요. 사랑을 그리는 '사랑깨비'에 웃음을 터뜨리는 '웃음깨비'가 있어요. 일개미 곁에는 '일깨비'가 있고, 잠꾸러기하고 나란히 '잠깨비'가 있습니다. 잘 적에는 '쿨쿨·콜콜'이란 소리로 나타내니 '쿨쿨깨비·콜콜깨비'처럼 새말을 지어도 어울려요. 수수하게 '쿨쿨이'라 해도 되고요. 잔소리를 하는 '잔소리깨비'에, 넌지시 도와주는 '도움깨비'가 있어요. 살아가는 터에 맞추어 '서울깨비'랑 '시골깨비'가 있을 테고, '숲깨비'랑 '바다깨비'랑 '들깨비'가 있습니다. '꽃깨비'도 '나무깨비'도 반갑습니다.

쿨쿨깨비 (쿨쿨 + 도깨비) : 쿨쿨거리는 깨비. 잠을 좋아하거나 즐기는 사람. 많이 자거나 오래 자는 사람. (= 잠보·잠꾸러기)
도깨비 (깨비) : 1. 때로는 사람·짐승·풀꽃나무나 세간·연장 모습으로 나타나거나 이러한 몸에 들어가서 재주를 부리거나 장난을 치기도 하지만, 따로 몸이 없이 빛이나 넋으로 떠도는 숨결. 2. 아무렇게나·함부로·되는대로·마구 하거나 굴거나 말하는 사람. 3. 어느 하나를 남다르게 하거나 잘 하거나, 깊이 마음을 쓰거나, 널리 누리는 사람. (← 귀신)

큰그림

요즈음 배움터는 아이한테 짐(숙제)을 섣불리 안 내준다고 합니다만, 배움책을 똑같이 외워야 하는 틀은 고스란합니다. 어린배움터를 마치면 푸른배움터에서는 배움수렁(입시지옥)으로 풍덩 빠집니다. 이름은 '배움터'이나, 속으로는 '겨룸터(생존경쟁)'입니다. 아니 '다툼터'나 '싸움터'라 할 만해요. 아이들은 나라를 받치는 톱니바퀴가 아닌, 저마다 다르게 빛나는 숨결을 밝혀 스스로 사랑으로 살림을 가꾸는 슬기로운 어른으로 살아갈 노릇이라고 생각해요. 우리 집 아이들부터 섣불리 뭘 억지로 가르치지 말고, 아이 스스로 찾고 배우며 다스리려는 길을 함께 나아가자고 생각합니다. 무엇을 가르쳐야 할까요? 저는 "처음도 끝도 사랑으로 살림을 가꾸는 삶으로 어깨동무하는 즐거운 사람으로 숲을 품는 길"을 '가르치'지 말고 '들려주고 보여주자'고 생각합니다. 숲을 푸르게 안기에 아름답습니다. 살림을 손수 가꾸고 돌보고 짓는 동안 서로 아끼는 마음을 포근히 품습니다. 상냥하고 부드러이 가르치고 배우는 하루로 나아가면 넉넉해요. 날마다 하루그림을 마음에 담습니다. 이레나 달을 어림해 작은그림을 마음에 놓습니다. 철이나 해를 헤아려 큰그림을 마음에 품습니다. 하루이든 작든 크든 모두 삶그림·살림그림이에요.

큰그림 (크다 + ㄴ + 그림) : 앞으로 나아갈 길을 밝히는 바탕으로 두면서 하나하나 다루어서 크게 보거나 엮거나 짜는 그림. (← 전체적인 상황, 마스터플랜, 장기 계획)

타는곳

텃말

틈새소리

타는곳

이제는 '타는곳'이라는 우리말을 널리 쓰지만, 처음 이 말씨를 기차나루에서 받아들이던 2000년 어귀에 "잘 쓰던 '승차장·승차홈·플랫폼'을 왜 안 쓰느냐?"고 따지는 목소리가 있었습니다. 그런데 어린이는 안 따졌어요. 나이든 분하고 글바치(지식인)만 따졌습니다. 이분들은 익숙한 말씨를 버리고 새말로 나아갈 마음이 얕았어요. 자라나거나 새로 태어날 어린이를 헤아려 '갈아타는곳(← 환승역)'이며 '내리는곳(← 하차장)'이며 '들어오는곳(← 입구)'이며 '나가는곳(← 출구)'으로 하나하나 고쳐쓰자는 글을 꾸준히 썼고, 이러한 뜻이 널리 퍼지기를 바랐습니다. 한자말이 나쁘기에 고쳐쓰자는 글을 쓰지 않았어요. 쉽고 상냥하게 쓸 우리말이 있고, "우리 스스로 생각을 기울여 새말을 지을 적에 앞날이 밝다"는 이야기를 펴려고 했습니다. 말을 어른한테 맞추기보다 아이한테 맞출 적에 삶터가 넉넉하다고 느껴요. 아이부터 쉽게 받아들일 말씨를 삶터 곳곳에서 쓸 적에, 앞으로 새로 생길 살림(문화·문명)을 가리킬 우리말을 쉽고 빠르게 스스로 짓는 밑틀이 된다고 생각해요. '타는곳'이란 이름이기에 서너 살 아이부터 알아들어요. '승차장·승차홈·플랫폼' 같은 이름이면 아이부터 낯설고 어렵습니다.

타는곳 : 어디에 가거나 오려고 몸을 어느 곳에 놓거나 옮기거나 맡기려고 있는 곳. (← 승강장·승차장·플랫폼)

텃말

저는 우리말꽃(국어사전)을 씁니다. "우리가 스스로 삶을 짓는 길을 그리는 말이란, 언제나 마음에 씨앗처럼 담은 생각을 말로 나타내며 빛나"기에, "먼먼 옛날부터 이 땅에서 사랑으로 살림을 지어 삶을 누린 이야기를 옮긴 우리말"을 갈무리하는 나날입니다. 영국사람이 '영어 낱말책'을 엮는대서 그분이 '토박이 영어'를 찾지는 않습니다. 우리말꽃을 쓰고 엮고 갈무리하기에 '토박이 우리말'을 찾지도 않아요. 그저 "이 터를 가꾸며 살아온 손길·숨결·눈빛을 이곳에서 나고자라며 일하고 놀던 모든 사람들 마음으로 돌아보면서 옮깁"니다. 오늘날은 시골에 사는 사람이 드물고 거의 서울·큰고장에서 살지만, 고작 백 해 앞서까지만 해도 임금붙이·벼슬아치를 빼고 다 시골에서 살며 숲을 품었어요. 모든 살림은 숲에서 왔고, 모든 말도 숲에서 왔어요. 그래서 '숲말'이란 낱말을 지었습니다. 우리가 손수 터를 닦아 다스리는 말이란 텃밭처럼 몸소 여민 넋을 담기에 '텃말'이란 낱말도 지었어요. 누구나 새롭게 모든 몸짓이 춤이고, 모든 하루가 저마다 반짝여요. 모든 사투리는 다 다른 터에 맞게 싱그럽습니다. 삶을 담아 삶말을, 살림을 꾸려 살림말을, 사랑을 펴며 사랑말을 속살거리며 오붓하게 살려고 합니다.

텃말 (터 + ㅅ + 말) : 오래도록 쓰던 말. 터를 닦고 살림을 가꾸면서 살아오는 동안 손수 지은 말. 다른 사람한테 기대거나 빌리거나 얻지 않고, 스스로 삶을 가꾸며 살림을 돌본 사람들이 스스로 사랑을 빛내고 밝혀서 지은 말.

틈새소리

인천에서 나고자라며 코가 힘들었어요. 요새는 인천보다 매캐한 고장이 느는데, 지난날 인천은 하늘이 가장 뿌옇고 숨쉬기조차 힘들었어요. 빨래를 바깥에 널면 까만먼지가 내려앉고, 밖에서 놀다 보면 땀이나 흙먼지가 아니어도 옷이나 팔뚝에 까만먼지가 붙었습니다. 코머거리였다고 할 텐데, 한겨울에도 바깥바람이 스며들도록 미닫이를 살짝열었어요. 꼭 닫은 곳에서는 잠조차 못 이루었습니다. 틈새가 있지 않으면 코부터 막혀서 어지럽거든요. 우리 몸을 살펴자면, 바람이 언제나 틈새로뿐 아니라 활짝 스며들기에 싱그러이 숨쉽니다. 햇빛이 틈새를 넘어 활짝 쏟아지기에 까무잡잡하게 튼튼해요. 씨앗은 조그마한 틈새에서 뿌리를 내리고 싹을 틔웁니다. 빗물은 자그마한 틈새로도 깃들어 온누리를 촉촉히 적셔요. 이와 달리 큰고장이며 서울에 높이 솟는잿빛집(아파트)은 이웃집하고 시끌시끌한 소리가 틈새를 거쳐 퍼집니다. 서로 즐거이 마주하면서 놀고 일하는 '어울소리'가 아닌, 틈새마다시끄럽고 성가시며 귀찮게 퍼지는, 그야말로 싫은 '짜증소리'로 치달아요. 겹겹이 쌓는 집이 아닌, 마당을 두고 뒤꼍을 놓으며 텃밭을 누리는살림집으로 나아가면서 숲을 고루 품는다면 '틈새소리' 아닌 '새소리'를 듣고 나누겠지요.

틈새소리·틈소리 (틈새·틈 + 소리) : 틈·틈새로 스미거나 들어오는 소리. 겹겹이 쌓은 집에서 위아래옆으로 스미거나 들리는 소리. 맞붙거나 위아래옆으로 있는 옆집에서 자꾸 스미거나 들리면서 귀찮거나 성가시거나 싫다고 느끼는 소리. (= 사잇소리·샛소리·칸소리·칸칸소리. ← 층간소음)

팔랑치마

척 붙는 바지나 치마가 있고, 가볍게 팔랑이는 바지나 치마가 있습니다. '나팔바지'라 하듯 '나팔치마'라 하면 될 텐데, 치마를 놓고는 영어로 '플레어스커트'라 하더군요. 곰곰이 생각해 보았습니다. 우리는 우리 옷에 우리말로 이름 하나조차 즐겁게 못 붙일 만큼 눈썰미가 얕거나 없을까요? 영어를 쓰는 나라에서는 그들 나름대로 '플레어 + 스커트'란 이름을 붙인다면, 우리로서는 주름을 살펴 '주름치마'라 할 만하고, 주름이 물결을 이루는 모습을 헤아려 '물결치마'라 할 만합니다. 걸을 적마다 가볍게 팔랑이는 옷자락을 본다면, 마치 나비가 팔랑팔랑 춤을 추는구나 싶다는 뜻으로 '팔랑치마'란 이름을 지을 만해요. 바람을 머금은 나비가 봄을 노래하는 춤을 선보입니다. 꽃내음을 듬뿍 맡으면서 팔랑옷을 걸치고 꽃나들이를 갑니다. 옷자락에도, 손길에도, 마음에도, 눈빛에도, 팔랑팔랑 흐드러지는 춤사위를 살그마니 얹어 봅니다. 저쪽에서 손을 팔랑팔랑 흔들면서 어서 오라고 부릅니다. 이쪽에서도 손을 팔랑팔랑 흔들며 곧 간다고 외치고는 나풀나풀 걸어갑니다. 그러고 보니 '나풀치마'라 이름을 붙여도 어울리겠어요. 몸짓을 살피며, 숨결을 돌아보며, 하루를 그리며, 옷이름이 새록새록 솟습니다.

팔랑치마 : 밑이 부드러이 퍼지면서 주름이 잡히고 가볍게 팔랑이는 치마. (= 물결치마·주름치마. ← 플레어스커트flared skirt)

포근부엌

불을 때는 곳인 '아궁이'가 있고, 아궁이에 솥을 걸어 '부뚜막'이고, 칸을 나눠 '부엌'입니다. 불만 때던 곳이 솥을 거는 곳으로 거듭나고, 이윽고 칸을 두어 포근히 살림을 지으면서 도란도란 어우러지는 자리로 일어납니다. 살림새는 언제나 조금씩 나아갑니다. 우리가 저마다 보금자리를 즐거우면서 알뜰살뜰 짓는 결을 헤아려 차근차근 가다듬습니다. 이 살림을 놓고, 저 세간을 두면서, 온누리 모든 집은 천천히 피어나는 꽃밭 같습니다. 저는 아이들이 도란부엌에서 오순도순 수다꽃을 피우면서 아침저녁으로 밥잔치를 누리기를 바랍니다. 맛밥을 가득 차려도 밥잔치일 텐데, 조촐히 펴는 밥자리에서 한집안을 이루는 모든 사람이 왁자지껄 수다잔치를 펴고, 사이좋게 밥을 짓고 차려서 함께 누리고 같이 치우는 '도란부엌'일 적에 아름답다고 생각해요. 어느 집에서나 아이어른이 함께 살림을 가꾸고 오늘을 돌보면서 따사로이 어우러지는 '포근부엌'이라면, 순이돌이가 사랑으로 어깨동무하는 삶길을 마음으로 물려줄 줄 아는 어진 어른 노릇을 하리라 생각합니다. '열린부엌'도 싱그럽고, '아늑부엌'도 반갑습니다. '푸른부엌'이 되고 '알뜰부엌'으로 영글 적에도 눈부셔요.

도란부엌 (도란도란 + 부엌) : 가볍고 즐겁게 이야기하면서 누리는 부엌 (← 오픈 키친)
포근부엌 (포근하다 + 부엌) : 감싸주듯 보드랍고 즐거운 부엌 (← 아일랜드 키친)

푸른씨

푸른배움터(고등학교)를 다니던 1991년에 즐겨읽은 여러 가지 책을 펴낸 곳으로 '푸른나무'가 있습니다. 이곳에서 낸 어느 책을 읽다가 '푸름이'란 낱말을 처음 만났어요. 깜짝 놀랐지요. '청소년'이란 이름이 영 거북하고 못마땅하다고 여기던 열일곱 살에 만난 '푸름이'는 즐겁게 품을 새말을 짚어 주는 반가운 길잡이였습니다. 그 뒤로 즐겁게 '푸름이'라는 낱말을 쓰는데, 적잖은 분이 제가 '청소년'이란 한자말을 손질해서 쓰는 줄 잘못 압니다. 요즈음도 이 낱말을 즐겨쓰지만 이따금 말끝을 바꾸어 '푸른씨'나 '푸른순이·푸른돌이'나 '푸른님'처럼 쓰기도 합니다. 어린이 곁에서 '어린씨·어린순이·어린돌이·어린님'이라고도 하고요. 꼭 한 가지 이름만 있을 까닭은 없다고 생각해요. '씨'는 '씨앗'을 줄인 낱말입니다. '푸른씨 = 푸른씨앗인 사람'이란 뜻이지요. 이런 여러 가지를 헤아린다면, 청소년을 가리킬 적에 '푸른꽃'이나 '푸른별' 같은 이름을 써도 어울릴 만하다고 봅니다. '푸른꽃·푸른별' 같은 이름은 "열네 살~열아홉 살"뿐 아니라, 어린이를 부를 적에 함께 써도 즐거우리라 생각하고요. 푸른별에서 푸른넋이 되어 푸른눈으로 마주하며 푸른 말을 주고받으면 푸른길을 열 테지요.

푸른씨 (푸르다 + ㄴ + 씨·씨앗) : '푸름이(푸른이)'하고 뜻같은 낱말. 푸르게 피어나고 자라날 씨 앗이란 뜻으로, 열넷 ~ 열아홉 살 나이를 가리키는데, 어린이를 함께 가리켜도 된다.

풀꽃나무

내리쬐는 햇볕을 온몸에 듬뿍 누리다 보면, 해님은 언제나 모든 숨붙이를 사랑하는구나 싶습니다. 돌도 냇물도 다 다르게 숨결이 빛나고, 바람줄기는 우리 등줄기를 타고 흐르다가, 빗줄기를 슬며시 옮겨타고서 신나게 놉니다. 어버이한테 사랑을 가르치려고 태어난 아이는, 바람처럼 놀고 해님처럼 웃으니 다 압니다. 우리가 어른이라면 아이로 놀며 자란 빛이라면, 풀꽃나무를 상냥히 쓰다듬는 사이에 눈뜨겠지요. 오늘 이곳에서 누린 하루는 새로 피는 꽃이라, 이 꽃내음이 번지면서 보금숲을 가꿉니다. 너는 나랑 다르면서 같은 하늘빛을 품어, 늘 새롭게 만나고 노래하는 동무입니다. 나는 너랑 같으면서 다른 풀빛을 안아, 언제나 새록새록 마주하고 춤추는 이웃입니다. 너는 풀이고 나는 꽃입니다. 너는 나무이고 나는 나비입니다. 너는 꽃잎이고 나는 꽃송이입니다. 너는 열매이고 나는 씨앗입니다. 너는 바람이고 나는 해님입니다. 그리고 모두 거꾸로 짚으면서 나란합니다. 너는 꽃이고 나는 풀이며, 너는 노래이고 나는 춤입니다. 우리는 저마다 다르면서 같은 풀이면서 꽃이면서 나무입니다. 우리는 언제나 새롭게 피어나고 스러지다가 새삼스레 날아오르는 풀꽃이자 풀꽃나무입니다.

풀꽃나무 (풀 + 꽃 + 나무) : 풀하고 꽃하고 나무를 아우르는 이름. 풀·꽃·나무를 함께 가리킬 뿐 아니라, 수수한 모든 사람을 가리키는 이름.

풋포도

어릴 적에 포도를 그렇게 잘 먹었습니다. 어느 날 어머니가 저한테 포도를 잔뜩 넘기시고 안 드시며 "어머닌 껍질이 더 맛있어." 하셔서 껍질을 잘근잘근 씹으니 훨씬 맛있더군요. 언니는 "껍질을 씹으면 더 맛있지." 하기에 포도알을 껍질이며 씨앗까지 우걱우걱 씹으니 더 맛나더군요. 어린배움터를 마친 뒤로는 어쩐지 포도를 멀리했습니다. 깜포도도 풋포도도 다 반가운 포도돌이였는데요. 풋포도를 꺼리는 동무가 제법 있어요. "아직 덜 익고 신데 어떻게 먹니?" 하지요. 풋포도는 풋풋한 맛이고, 깜포도는 까맣고 깊이 물든 맛이라 둘이 다르다고 얘기해도 동무는 손사래칩니다. 저는 저대로 몸에 안 받는 먹을거리가 많습니다. 풋포도나 풋능금을 손사래치는 동무도 그만 한 까닭이 있으리라 생각합니다. 어느덧 아이에서 어른으로 자라 아이들을 건사하는 어버이 자리에 서면서 아이들한테 풋포도를 베풀며 손을 거의 안 댑니다. "아버지는 왜 안 먹어?" "어릴 적에 잔뜩 먹었어. 너희가 실컷 누리렴." 푸른빛이 밝은 풋포도는 "덜 익은 포도"가 아닌 "가볍게 익은 포도"라고 느낍니다. 푸른숨을 가볍게 품어 한결 푸르게 빛나는 열매랄까요. '풋내기'라면 가볍게 할 줄 알거나 새로 맞이하며 배우는 사람일 테고요.

풋포도 (풋 + 포도) : 가볍게 익은 포도. 더 익어야 새롭게 맛난 포도

ㅎ

한누리

한물결

해맞이글

허벅도리

헤엄이

혼자하다

흔들잎

한누리

푸른배움터를 마치고 들어간 열린배움터(대학교)는 하나부터 열까지 못마땅했습니다. 하루하루 억지로 버티면서 책집마실로 마음을 달랬습니다. 3월부터 7월까지 꼬박꼬박 모든 이야기(강의)를 듣다가 8월부터는 도무지 못 견디겠어서 길잡이(교수)가 보는 앞에서 배움책을 소리나게 덮고 앞자리로 나가서 "이렇게 시시하게 가르치는 말은 더 못 듣겠다!" 하고 읊고서 미닫이를 쾅 소리나게 닫고서 나갔습니다. 어디에서든 스스로 배울 뿐인데, 배움터를 옮겼기에 달라질 일이 없습니다. 언제 스스로 터뜨려 박차고 일어나 마침종이(졸업장)를 벗어던지느냐일 뿐입니다. 길잡이다운 길잡이가 안 보이니, 스스로 길을 내는 이슬받이로 살아가기로 합니다. 배움책집(구내서점)하고 배움책숲(학교도서관)에서 일하는 틈틈이 책을 읽고, 새뜸나름이(신문배달부)로 일한 삯을 모아 헌책집에서 배움책을 장만해서 읽는 나날입니다. 이해 1994년 12월 29일에 "우리말 한누리"라는 모임을 스스로 열었습니다. 싸움판(군대)을 다녀온 뒤인 1998년 1월 6일에 "헌책방 사랑누리"라는 모임을 새로 열었습니다. '나라' 아닌 '누리'여야겠다고 생각했어요. 첫걸음은 '하나처럼 함께 하늘빛'으로, 두걸음은 '사람으로 살림짓는 숲빛인 사랑'을 그렸어요.

한누리 (한·하나·하늘 + 누리) : 널리 어깨동무를 하면서 언제나 두루 어우러지는 터전. 울타리가 없고, 따돌림이 없고, 위아래가 없고, 갈라지거나 등돌리는 일이 없고, 돈·힘·이름으로 함부로 괴롭히거나 들볶는 일이 없는 터전. (← 통일세상·평등세상·프리마켓·플리마켓·자유공간·커뮤니티·공론장)

한물결

일본 도쿄 간다에는 책골목이 있습니다. 이 책골목 한복판에서 한글책을 일본사람한테 잇는 책집 〈책거리〉가 있고, 이 책집을 꾸리는 분은 한겨레 글꽃을 일본글로 옮겨서 펴냅니다. 일본글로 옮긴 책을 읽어도 될 텐데, '그 나라 글빛뿐 아니라 삶빛을 제대로 알자면 그 나라 말글로 읽어야 한다'고 여기면서 한글을 익혀 한글책으로 새삼스레 읽는 분이 많답니다. '韓流'로 적는 '한류'는 으레 연속극과 몇몇 꽃님(연예인) 얼굴로 헤아리기 일쑤이지만, 서로 마음으로 사귀고 속뜻으로 만나려는 사람들은 조용히 물결을 일으키면서 두 나라를 이어왔다고 느낍니다. '한글'에서 '한'은 한자가 아닙니다. '韓國'처럼 한자로 옮기지만, 정작 우리나라 이름에서 '한'은 오롯이 우리말입니다. 서울 한복판을 흐르는 물줄기는 '한가람'일 뿐입니다. '한·하'는 '하늘·하나·하다(많다·움직임·짓다)'로 말뿌리를 잇습니다. 우리는 '한겨레·한나라·한누리·한뉘'이고, 옛날부터 '배달(박달·밝은달·밝은땅)'이란 이름을 썼어요. 이웃나라에서 우리나라 이야기꽃을 반기면서 누리려 한다면 '한물결·한너울'이 일어나고 '한바람·한바다'를 이룬다고 느껴요. 가만히 깊어가고, 찬찬히 넓히면서, 서로 한마음입니다.

한물결·한바람·한바다·한너울 (한 + 물결·바람·바다·너울) : 한겨레 사람들이 지은 이야기를 이웃나라에서 매우 반기면서 사랑하는 흐름·모습·일. 한겨레 사람들이 지은 이야기가 이웃나라에서 크게 물결치고, 큰바람으로 휩쓸고, 너른바다처럼 덮고, 너울처럼 휘몰아치는 흐름·모습·일을 가리킨다. (← 한류韓流)

해맞이글

새달이 찾아오거나 새해가 찾아올 적에 무엇이 바뀌나 하고 둘레를 헤아리면 딱히 바뀌는 모습은 없구나 싶어요. 날이나 날씨나 해바람비가 바뀐다기보다, 새달이나 새해를 바라보는 우리 마음이 다르구나 싶습니다. 제가 태어난 날이건, 우리 어버이나 아이들이 태어난 날이건, 곁님이며 동무가 태어난 날이건, 그리 대수롭지 않아요. 한 해 가운데 하루만 기릴 날이 아니라, 밤에 잠들고서 아침에 눈을 뜨면서 일어나는 하루를 언제나 기릴 노릇이라고 생각해요. 어린이일 적에는 새해가 오기 앞서 '해맞이글'을 쓰려고 부산했다면, 이제는 '새해맞이글'을 따로 쓰지 않아요. 다만 '하루쓰기(일기)'는 꼬박꼬박 해요. 오늘 하루를 어떻게 맞이하면서 기쁘게 누리고 사랑했느냐 하는 이야기를 갈무리합니다. 하루를 쓰건, 한 해를 돌아보면서 쓰건, 모든 글에는 우리가 기울이는 마음이 깃들어요. 새해를 반기는 마음을 담고, 한 해를 되새기는 뜻을 담고, 이제부터 거듭나려는 꿈을 담고, 어제까지 느낀 나날을 담아요. 길게 써도 되고 짤막히 추려도 돼요. 스스로 이야기를 지어 스스로 누리면서 빛나요. 스스로 말을 건네기에 스스로 하루를 바꾸는 눈빛으로 피어나요. 12월 31일에는 새해맞이를 하고, 날마다 해맞이(하루맞이)를 합니다.

해맞이글·해맞이글월 (해 + 맞이 + 글·글월) : 새롭게 찾아드는 해를 반기거나 기리는 뜻을 담아서 띄우거나 받는 글·글월. 새해를 반기거나 기리는 마음을 담아서 짧막하게 주고받는 글·글월. (= 설날글·설날글월·설맞이글·설맞이글월·새해글·새해맞이글·새해맞이글월 ← 연하장)

허벅도리

짧게 걸치는 치마라면 '짧은치마'이건만, 국립국어원 낱말책은 도무지 이 낱말을 안 싣습니다. '짧은뜨기·짧은바늘·짧은지름'은 그럭저럭 낱말책에 있어요. '깡동치마'는 낱말책에 있는데 '미니스커트'를 풀어내는 우리말로 다루지는 않습니다. 이러던 2010년 무렵부터 '하의실종(下衣失踪)'이라는 일본스러운 말씨가 퍼집니다. 여러 모습을 두고두고 보다가 생각합니다. 무릎 길이인 치마라면 '무릎치마'요, 발목 길이인 치마라면 '발목치마'이고, 허벅지를 드러내는 치마라면 '허벅치마'로, 궁둥이를 살짝 가리는 치마라면 '궁둥치마'라 할 만합니다. 바지라면 '무릎바지·발목바지·궁둥바지'라 하면 돼요. 더 생각하면 '한뼘도리·한뼘옷·한뼘바지·한뼘치마'처럼 새말을 지어, 옷이 짧은(깡동한) 모습을 나타낼 만해요. '엉덩도리·엉덩옷·엉덩바지·엉덩치마'라 해도 어울리고, 아슬아슬하게 가린다는 뜻으로 '아슬도리·아슬옷·아슬바지·아슬치마'란 이름을 지어 봅니다. 이웃나라는 이웃나라 살림으로 옷차림을 헤아려 이름을 붙입니다. 우리는 우리 눈빛으로 우리 살림을 살펴서 이름을 붙이면 되어요. 다리가 시원하고 싶어서 허벅치마요, 한겨울에도 찬바람을 씩씩하게 맞으며 허벅도리입니다.

허벅도리(허벅옷) : 허벅지가 드러나는 옷. 허벅지가 드러날 만큼 짧아서 다리가 다 보이는 옷. 아랫몸을 살짝 가리기에 다리를 훤히 드러낸 옷.
허벅바지 : 허벅지가 드러날 만큼 짧아서 다리가 다 보이는 바지. 허벅지를 훤히 드러낸 바지.
허벅치마 : 허벅지가 드러날 만큼 짧아서 다리가 다 보이는 치마. 허벅지를 훤히 드러낸 치마.

헤엄이

마흔 살이 넘도록 헤엄을 못 쳤습니다. 물하고 도무지 안 맞는다고 생각했어요. 마흔너덧 무렵에 비로소 헤엄질이 무엇인가 하고 느꼈어요. 헤엄질이 된 까닭은 딱 하나예요. 남들처럼 물낯에서 물살을 가르지 못해도 된다고, 나는 물바닥 가까이로 가라앉아서 천천히 물살을 갈라도 된다고 생각했어요. 물속으로 몸을 가라앉혀서 숨을 모두 내뱉고서 가만히 움직여 보았는데, 뜻밖에 이 놀이는 매우 잘되더군요. 몸에 힘을 다 빼니 스르르 물바닥까지 몸이 닿고, 물바닥에 고요히 엎드려서 눈을 뜨고 물이웃을 보았어요. 물이웃이란 '헤엄이'입니다. '물고기'가 아닙니다. '먹이'로 본다면, 물에서 헤엄치는 숨결을 '물고기'로 삼겠지만, 저는 물살을 시원시원 가르며 저랑 눈을 마주하는 아이들을 '고기'란 이름으로 가리키고 싶지 않았어요. 어떤 이름으로 가리키면 어울리려나 하고 생각하는데, 물바닥을 살살 일렁이는 잔바람이 불더니 '헤엄이'라는 이름이 찾아왔어요. 나중에 살펴보니 《으뜸 헤엄이》란 이름인 그림책이 있어요. 물살을 잘 가르는 사람도, 물에서 살아가는 숨결도 나란히 '헤엄이'입니다. 물바닥에서 가만히 헤엄이를 보다가 슬슬 손발을 놀리면 용하게 앞으로도 옆으로도 가더군요. 물속헤엄도 즐겁습니다.

헤엄이 (헤엄치다 + 이) : 헤엄을 치는 숨결. 물살을 가르면서 나아가는 숨결. 물·내·바다 같은 곳에서 나아가려고 몸을 움직이는 숨결. 때로는 "헤엄을 잘 치는 숨결"을 가리킨다.

혼자하다

혼자 마시는 술이라 '혼술'이요, 혼자 놀아서 '혼놀이'입니다. 함께 놀 동무가 있으면 함께 놀아요. 함께하는 동무는 '함놀이'를 합니다. 때로는 여럿이 둘러앉아 '함밥'을 먹고, 때로는 조용히 구름바라기를 하면서 '혼밥'을 먹습니다. 나들이를 함께 가면서 '함길'이 와자지껄하고, 나들이를 혼자 떠나면서 '혼길'이 차분합니다. 함께하면서 기쁜 '함웃음'이고 '함노래'라면, 혼자하면서 즐거운 '혼웃음'이며 '혼노래'예요. '혼' 곁에 '함'을 놓아 봅니다. '혼찍·혼찰칵' 곁에 '함찍·함찰칵'을 놓습니다. '혼살림·혼집' 곁에 '함살림·함집'을 놓아요. 어릴 적부터 혼자서 오래오래 걸었습니다. 길삵을 아껴 소꿉돈을 모았어요. 여덟 살부터 열세 살까지는 장난감을 장만하려고 소꿉돈을 모으고, 열네 살부터는 책을 사려고 소꿉돈을 건사했어요. 한나절(네 시간)까지 즐거이 걸으며 푼푼이 그러모은 돈으로 헌책집에 갔어요. 서서 열 자락을 읽고 한 자락을 샀어요. 가난살림이라 열을 읽고 하나를 사는데, "읽으러 오는 젊은이가 반갑다"면서 귀엽게 봐준 책집지기가 수두룩합니다. 책은 혼자 읽지만, 글은 혼자 쓰지만, 고마우며 아름다운 이웃님이 함께하기에 제 나름대로 혼자하는 길을 열었습니다.

혼자하다 (혼자 + 하다) : 혼자 느끼고 생각하고 찾고 누리고 펴고 가꾸고 나아가는 일·놀이·살림·사랑을 하다

흔들잎

책에 '추풍낙엽'이라 나오면 그런가 보다 했습니다. '풍전등화'나 '사면 초가'나 '백척간두'라 나올 적에 그냥 말뜻을 헤아렸습니다. 어른들이 책에 쓰거나 말로 들려줄 적에는 다 배우고 알자고 생각했습니다. "왜 그런 말을 써야 하느냐?"고 한동안 물어보다가 그만두었어요. 지난날 어른들은 "공부하기 싫은가 보구나! 꿀밤이나 먹어라!" 하면서 나무라 기만 했어요. 2008년에 태어난 큰아이한테 그림책이며 어린이책을 읽 어 주노라면 아이가 문득 "○○가 무슨 말이야?" 하고 묻습니다. 어른 으로서는 매우 쉬운 낱말도, 어른이 보기에 어려운 낱말도, 모조리 물 어요. 아이를 낳기 앞서도 우리 나름대로 즐겁게 쓸 새말을 찬찬히 지 으며 살았지만, 아이가 끝없이 묻는 "그래서 왜 '○○'라고 해?" 하고 묻 는 말에 어느 날 이렇게 말했어요. "그래, 이 책을 쓴 어른이 참 어렵게 썼구나. 자 '○○'라고 하면 알아듣겠니?" "응, 알겠어. 그런데 왜 다른 어른들은 말을 어렵게 써?" 가을에 시들어 떨어지는 '갈잎·가을잎'입니 다. 군이 한자로 '낙엽'이라 하고 싶지 않아요. '떨잎·떨어지는 잎'을 보 다가 아, '흔들잎'처럼 새말을 지을 만하겠다고 느껴서 아이한테 속삭 였어요. "흔들흔들하니 흔들잎이로구나."

흔들잎 (흔들리다 + 잎) : 흔들리는 잎. 이러지도 저러지도 못하는 모습·이렇게 하거나 저렇게 하 거나 모두 나쁘기에 어찌하지 못하는 모습·누가 도와줄 수 없어 힘들거나 무너지려는 모습을 빗 댄다. (← 풍전등화·사면초가·백척간두·추풍낙엽)

곁둘.

넉줄꽃

ㄱ

글
길
꽃
꿈

글

곱게 펼치고 싶은 글꽃
고이 들려주는 가락꽃
곱다시 찰칵 담는 빛꽃
곱상히 오늘 여며 삶꽃

살아가는 대로 쓰니 글
사랑하는 대로 담으니 그림
살림하는 길로 가꾸니 사랑
사이좋은 길로 만나니 삶빛

우리는 즐겁게 쓴다
노래도 꿈도 생각도 돈도
마음도 길도 사랑도 말도
오롯이 쏟아내며 살려서

손길을 타는 나무는
내 손길에 맞게 열매가 영글고
눈길을 타는 글은
내 눈길을 담아 새빛으로 읽히고

한 마디는 노래로
두 줄은 이야기로
석 줄은 어깨춤으로
넉 마디는 사랑으로

문득 날아온 글월은
오래 지켜본 마음을
살짝 띄우는 노래는
오래 사랑한 이야기

말 한 마디에 입히는
따사로운 햇볕줄기
글 한 줄에 싣는
너그러운 빗물방울

아침저녁으로 삶을 짓고
밤낮으로 사랑을 그리어
오늘도 살림을 가꾸는
너그러우며 고운 사람으로서 쓴다

한 줄을 적었다면
두 줄을 쓸 수 있고
한 걸음 디뎠다면
두 걸음 뻗을 만하다

생생하지 않으면 못 쓴다
생생하니까 말할 수 있다
온마음에 생생히 담았으면
쉰 해 뒤에라도 낱낱이 써낸다

우리가 나누는 말은 사랑
우리가 지은 얘기는 꿈
우리가 심은 글은 별빛
우리가 쓰는 눈짓은 마음

생각을 그려내는 말씨
마음을 노래하는 글씨
이야기 꽃피우는 눈길
오늘을 사랑하는 손길

길을 밝히는 등불이
하루를 달래는 얘기가
오늘을 살리는 손길이
글을 띄우는 마음이

한 땀씩 엮는 말에
두 땀씩 서린 노래
석 땀씩 맺은 글에
넉 땀씩 차는 웃음

구름꽃을 읽어 보면
하늘맛을 누리네
흙손을 속삭여 보면
풀노래를 나누고

말을 다루는 글
글을 사랑한 시
시를 나누는 길
길을 걸어갈 나

오늘을 그냥 써 보자
어제를 슬쩍 써 볼까
즐겁게 놀았으니 쓰고
서운하고 아파서 쓰고

글이란 꽃
이 꽃을 피우는 마음
이 마음을 바라보는 눈
이 눈을 사랑하는 꽃

별이 들려준 말을 적고
꽃이 알려준 노래 옮기고
바람이 귀띔한 얘기 담고
새가 날아오르는 하루 쓰고

숲에서 찾아온 숨결을
이 꾸러미에 담아서
이웃하고 나누는 기쁨으로
사각사각 글붓을 놀리지

길

우리가 살아가는 길은
서로 사랑하는 마음이 있어
푸르게 노래하고
파란하늘로 꿈꾼다

흙이란 시골을 이루는 바탕이니
흙살림을 생각하는 말로
숲빛을 그려 본다면
햇빛 별빛 고루 드리운다

오늘 걸어가는 이 길에는
즐겁게 흩뿌리면서
널리 나누는 새로운
노래가 있다

삶을 고스란히 담는 말은
하루를 짓는 마음에서
하늘을 마시는 숨결에서
차근차근 고요히 태어나

벌써 가버렸으면 보내자
이미 늦었으니 놓아주자
이러고서 생각해
이제 새로 나아갈 기쁜 놀이를

앞으로 앞으로 걸어간다
때로는 옆으로도 뒤로도
이러다 넘어지기도 하지만
언제나 앞빛을 보며 노래로 걷는다

길들면서 쳇바퀴질일 수 있고
길에 들면서 춤출 수 있고
길들면서 되풀이할 수 있고
길에 접어들면서 새로 어깨동무일 수도

걱정없어 보이는 남을 따를래?
즐겁게 빛나는 새로운 나를 볼래?
오늘은 혼자 걷는 길이라지만
모레에는 어깨동무하는 길이 돼

물어볼 수 있는 너는
눈을 뜨려는 첫걸음
수수께끼를 풀려는 나는
껍데기를 벗으려는 한걸음

우리들 마음에는 너른 길이 있어
해도 별도 비도 바람도 꽃도
살며시 드나들다가
살짝 씨앗을 심는다

누렇게 익은
노랗게 환한
푸르게 맑은
파랗게 밝은 길

이곳에 오늘 흐르는 손길은
먼먼 옛날에 태어나
새로운 앞날을 밝힐
사랑스러운 꿈길일 테지

또박또박 걸어서 무지개한테
또각또각 디디며 구름꽃한테
또랑또랑 사뿐히 미리내한테
그리고 그리며 마음꽃으로

살림길을 열어 주는 어버이랑 어른
삶길을 열어 주는 책이랑 책집
사랑길을 열어 주는 숲이랑 바람
사람길을 열어 주는 너랑 나

처음 가는 길이라 새롭네
다시 가는 길이라 신나네
또또 가는 길이라 즐겁게
오늘 가는 길이라 춤추며

꽃

제비꽃 피는 곁에 민들레
냉이꽃 나는 옆에 씀바귀
봄까지꽃 돋는 이 자리에
노랑나비 날아와서 앉지

꽃을 보는 사람은 곱고
꽃씨 심는 사람은 밝고
꽃말 엮는 사람은 맑고
꽃집 짓는 사람은 크고

장다리꽃 노란물결에
배추흰나비 날고
갓꽃 유채꽃 노란들에
봄맞이 꿀벌 찾아들고

꾹꾹 디디는 자리에는
우리가 나아가는 길
살살 달래는 터전에는
우리를 보살피는 꽃

파랗게 피어나는 여름 달개비꽃
푸르게 너울대는 가을 모시꽃
노랗게 하얗게 어우러지는 민들레꽃
까만밤 가득가득 어둠꽃 별꽃

춤추는 사람한테는 춤꽃
노래하는 사람한테는 노래꽃
웃는 사람한테는 웃음꽃
우는 사람한테는 눈물꽃

사랑하는 사람한테는 사랑꽃
나를 바라보는 너한테는 눈꽃
너를 맞이하는 나한테는 말꽃
우리는 서로 반갑게 오늘꽃

꽃은
들에 숲에 밭에 골목에
나뭇가지에 있고
너랑 내 마음에 같이 있어

찔레싹에 뽕잎에 소리쟁이잎에
진드기 풀벌레 잔뜩 붙지
이 싹이며 잎은
매우 보드랍고 맛나거든

붉은꽃으로 피어나는 길
노란꽃으로 일어서는 눈
파란꽃으로 드리우는 밤
무지개꽃으로 춤추는 날

한여름 무더위로 새빨갛게 익은
한가을 달디단 감알
한겨울 강추위로 새하얗게 언
한봄 갓 돋으며 맑은 딸기꽃

풀잎 꽃잎 나뭇잎을 쓰다듬으면
파르르 떨면서
엄청나게 기뻐하는 숨결을
손끝 거쳐 온몸으로 느낀다

눈을 뜨면서 그리는 하루
눈을 감으며 짓는 이야기
수다를 하는 오늘 즐겁게
마음껏 놀고서 활짝 꽃

이 꽃이 저물면 저 꽃이
저 꽃이 가시면 그 꽃이
그 꽃이 날리면 어느덧
우리 모두 꽃님 되는 봄

깃들면서 피어나는 마음꽃
쉬면서 떠오르는 이야기꽃
놀면서 자라나는 생각꽃
어울리면서 크는 꿈꽃

꿈

번듯하게 지어도 좋은 꿈
엉성하게 꾸며도 재미난 꿈
빈틈없이 돌봐도 새로운 꿈
한참 늦게 해도 아름다운 꿈

오늘 쓰는 이 글은
어제까지 살아낸 슬기
오늘부터 지을 살림
앞으로 사랑하려는 새로운 숲

내 마음은 내가 가꾸고
내 몸은 내가 돌보고
내 말은 내 넋이 짓고
나는 빛꽃으로 여기에 피었고

나는 이 길을 그저 걷는다
둘레는 쳐다보지 않고서
오롯이 스스로 지으려는 꿈으로
한 발짝 두 발짝 내딛는다

아이가 묻더라
아버지는 글씨 참 잘 쓴다고
상냥히 웃으며 대꾸했어
곱게 쓰자 노래하며 날마다 꿈꿨다고

그리고 싶은 하루가 오늘이 돼
살고 싶은 님이랑 집을 지어
사랑하고 싶은 꿈이 말로 흘러
돌보는 아이는 늘 나를 보살펴

곱씹을 수 있다면
열 별 지나 즈믄 벌쯤
느긋이 곱새길 수 있다면
무엇이든 녹여내어 내 것 돼

내가 아는 이 길을
너도 진작 알았구나
네가 누리는 그 꿈을
나도 같이 꾸었구나

마음 그리니
사랑 피네
생각 지으니
꿈나래 돋지

따뜻이 감싸는 바람에 햇볕맛
포근히 덮는 손길에 겨울노래
알뜰히 오가는 눈짓에 웃음빛
문득 건네려는 얘기에 오늘꿈

ㄴ

나
나무
너
노래
놀이
눈

나

일곱 걸음 딛고서 뛴다
열네 발짝 떼고서 쉰다
스물한 가지 노래 부르고
스물여덟 날 동안 춤추지

하늘 보며 웃으면
별비가 쏟아지네
땅 보며 울면
꽃비가 자라네

너는 나이면서
나는 너이니까요
좋은 것도 싫은 것도 없이
모두 살아가며 어울리니까요

내 것이니까 네 것 되고
네 삶이니까 내 삶 되고
서로서로 만나니까
서로서로 손잡는 곳

밑동이 튼튼하면 안 미끄럽고
밑바탕이 깊으면 미덥고
밑줄을 그으면 밀물결처럼
마음에 맑게 스며들어

길을 걷다가 고개를 들어
하늘을 올려다보니
구름이 꽃잔치를 벌였네
나더러 웃으라고 속삭이네

난 너를 깎아내리지 못해
넌 나를 내리깎을 수 없어
나랑 너는 언제나
그대로 오롯이 고운 님인걸

아파서 죽을 듯하고
앓아누우며 눈도 못 뜨지만
늘 환하게 튼튼한 날 떠올리며
새로 깨어나려고 기운을 내

내가 바로 나를 바라보는 틈을
차츰차츰 늘린다면
내가 늘 나를 사랑하는 길을 찾고
너한테 사랑으로 다가서는 살림을 느껴

나는 바로 나랑 얘기해
내 속내 읽을 적에
내 눈빛 밝아
내 하루가 기쁘거든

제멋대로 하지 않는데
제길을 알 수 없고
제노릇을 맡을 수 없고
제자리를 찾지 못하네

맨발로 풀밭에 서면 풀빛을 먹고
맨손으로 나무를 쓰담하면 나무수다 듣고
맨눈으로 하늘을 사랑하면 하늘마음 자라고
언제나 하나씩 처음부터 가꾸는 나

스스로 하늘이 되어 맑다
스스로 해님이 되어 곱다
스스로 풀꽃이 되어 참하다
스스로 숲이 되어 눈부시다

내가 나를 사랑하면서 바라보면
스스로 사랑이 흘러넘쳐서
이 흘러넘치는 사랑으로
언제나 같이 즐겁네

얼굴이 아닌 '나'를 보라고
마주하는 거울
겉모습에 깃든 '너'를 보려고
함께 앞에 선 거울

나무

뿌리는 흙이랑 사귀고
줄기는 바람이랑 놀고
가지는 햇볕이랑 노래하고
잎은 풀벌레랑 어울리는 나무

후박나무는 바닷바람을 품고
잣나무는 숲바람을 품고
느티나무는 들바람을 품고
살구나무는 뜰바람을 품고

나무를 가만히 안으면
여태껏 살아오며 지켜본
오래되며 새로운 이야길
나긋나긋 마음으로 들려준다

손길을 타는 나무는
내 손길에 맞게 열매가 영글고
눈길을 타는 글은
내 눈길을 담아 새빛으로 읽히고

숲을 고요히 채우는 나무 곁에
바람 간질이는 노래 들려주면
와자와자 시끌벅적 신나게
들꽃이 피어난다

봄이 저물고 여름이 온 날
뽕나무는 톡톡
새까만 오디를 베풀어
두 손을 검붉게 물들인다

우리는 언제나 나무한테 안겨
노래하며 춤추는 숨결이면서
나무가 우리 품에 깃들어
노래를 들려주어 이웃

사람이 밥을 준 적 없으나
이토록 푸르고 싱그러운 푸나무라면
우리는 푸나무한테서 배우고
숲에서 살림해야지 싶다

나무가 즐기는 밥이라면
빗물 바람 해 흙
여기에
우리가 나누는 따스한 말

나무 곁에 서면 나무내음
나무줄기 안으면 나무노래
나뭇잎 입에 물면 나뭇잎피리
나무 타고 오르면 나무놀이

바람이 잠자는 날은 가만히
돌개바람인 날은 휘청휘청
춤사위를 늘 달리 누리는
나무

바람 불어도 나무 없으면 후끈
바람 적어도 나무 있으니 시원
여름불볕 녹이는 푸른잎
겨울추위 달래는 잎망울

나무는 고이 기다리네
신바람으로 찾아올 동무를
휘파람으로 날아올 이웃을
따사로이 어루만지는 사람을

덩굴줄기는 나무줄기를 감싸고
나무줄기는 바람을 어루만지고
바람은 어린이 머리카락이랑
어른들 온마음을 보듬으면서

사람들 숲에 안기면 기둥 주고
사람들 마을 이루면 그늘 주고
뭇새 어우러진 곳엔 열매 주고
언제나 푸르며 고운 바람 팽나무

너

웃고 싶으니 그냥 활짝
놀고 싶으니 그대로 폴짝
날고 싶으니 오늘 훨훨
꿈꾸고 싶으니 깊이 콜콜

우리는 저마다 아름다워
우리 스스로 아름다운 줄 안다면
너도 나도 언제나
아름다움으로 노래할 테고

휘파람을 슬쩍 불면
나뭇가지 파르르 흔드는
들바람이 온몸 간질이네
푸르게 깨어나도록 찾아와

모든 말은 노래
모든 노래는 바람
모든 바람은 별빛
모든 별빛은 너랑 나

난 널 놓치는 일 없어
눈을 감고서 다가가도
우리는 마음으로 잇고
같이 이곳에 있는걸

달아나도 좋아
숨어도 좋지
멀리해도 좋고
넌 언제나 너 그대로 좋으니

네가 뾰족뾰족 쏘아붙여도 좋아
네 마음 느낄 수 있거든
네가 나긋나긋 속삭여도 반가워
네 사랑 알 수 있단다

치렁치렁 늘어뜨린 머리카락
대바늘로 척척 뜬 댕기
꽃잎을 쓰다듬던 손
셋이 어우러져 곱게 네 모습

빛살처럼 쏟아지는 이야기
풀잎처럼 흐드러지는 노래
숲처럼 밝은 걸음걸이
하늘처럼 맑은 눈빛

불이 있어 밤낮이 환하고
붓이 있어 살림이 새롭고
빛이 있어 생각이 자라고
네가 있어 이야기 즐겁고

곁말

노래

나뭇잎이 바람 따라
가볍게 춤을 추면
사르락 팔락 싸락 포로로
노래가 태어납니다

누구한테나 싱그러이 흐르고
저마다 새삼스레 자라는
숨결마다 씨앗 한 톨 깃들어
노래로 피어납니다

들려주는 말에 깃드는
들려오는 소리에 스민
들어가는 얘기에 얹은
들썩들썩 노니는 가락

오늘 부르는 노래는 풀잎한테서
함께 부르는 이름은 꽃씨한테서
서로 부르는 마음은 나무한테서
하나씩 천천히 즐겁게 듣는다

북적북적 바쁜 손길마다
구슬땀 어린 노래가
한 톨 두 톨
즐거이 맺힌다

개구리 노래하는 여름
나뭇잎 노래하는 가을
눈송이 노래하는 겨울
제비랑 풀벌레 노래하는 봄

서두르지 않기로 하면서
앞뒤로 틈을 두고
곳곳에 사이를 내어
모든 별빛이 깃들도록 하지

우리 목소리는 구름을 타고
우리 노랫가락은 바람에 앉고
이 하늘을 가로질러서
골골샅샅에 고이 퍼진다

우리 목소리는 꽃빛
너희 목소리는 풀빛
내 목소리는 물빛
네 목소리는 바람빛

사람이 심은 곳에 사랑
숲이 심은 자리에 숨결
새가 심은 터에 씨앗
소리가 심은 틈에 싱긋

놀이

네가 먼저 해
네가 먼저 가
네가 먼저 먹어
난 그저 보기만 하면서도 넉넉해

모기가 물면 물어봐
왜 날 무느냐고
모기는 아마 바늘 놓아 준다 할 텐데
네 바늘맛 아니어도 난 튼튼해

빗물 먹고 자란 풀을 뜯고
바람 마시고 큰 열매 훑고
햇볕 머금고 굵은 나무 곁에서
이 모두 품고 씩씩한 나

무릎을 꿇고 앉으면
등허리가 반듯해서 좋고
온몸이 곧게 흐르니 즐겁고
눈빛이 살아나서 차분하네

한 줄이 길다면 두 줄 쓸게
석 줄이 짧다면 한 줄 쓰지
무엇이 긴 줄 다시 보자
무엇이 짧은 줄 새로 느끼자

빈틈없는 너
참 좋구나
아름다운 너
참말로 사랑스럽구나

여태 못했으니
오늘부터 비로소 하려고
아직 모르니
바로 오늘 처음부터 배우려고

무얼 받고서 하니?
돈을? 눈길을?
아니면
사랑을? 마음을?

긴 빗자루 쥐고서
허리 펴고 마당을 쓸지
몽당비 들고서
납작 앉고 마루를 쓸어

왜 추운 줄 아니?
네 마음으로 춥다고 생각하는걸
왜 신나는지 알아?
네 입으로 마음껏 노래하고 웃는걸

숲을 아는 곰은
숲지기 노릇하는 개구쟁이
바다를 아는 고래는
바다님 구실하는 말괄량이

먼저 가도 좋고
나중 와도 돼
일찌감치 마칠 수 있고
더디고 늦고 미뤄도 돼

잘 보면 스스로 알지
잘 쉬면 스스로 기운나지
잘 느끼면 스스로 춤추지
잘 웃으면 스스로 즐겁지

기쁘게 놀고서 신나게 낮잠
즐겁게 일하고서 고이 단잠
마음껏 뛰놀고서 푹 꿀잠
사이좋게 곁일하고서 슬쩍 꽃잠

같이 놀면서 배우고
함께 뛰면서 춤추고
슬쩍 몸을 숙여 땅을 보면
여태 나란히 논 풀벌레 잔치

두 손이 있다면 두 팔에
두 발이 있다면 두 다리에
소꿉하고 놀이를
웃음하고 얘기를

한 마디를 들려주면 나비가
두 마디를 알려주면 무지개가
석 마디를 보여주면 제비가
폴짝 나타나서 같이 놀아

손바닥에 풀잎 얹으면
빗물 먹은 얘기 졸졸
머리에 꽃잎 쓰면
햇살 담은 수다 좔좔

푸르게 일렁이다가도 폭 잠들고
파랗게 넘실대다가도 구름을 품고
노랗게 뜨고 지면서 따스히 안는
이곳을 노래하면서 빙그르르 춤짓

눈

눈을 감으면 하늘을 보고
눈을 뜨면 들숲을 느끼고
눈을 밝히면 별빛을 알고
눈을 틔우면 서로 손잡고

높이 나는 새를 보고
낮게 피는 꽃을 보고
멀리 이는 물결 보고
나긋 웃는 서로 보고

돌보는 손길은 따순 넋
돌아보는 눈길은 고운 빛
돌아가는 멧길은 푸른 날
동그라미로 하늘길 그리면서

눈길이라면 사랑스럽게
눈빛이라면 그윽하게
눈망울이라면 초롱초롱
눈높이라면 하늘처럼 별처럼

넌 어떤 눈으로 보니?
즐거운 눈?
속깊은 눈?
함께 놀면서 꿈꾸려는 눈?

이 아름다운 눈빛이
언제나 사랑으로 가득하면서
즐거운 하루를 짓는
새로운 숨결로 나아가겠지요

우리 눈은
네 마음이랑 내 마음이
뜨겁게 만날 수 있도록
이어주는 길목이야

밖으로 눈을 돌려 볼까
속으로 꿈을 지어 볼까
여기에 삶을 지어 볼까
아하, 우리 어깨동무하지

오늘 들을 수 있는 귀
듣고 날을 수 있는 몸
늘 돋아나는 새싹
그리고 해 보고 웃는 눈

어떻게 하느냐면
바로 눈빛
어떻게 되느냐면
늘 눈꽃

ㄷ

돈
동무

돈

누구한테 돈 빌려쓸래?
누구한테 돈 빌려줄까?
누구한테 돈 그냥 줄래?
누구한테 돈 그냥 받을래?

미움도 좋아함도 지우면
저절로 피는 사랑꽃
미움하고 좋아함으로 금그으면
곧바로 지는 모든 꽃

옷차림은 참길이 아니지
사랑이 참길이지
몸매는 참멋이 아니야
오롯한 사랑이 참빛이야

먹이고 싶으니 밥을 잘 짓고
읽히고 싶으니 글을 잘 쓰고
입히고 싶으니 뜨개질 하고
사랑하고 싶으니 어깨동무로

온누리를 동글동글 포근히
온마음을 살폿살폿 넉넉히
별빛을 품은 햇빛 먹고
꽃빛을 안은 숲빛 나누고

삶을 넉넉하게 새로 보는
살림을 느긋하게 새로 돌보는
사랑을 나긋나긋 새로 깨닫는
마음꾸러미 누리는구나

한 발 디디면서 춤을
두 발 떼면서 노래를
석 발 나아가며 꽃을
넉 발 가면서 수다를

하늘을 읽어 땅을 알고
들을 읽어 바다를 배우고
나를 읽어 너를 아끼고
오늘을 읽어 사랑을 펴네

꽃냄새 먹는 꽃사람은
꽃다이 말하고 노래하면서
온누리가 꽃밭이 되도록
손길마다 따사로운 빛이야

어느 길을 가도 설레면
무슨 일을 해도 들뜨면
어떤 놀이 짓든 신나면
여기 다같이 노래하지

동무

손바닥에 내려앉은 벌 꽁무니에
꽃가루 한 톨 대롱대롱하다가
바람이 쓱 지나가며 건드리니
그만 내 손가락 사이로 떨어져

똑똑 듣는 빗방울은
하늘에서 찾아온 이웃
뚝뚝 듣는 눈물방울은
네가 건네주는 사랑

이렇게 하면 재미있지
저렇게 가면 놀라웁지
그렇게 놓아 나란하지
하나씩 모두 풀꽃나무

마무리를 짓고 싶다면
마음에 맑게 말을 묻어
차근차근 두루 돌아보며
빙긋 웃으면 되네

내 것이니까 네 것 되고
내 삶이니까 네 삶 되고
서로서로 만나니까
서로서로 손을 잡고 사랑

서로 마음이 만나 웃고
같이 손을 잡아 노래하고
함께 사랑하며 삶을 지어
나란히 어깨동무 꽃길

하루를 누리려고 아침에 깨고
하루 누린 보람 새기려고 밤에 자고
하루를 그리면서 삶을 바라보고
하루 그린 사랑 나누려고 너를 만나고

스스로 노래를 짓지
손수 살림을 가꾸지
스스럼없이 하루를 누리지
사랑스레 서로 만나지

나하고 마주하는 오늘
너랑 손잡는 이곳
내가 새로 크는 하루
네가 상냥히 다가오는 이 길

너는 별님이 되고
나는 꽃님이 되지
너는 해님이 되고
나는 바람님이 돼

이끌어 가는 그대로 길님
따라나서는 그대로 벗님
앞장서 가는 그대로 첫님
어깨동무하는 그대로 새님

아무 말이든 한다면 아무개
포근포근 말한다면 포근님
새록새록 말한다면 새롬이
노래하며 말한다면 노래벗

바람을 안아 춤으로
꽃을 품어 빛으로
새랑 놀며 사랑으로
오늘 같이 새롭게

버금가는 마음은
벗하고 벗삼아
버드나무에 이는 바람처럼
벌써 하늘을 품지

마실
마을
마음
말
몸
물

마실

사락사락 디디는 걸음에는
발자국마다 내려앉는
바람꽃이 피어나서
뒷사람이 향긋향긋 신납니다

하늘이 들려주는 노래를
별님이 알려주는 꿈을
나무님이 베푸는 밥을
내가 손수 지은 빛을

길을 가다가 고개를 들어
하늘을 올려다보니
구름이 꽃잔치를 벌였네
나더러 웃으라고 속살이네

가벼울 적에는 가벼이 춤추고
무거울 때에는 뭐,
고되게 짊어지고 나르다 푹 쉬고
하루하루 스스럼없이 받아들인다

돌아갈 까닭이 없어
바로바로 날아가지
돌아가는 길이 퍽 재미있어
매우 한갓지게 돌고돌지

예전에는 등짐 무겁고 다리 아파도
억지 쓰며 끝까지 걸었는데
요새는
다리쉼도 하고 택시도 부르지

한 걸음 딛기에도 벅차면
그냥 제자리에 있어 봐
드러누워도 돼
반 걸음조차 안 가도 좋더라

걸어다니면서 얘기하고
걷다가 하늘 보고
걷는 길에 전화하니
걸으면서 책도 읽고 글도 써

바람을 타고 온누리를 돌아다니다가
나무가 좋아서 살짝 둥지를 틀어
다람쥐 곰 사슴, 또 사람한테
마음으로 이야기 들려주는 바위

보드랍게 날아가는 저 구름은
오늘 또 어느 터를 찾아가서
산뜻산뜻 노래를 드리워
이 별을 푸르게 밝히려나

마을

얼음 어는 냇물은
물오리한테 신나는 놀이터
얼음 풀린 냇가는
아이들한테 반가운 헤엄터

골짜기를 거치는 물줄기는
나무 사이를
풀짐승 숲벌레 들꽃 곁을
우리 보금자리 앞을 흘러요

아름다운 고장에는 나무가 우거지지
아름다운 고을에는 멧골이 푸르지
아름다운 마을에는 냇물이 맑지
아름다운 집에는 이야기꽃이 새롭지

곁을 볼 틈이 있다면
곁에서 피어나는 꽃을
곁에서 자라나는 숲을
바로 스스로 누려요

마을에서 태어나고 자라며
마을 고루고루 내리쬐는 햇볕처럼
마을 두루두루 적시는 빗물처럼
따사로운 손길이 흐르는

걸어가며 보는 마을
날아가며 만나는 터
헤엄치며 누리는 별
꿈꾸면서 짓는 마음

커다란 고장도 품고
자그마한 고을도 품고
이 마을 저 마을 품은
너른 숲을 마을에

온갖 새 내려앉은 곳에
새마다 부르는 이야기
살폿살폿 드리우면서
꽃송이가 한껏 부푼다

해가 스며들고
별이 찾아들고
노래가 흐르는
마을 한켠 샘터

같이 별을 누리는 마을
함께 꽃을 피우는 마을
서로 노래 부르는 마을
나란히 어깨동무하는 마을

마음

마음을 먹으니 마음이 자라고
나이를 먹으니 나이가 늘고
꿈을 먹으니 꿈이 커다랗고
웃음을 먹으니 이야기꽃 터져

눈을 감고 하늘을 보면
마음으로 훅훅 날아오르는
알록달록 별빛살을
한 올 두 올 무지개로 누려

이 손으로 잡은 바람줄기
저 손으로 낚은 물줄기
그 손으로 길어올린 생각줄기
늘 조물락조물락 짓는 빛줄기

눈을 감고 마음을 바라봅니다
눈을 뜨고 마음을 어루만집니다
눈을 열고 마음에 꽃씨를 심습니다
눈을 틔우고 마음을 사랑합니다

즐겁게 어우러지면 집
안 즐겁게 고단하면 짐
기쁘게 어깨동무하면 길
안 기쁘게 맞서면 눈물

새 나비 잠자리 바라보면서
날개 달린 탈거리 짓는다면
우리 마음을 새롭게 가꾸면서
스스로 날아오를 수 있지 않을까

책읽기에 마음을 쏟든
설거지에 마음을 기울이든
오롯이 빠져들면 잊는 소리·냄새·때·곳
문득 빠져나오면 이 모두를 느끼고

다시 태어나고 싶어서 잠들어
새로 깨어나고 싶으니 앓아
거듭 일어나려는 마음이라
오늘을 고이 내려놓고서 모레로 가

마음을 곧게 기울일 줄 안다면
덜컹덜컹 버스에서도 아늑히 글쓰고
출렁출렁 뱃전에서도 느긋이 책읽고
고요히 눈감고서 싱긋 웃어

몸이 멀리 있어도
마음이 멀리 있지 않아
몸이 옆에 있어도
마음이 가까이 있지 않아

가야 할 곳이면 간다
나눌 뜻 있으면 나눈다
할 일 떠올려 짓는다
쓸거리 헤아려 글 띄워

속이 깊으니 알기 쉽고
속이 얕으니 알기 어렵네
속이 넓으니 찾기 수월
속이 좁으니 하나도 안 보여

손가락 걸어도 다짐
마음 새겨도 다짐
종이에 그려도 다짐
글씨로 옮겨도 다짐

보여주지 않아도 배우고
보여주니까 새록새록 익히고
들려주지 않아도 찾아내고
들려주니까 새삼스레 찾아나서고

하나가 돋보일 수 있어
모두 도두보일 수 있어
하나로 반가울 만해
모조리 기쁘지

잎망울이 터지는 날
별비가 쏟아지는 날
사랑이 춤추는 하루
모두 마음에서 비롯하는

마음을 뜨면 하늘노래
마음 틔우면 바다가락
마음을 열면 풀잎춤꽃
마음 나누면 새봄사랑

곁에 두면서 상냥하게
옆에 있으면서 새롭게
나란히 있으며 상큼히
서로 손잡으면 새첩게

떠올리고 싶으니 마음에 그려
그리고 싶어서 생각을 하네
하고 싶기에 폴짝 뛰어오르고
뛰어놀면서 튼튼한 몸빛

손이 가는 곳에는 마음
눈이 멎는 데에는 사랑
꿈이 닿는 여기는 웃음
우리가 있는 오늘 기쁨

말

어린이가 문득 하는 한 마디에
온누리를 활짝 여는 별빛 가득
어른이 넌지시 펴는 두 마디에
온생각을 고루 품는 숨빛 넘실

눈이 오는 날에는 눈꽃
비님 찾는 때에는 비꽃
바람 드는 철에는 바람꽃
내가 말하는 대로 노래꽃

하루를 짓는 말은
오늘을 새로 살아내며
즐겁게 어우러지고 싶은
새로운 꽃씨

우리가 쓰는 말에는
우리가 나누는 마음을
우리가 가꾸는 날마다
가만가만 얹어서 지어요

물어보면 어느새 풀려
들려주면 천천히 늘어
나눠주면 오히려 반네
바라보면 스스로 기뻐

생각을 지으려는 말에는
마음을 가꾸려는 빛이 흘러
작게 수수하게 퍼지면서
즐거이 사랑으로 되네

말이란
소리로 그린 생각이면서
우리가 손수 기쁘게 지은
사랑스러운 살림 흐르는 노래

누구나
이슬같은 눈에 빗물같은 목소리에
구름같은 품에 들녘같은 손길에
하늘같은 숨결로 말하지

빛이 나는 말을
꽃 같은 말을
노래가 되는 말을
사랑이 솟는 말을 하지

아주 작은 한 조각이어도
마음에 심으면
어느새 그대로 이루는
말

피어나는 말마다 꽃이
들려주는 말마다 노래
함께하는 말마다 숨결
오늘 이곳에서 모든 말이 씨앗

마음에는 생각을 심으려는 이 말
생각에는 꿈을 담으려고 여기 사랑
사랑에는 노래를 얹으려고 함께 고요
고요에는 빛을 흩뿌리려고 늘 별내음

우리가 나누는 말은
노래로 흐르다가 꽃이 되고
열매로 익고 씨앗으로 퍼져
온누리를 고루 밝히지

나랑 네가 언제나 하나인 말
나는 너하고 동무가 되는구나 싶은 말
우리가 오늘 살림하는 사랑을 담은 말
우리가 스스로 지어서 서로 손잡는 말

마음이 있어
소리가 가락을 입으니
말이라고 하는 노래가 되어
우리 하루는 소롯소롯 이야기판

몸

살갗으로 바람을 마시고
온몸으로 빗물을 먹으며
마음으로 별무리를 담고
사랑으로 꽃내음을 맡고

허리를 곧게 펴니
하늘을 붙잡고 구름을 타네
허리를 구부정 숙이니
흙을 보듬고 개미랑 노네

이 바람을 먹고서
나는 바람이 되고
이 물결을 먹고서
나는 바다가 되지

우리 손은
밥도 옷도 집고 꿈도 짓고
우리 발은
길도 노래도 하늘도 맘껏 가고

숨을 고르다 보면
이 숨결에 스며드는
별빛을 느끼고
별빛에 어린 온누리를 안아요

돌을 손에 얹으면
이 돌이 살아온 날을 느껴
바위를 포옥 안으면
이 바위가 안은 이 별을 느껴

등을 곧게 펴고 걸으면
제비가 날아가다 눈짓하고
구름이 흘러가다 춤짓하고
바람이 싱그러이 손짓하네

해를 닿을 수 없게 가리면
살갗이 허옇다
해를 먹을 수 있게 내놓으면
살갗이 기뻐하며 탱그르르 춤춘다

온통 시들어서 죽고 잠들어
낡은 몸을 내려놓을 수 있으니
봄이라는 철마다
참으로 기쁘고 해맑게 새몸으로 피어나

구름을 먹을 수 있고
바람을 마실 줄 알고
햇볕을 누리는 길이니
오늘도 넉넉하게 가꾸는 살림

왼손이 힘든 날에는
오른손이 힘쓰고
오른손 고된 날에는 왼손이
그리고 두 손 다 지치면 푹 쉼

무릎을 꿇고 앉으면
허리가 곧게 서면서
땅부터 오르는 힘을 받고
하늘서 내리는 기운을 얻어

온힘을 다하면
온몸에 새로 피가 흐르며
온통 반짝반짝
온별이 나한테 퍼져

손으로 스미는 이 기운은
발에서 뻗고 몸에서 샘솟아
풀밭에 하늘에 땅에
또 온누리에 따스히 내려앉아

발바닥으로 올라오는 기운
손바닥으로 찾아오는 바람
살갗으로 스며드는 빗물
모두 고루 누리는 이 몸

물

냇물을 마시면서 들숨을
샘물을 머금으며 숲빛을
바닷물 헤엄치며 파랑을
빗물에 뛰놀면서 웃음을

물 한 모금 마시면
목을 거쳐 들어오는 물방울이
어느 곳을 두루 돌며
무엇을 보았는지 느껴

시원스레 내린 비는
숲도 들도 집도 우리 몸도
그지없이 해맑으면서 새파란
하늘빛으로 씻겨 주네

흐르는 물은 안 얼고
샘솟는 물은 시원하고
뭍을 감싼 바다는 넉넉하면서
포근한 바람을 베풀어 주네

흐르는 물에 손을 담그면
내 몸에서 아팠던 곳이
감쪽같이 사라지면서
이렇게 시원하구나

창문에 부딪힌
빗방울이 운다
사람을 만나지 못해서
안타깝다고

냇물에는 햇빛이 흐르고
샘물에는 숲빛이 흐르고
바닷물에는 삶빛이 흐르고
눈물에는 사랑빛이 흐르고

냇물 흐르는 노랫가락을
샘물 솟는 노랫결을
꽃물 깃드는 노래빛을
함께 품어

툭툭 치듯 찾아온 소나기
톡톡 부르듯 찾는 이슬비
턱턱 알리듯 오는 벼락꽃
탁탁 노래로 오는 바람꽃

말을 길어 생각을 짓는 샘
길을 가꿔 마음을 보는 샘
꿈을 그려 사랑을 펴는 샘
몸을 돌봐 빛으로 먹는 샘

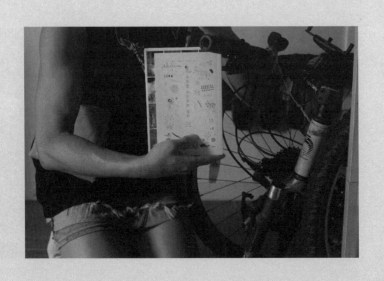

바다

빗물이 되어 주는 바다
눈송이로 피어난 바다
바람 타고서 노는 바다
함께 찾아가서 안기는 바다

꽁꽁 어는 냇물은
헤엄이가 겨울꿈 꾸고
우리가 겨울놀이 하며
봄을 그리는 작은 숲

멀리 저 멀리 있는
구름밭 별밭은
알고 보면
바다를 머금은 물 한 방울

하늘빛은 바다랑 숲을 담아
바닷빛은 하늘이랑 숲을 담아
숲빛은 바다랑 하늘을 담아
우리는 이 모두를 기쁘게 담아

냇물을 건넌다면
바다도 건널 테고
바다에서 헤엄친다면
냇물을 실컷 누빌 테고

별이 흐르는 소리 듣고
풀잎이 사랑하는 소리 듣고
사마귀 날아다니는 소리 듣고
내가 숨쉬는 소리 듣고

바다 품으로 다가가서 안으면
이 바다가 안은 바람을
저 바람이 품은 별을
그 별이 사랑하는 나를

이 냇물이 머금은 흰구름
저 시내가 품은 별무지개
그리고 첨벙찰방 뛰어드는
그 바다가 안은 바람 한 줄기

바람

뭍바람이 잦아들다가
바닷바람으로 돌아서면
들판은 봄맞이꽃 돋고
마당은 햇살 쏟아지고

바람은 놀고 싶어
빗물을 이리저리 날려
하늘에서 까르르
춤추도록 간질인다

왁자지껄한 소리는
때때로 바람에 흘려
하루를 잊도록
쓰다듬어 준다

온누리를 물들이는 빛깔은
들숲바다를 거치고
하늘을 고루 가르면서
우리 마음으로 스미네

마당에 이불을 널어
해바람 먹이고 나면
한밤에 별이 내려와
포근히 꿈으로 가네

쭉 뻗은 손끝에
쪼옥 편 몸 구석구석에
착 감겨드는
이 바람이란

여름바람을 타고 눈을 감으면
구름 볕살 제비도 같이 놀자면서
상냥하게 부르는
오늘 하루

왜 아직도 새마을바람 깃발이
나라 곳곳에서 버젓이 나부낄까
우리는 언제쯤 스스로
으르렁 발톱질을 씻어내려나

손끝에서 손끝으로 잇는
손바닥에서 손바닥으로 넘어오는
포근하게 감겨드는
목소리는 한 줄기 바람

돌개바람이 부니 나도 빙글
회오리바람이 오니 나도 휙휙
산들바람이 가벼우니 나도 싱긋
꽃바람이 고우니 나도 활짝

오늘 이렇게 쓴맛 봤으니
느긋이 푹 잠들고서
이튿날에 다시 처음부터 하자
어제는 바람에 띄워 보내자

한 손에 쥔 이 숨결을
다른 손에 놓은 이 숨소리를
하늘에 뿌려 눈송이로
땅에 쏟아 시냇물로

돌개바람을 들여다보면
온누리가 처음 깨어나는
새로 열리다가 문득
활짝 빛나는 길을 느낀다

우리가 먹는 숨은 바람
우리가 주는 숨은 하늘
우리가 받는 숨은 별빛
우리가 짓는 숨은 오늘

곱게 어깨동무하는 길을 이으려고
바람이 이곳에서 저곳으로
날마다
싱그러이 불고 또 분다

밥

밥을 먹다가 생각해
해님 비님 흙님 바람님 품은
밥알 한 톨은
우리 몸에서 어찌 바뀌나 하고

무언가 먹고 싶을 적에는
눈을 감고서 '해를 품은 바람'을
'빗물을 안은 풀내음'을
듬뿍 받아들인다

뱃속에서 내보내는 꼬르륵 소리는
뭘 집어넣으라는 뜻 아닌
이제 머리가 맑게 깨었으니
즐거운 꿈을 그리라는 뜻 아닐까

물 한 모금이면 되고
바람 두 줄기이면 넉넉하고
햇볕 석 줌이면 좋고
풀밭에 드리우는 나무그늘이면 곱다

잇몸이 부어 못 씹는다면
며칠 굶어 볼까
생각보다 배도 안 고프고
몸이 매우 홀가분하더라

솔꽃 부추꽃 정구지꽃
하얗게 참 곱지
한 송이 톡 따서 혀에 얹으면
살풋 알싸하며 보드라운 맛

웃을 적에는 배불러
울 때에는 안 배고파
노래할 적엔 든든해
달려가면서 가벼워

쑥을 만져 쑥내음
풀을 뜯어 풀내음
별을 만나 별내음
꽃을 그려 꽃내음

배움

배울 사람은 틈을 내고
배울 마음은 품을 쓰고
배울 눈빛은 하루 들여
새롭게 이 길을 열더라

들려주는 말에는 생각을
적어놓는 글에는 마음을
얘기하는 뜻에는 꿈길을
온숨결 그러모아 하루를

오늘 알아보면서 해도 신나
오늘 힘들어서 미뤄도 좋아
오늘 아니어도 우린 늘 만나
눈을 감고서 마음으로 지켜봐

받아들이면서 천천히 녹이고
배우면서 하나하나 나누고
살림하면서 두고두고 새기고
사랑하면서 함께 생각하고

배우고 싶지 않으니 꺼려
배울 뜻이 없으니 싫어해
배우고 싶으니 맞아들이고
배울 뜻 넘실거려 노래로 반겨

곁말

가르치고 싶다면
오늘부터 배워
배우고 싶으면
이제부터 가르치고

누구나 다 할 수 있어
하는 길을 배우면 돼
이제까지는 줄세우기에 길들어
그만 스스로 '나'를 잊었을 뿐

모르니까 모르지
알았으니까 알았겠지
모르기에 하나하나 배우고
알아서 차근차근 보여주어 가르쳐

첫술에 배불러도 좋아
즈믄 술이어도 배고플 수 있어
첫손에 다 이뤄도 기뻐
즈믄 날이어도 엉성할 수 있어

받을 수 있는 손이니
줄 수 있어
누릴 수 있는 몸이니
심을 수 있네

손으로 가꾸며 맞이하고
다리로 마실하며 배우고
마음으로 만나서 아끼고
두 눈빛 반짝이니 즐겁게

알았으니 더 배우고
배웠으니 더 가르치고
가르치니 더 익히고
익히더니 어느새 바람이 되네

즐겁게 읽었으니 좋아
새롭게 만나니까 기뻐
푸르게 맞이하니 훨훨
어질게 되새기니 흠흠

서로 알고 싶어 만나고
서로 안 알고 싶어 싸우고
서로 사귀고 싶어 어깨동무
서로 안 사귀고 싶어 툭탁질

별

별이 쏟아지는 이곳은
꽃이 자라나는 저곳에
무지개 같은 다리를 놓아
사뿐사뿐 노래를 하네

별은 언제 어디서나 듬뿍
이 땅으로 쏟아지니까
반가이 그리는 마음이라면
별빛 가득한 눈빛이네

씨앗을 품은 빛
빛을 품은 무지개
무지개를 품은 고요
고요를 품은 노래

발끝에서 손끝까지 흐르는
이 시원한 바람줄기는
오래오래 이 별에서 피어난
고운 이야기가 맺은 꽃씨

눈을 뜨고 바라보면
눈부신 빛줄기 가득가득
온몸으로 온마음으로
따사롭게 스며드네

별빛을 그리는 동안
별빛 흐르는 마음이고
꽃빛을 마시는 사이
꽃빛 감도는 손길이고

아침에는 아침바람
낮에는 낮볕
저녁에는 저녁별
밤에는 밤빛

나무하고
한몸이었기에
이 별하고도
한몸인 잎

겉으로 드러나는 고요한 낯빛
속으로 밝히는 타오르는 눈빛
앞으로 맞이하는 새로운 손빛
이제 말하려는 따스한 마음빛

이 꽃이라면
별이 별님이고
바람은 온누리이고
우리는 이 모두

빛

네가 사랑을 쓰니
너는 사랑을 읽는구나
내가 노래를 쓰니
나는 노래를 부르고

말은 빛
글은 씨
빛은 사랑
글은 숨결

꽃은 언제나 나
너는 늘 꽃
너랑 나는 서로 다르면서 곱고
함께 빛나면서 나란히 기쁜 꽃

등줄기로 타고 흐르는
이 빗물은 마치 이슬 같고
이슬은 아롱아롱 눈부신 구슬 같고
구슬은 내 눈빛 같고

누구나
마음이 맑고
생각이 깨끗한 채
태어나서 하루를 지어

마음을 뜨고
마음을 틔우고
마음을 열면
다같이 빛을 누리지 싶어

즐거운 사이가 되어
서로 손을 잡으니
이 손을 타고서 흐르는
아름다운 기운

길을 펴고 싶어
글을 쓴다면
마음을 나누고 싶어
말을 한다면

우리가 스스로 지나쳐서 그렇지
모든 사람은
저마다 다르게 놀랍고
아름다운 길을 품고 살지 싶어

언제나 네 곁에 있으니
눈으로도 느끼고
몸으로도 느낄 뿐 아니라
마음으로도 느껴 봐

스스로 바꾸면
나를 바탕으로 둘레가 새로워
스스로 거듭나면
나를 비롯해서 어디나 눈부셔

여기서 보니 다르고
저기서 보니 남다르고
그곳서 보니 빛다르다면
마음으로 보면 한결사랑

그리는 마음은 빛나고
짓는 손길은 눈부시고
빚는 몸짓은 어여쁘고
날아오르는 넋은 맑고

허물없이 마주하는 눈빛
스스럼없이 펼치는 손빛
아낌없이 가꾸는 몸빛
하염없이 노래하는 낯빛

밝히는 불빛
읽히는 눈빛
보이는 꽃빛
그리는 글빛

人

사람

사랑

사전

사진

살림

삶

새

생각

서울

손

숲

쉼

시골

씨앗

사람

사람은 이곳과 같은 별
사람은 온누리와 같은 터
사람은 너랑 나 같은 사랑
사람은 꽃송이 품은 숲

몸이라고 하는 옷도
천조각이라고 하는 옷도
말하고 글이라고 하는 옷도
마음에 씨앗으로 심는 사랑

풀밭을 디딜 적에 풀기운을
바람을 쐴 적에 바람결을
해를 먹을 적에 햇살을
이야기를 할 적에 마음을

아이를 바라보면서 사랑스럽고
어른을 마주보면서 아름답고
함께 살아가면서 즐겁게
오늘을 지으니 보금자리

걸을 수 있으니 보고
달릴 수 있으니 느끼고
날아오를 수 있으니 살고
노래할 수 있으니 사랑하고

포근히 꿈꾸는 사람한테는
별빛이 속삭이는 노래가
폭 안기면서
우리 품에 꽃이 함께 핀다

통통 뛰며 신나는 토끼
나비처럼 가볍게 잔나비
사이좋게 살며 생각하는
너나 모두 즐거운 사람

이런 길을 걸어도 바람꽃나이
저런 곳에 깃들어도 푸른꽃나이
그런 삶을 지어도 하얀꽃나이
오늘 꿈을 꾸어도 노래꽃나이

빈틈이 많기에
언뜻 보면 앞뒤가 어긋나 보이기에
어설프고 엉성한 몸짓투성이라서
오히려 사랑스러울는지 몰라

스스로 짓는 너한테
스스로 찾아오는 동무
손수 가꾸는 나한테
손 흔들며 이웃 되는 너

웃을 수 있는 사람은 노래하고
울 수 있는 사람은 꿈을 꾸고
얘기할 수 있는 사람은 사랑하고
잠들 수 있는 사람은 피어난다

흙을 가꾸는 흙빛지기
숲을 돌보는 숲빛사람
아이 보듬는 사랑빛님
하늘 마시는 하늘빛길

붓이 닳으니 손으로 쓰고
손이 아프니 눈으로 쓰고
눈이 졸리니 마음으로 쓰고
마음이 환하게 트여 사랑으로

누구나 두 모습
하나는 따스한 봄볕
하나는 시원한 함박눈
그러니 재미난 숨결

우리는 모두 하늘이 내려준 빛
빛은 모두 우리가 지은 꿈
꿈은 모두 서로 사랑하는 마음
마음은 모두 오늘 부르는 노래

왜 툴툴거릴까?
하나도 모르니까
왜 골을 부릴까?
얼마나 사랑받는 줄 모르잖아

글을 잘 쓰고 싶으면
마음 잘 쓰고, 사랑 잘 쓰고,
손발 잘 쓰고, 하루살림 잘 쓰면,
시나브로 모두 술술 풀려

몸짓이든 마음이든 다 좋다
부드럽든 거칠든 다 된다
스스로 사랑을 담아서 한다면
언제나 새롭게 노래를 한다면

아늑하게 맞이하고
느긋하게 열면서 짓고
나긋나긋 가꾸어 나누고
빙글빙글 웃으며 사랑하고

그냥 안 하고 지나가도 좋아
그냥 해보면서 춤추어도 좋아
그대로 받아넘겨도 좋아
그대로 받아들여도 좋아

노래하며 이야기하는 사람
춤추며 살림하는 사랑
꿈꾸며 걸어가는 삶
신바람내며 뛰노는 슬기

가끔 부러워한 적이 있어
내 마음을 갉아먹었지
이제 오롯이 스스로 사랑하려 하면서
내 마음을 가꾸는 길을 걸어

나쁜 일이란 없으니
좋은 일이란 없다
사랑스러운 일이 있으니
오직 즐거운 일이 샘솟는다

수수해도 투박해도 거칠어도
흔해도 널렸어도 조그마해도
모두 다르면서 아름다이
빛나는 조약돌

우리 집 대문을 덮은
담쟁이덩쿨 넓은 잎에
어느 날 큰아이가 적어 넣은
"잘 다녀오셨어요? 어서 와요!"

햇볕 먹으며 해가 되고
별빛 마시며 별이 되고
손길 받으며 기쁨 되니
눈길 보내며 사랑 심지

날마다 숨을 쉬면서
숨쉬기가 질린 적 있니?
사랑이란
바로 이 숨쉬는 기쁨이네

그저 쓸 뿐
그대로 사랑할 뿐
그냥 손을 잡을 뿐
그리고 새로 꿈을 그릴 뿐

네가 흘린 땀을 알아
네 손길 닿은 곳마다
이렇게 눈부시면서 해맑은
사랑이 피어나는걸

내가 받고 싶은
그윽한 사랑을 담아서 주지
네가 주고 싶은
포근한 사랑을 실어서 받지

사랑으로 바라보는 사람이 있어
슬기롭게 꿈꾸고 새롭게 노래하더니
싱그러운 웃음꽃 산뜻한 눈물꽃
아롱다롱 곱게 피어난다

길지도 짧지도
크지도 작지도
멀지도 가깝지도
이도저도 아닌 사랑

바라볼 수 있으니
사랑할 수 있고
지켜볼 줄 알기에
꿈꾸며 노래하네

사전

사전이란
말을 모은 책이 아니라
말을 익히는 길벗책에
말을 사랑하는 숲책

서로 사랑으로 만나
새로 살림을 지으며
기쁘게 낳은 상냥한 아이, 책
이 책을 고루 품어, 사전

우리 사는 별을 가득 감싸며
즐겁게 빛나는 책이 모여
노래하는 책숲은
온누리를 바라보는 새길

생각을 담아서 마음을 짓는
즐거운 가락이 바로
우리가 날마다 쓰는
작은 씨앗인 말

사전을 읽으면
말빛으로 그린
오랜 살림살이마다 흐르는
따사롭고 넉넉한 사랑을 느껴

겉말

바다에 흐르는 별빛을
하늘에 감도는 꽃빛을
마음에 피어난 숨빛을
말씨에 깃드는 삶빛을

우리가 쓰는 말은
이제껏 살아오며 배우고 받아들여
우리 생각을 나타내는
이야기가락 한 줄기

내가 쓰는 글하고 책은
지식이나 정보가 아닌
'살림하는 삶을 새로 사랑하려는
슬기롭고 상냥한 숨결 실은 숲'

내가 쓰는 모든 글은
오늘까지 살아내면서 만난
풀벌레 푸나무 벌나비
여기에 사람들 숨결이 흐르지

사전을 짓는 사람은
삶을 짓는 길을 밝히는 일꾼
사전을 읽는 사람은
삶을 짓는 길을 즐겁게 펴는 이웃

내가 있는 이곳에서
내가 짓고 겪고 보고 느껴
내 마음이 흐르는 결로
스스럼없이 읊은 말이 사투리

말은 숲
숲은 수수께끼를 푸는 바탕
말숲을 누리는 사람은
스스로 열쇠를 얻고 이웃하고 널리

스스로 배워서 가꾸니
즐겁게 들려주고 나눠
스스로 익혀서 보이니
신나게 얘기하고 펼쳐

우리가 나누는 말이 빛이 되고
우리가 짓는 말은 노래가 되고
우리가 쓰는 말은 사랑이 되니
우리가 하는 말은 꽃으로 피네

살림짓는 사랑을 살피고
삶을 세우는 슬기를 생각하고
사람 사이에 설 숨결을
사전에 실어

사진

손으로 찍어 손길 담고
눈으로 찍어 눈길 담고
마음으로 찍어 마음길 담는
노래 이야기 글 사진 삶

지그시 바라보니
물끄러미 쳐다보니
가만히 마주하니
아, 이렇게 고운 꽃이 나를 보고 웃어

오늘을 이루는 숲은
우리가 바로 어제
모레를 꿈꾸면서 심은
작은 씨앗

마음으로 이야기를 하니
마음으로 듣고
사랑으로 노래를 하니
사랑을 나누네

즐거운 하루 곁에
책 하나
찰칵이 하나
가볍게 둔다

바람이 알려주고
별님이 일러주니
어떤 이야기이든 그려내어
글 그림 노래 사진 몸짓으로 담지

마음으로 듣고 느끼고 보면서
오늘을 맞이한다면
언제이든 즐겁게 깨어나서
하늘을 휙 가로지른다

졸업장을 움켜쥐면
졸업장 이웃을 사귈 테고
눈빛을 나누면
눈빛이웃 곧 마음벗을 사귈 테고

우리가 쓰는 붓에는
우리가 지은 손길이
고스란히 묻어나고
새롭게 피어나지

하려는 마음을 세우면
오늘부터 하나씩 이뤄
하고픈 마음이 없으면
고요히 눈을 감고 지켜봐

바람이 들려주는 말을
구름이 속삭이는 말을
별님이 노래하는 말을
가만히 옮겨적지

마음에 피는 꽃을
마음빛으로 찍고
마음을 가꾸는 노래를
마음결로 북돋운다

손으로 찍어 손길 담고
눈으로 찍어 눈길 담고
마음으로 찍어 마음길 담는
노래, 이야기, 글, 사진, 삶

살림

손수 지으니 퍼지는 살림꽃
몸소 돌보니 가만히 나눔꽃
스스로 일궈 언제나 하루꽃
너랑 내가 나란히 이야기꽃

차곡차곡 디뎌서 쌓아
차근차근 닦아서 이뤄
조곤조곤 속삭여 빛나
곱살곱살 나누며 알차

혼자 들기에 묵직하다면
같이 나누면 홀가분하고
혼자 가면서 조용하다면
같이 어울려 왁자왁자판

아기를 기다리며 배냇저고리
손님을 기다리며 푸짐밥차림
동무를 기다리며 노랫가락
아침을 기다리며 이슬꽃

살림을 하는 손길은
사랑을 퍼는 손꽃으로
삶을 가꾸는 숨결은
숲을 그리는 숨꽃으로

눈길을 문득 사고
포근히 곁에 삼고
나란히 작게 살고
톡톡히 고이 쌓고

살림을 즐거이 지으며
새롭게 태어나는 말마다
우리가 딛는 모든 자리에
가볍게 물결치는 사랑

같이 있으면 같이 먹어서 좋다
함께 있으면 안 먹어도 배불러
나란히 걸으면 먼길이 가깝네
서로 도우면 그 큰일이 수월해

한 술씩 나누어 배부르고
한 손씩 나누어 가뿐하고
한 길씩 나누어 새롭고
한 땀씩 여미어 든든하고

하나씩 돌아가도록
두고두고 가꾼 살림
둘씩 셋씩 덤이 되도록
오래오래 북돋운 세간

살림하는 사람 마음은
사랑을 노래하고
하루를 꿈꾸는 오늘은
어제를 새롭게 펴고

해를 먹고 햇사랑
꽃을 품고 꽃노래
별을 안고 별동무
숲을 그려 숲마을

손가락으로 가벼이 바람을 짓고
손길로 부드러이 빗방울을 담고
손바닥으로 넉넉히 별씨를 심어
손수 가꾸며 나누는 살림

삶

사랑하는 사람은
무엇이든 스스럼없이
받아들이고 가꾸어
스스로 고운 길로 갑니다

맨손으로 바람을 잡고
맨발로 숲을 누리기에
온몸으로 삶을 느끼고
온사랑으로 살림 지어

고운 마음결로 이야기하다가
문득 하늘을 올려다보면
흰빛 잿빛 온갖 구름이
하늘에 눈부시게 그림을 빚지

노래할 수 있으니 꿈꾸고
꿈꿀 수 있으니 사랑하고
사랑할 수 있으니 살고
살아가며 새로 노래한다

한걸음 뚝 재밌어서 놀고
두걸음 딱 새로워서 보고
석걸음 끙 엉금엉금 기고
넉걸음 반짝 별빛처럼 날고

옮겨서 적어 보니 쉽네
옮겨서 하고 보니 가볍네
옮겨서 세워 보니 멋지다
말도 밥도 집도 다 새로워

밤이 깊을수록 새로 밝히고
밤이 길수록 사랑으로 밝히고
빛이 날 적에 기쁘게 더욱
눈부실 적에 봄꽃처럼 다시

엄청난 길이란
누구도 미처 못 배운
누구한테나 들려줄 즐거운
이야기씨앗을 얻은 삶

한 올씩 엮다 보니 찬찬하고
한 땀씩 짓다 보니 튼튼하고
한 톨씩 심다 보니 짙푸르고
한 발씩 걷다 보니 신바람길

등허리를 펴면 키가 쑥
등허리 구부정하면 키가 폭
가슴을 펴면 새처럼 가볍게
가슴을 옹츠리면 어쩐지 무거워

모기가 문 자리를 자꾸 긁고
또또 쳐다보면 오래오래 붓고
이내 잊고서 내 할 일 하면
언제 물렸느냐는 듯이 멀쩡

바로 짜서 마시는 염소젖 달고
바로 뜯어서 먹는 나물 달고
바로 듣고 바로 하니까 신나고
바로 적어 바로 읽으니까 즐거운 글

엄청난 사랑을 못 겪은 이는
온누리에 아무도 없다
아직 생생하게 되새길 만한
발판을 못 만났을 뿐

언제나 마음속에 있어
모두 가슴속에서 자라
누구나 마음 한켠에 심어
아침저녁으로 가슴뛰는 놀이야

우리 멋은 늘 제멋
제멋이란 '제대로'인 멋
제대로란 '저 그대로'
저 그대로란 '내가 나다운'

바다를 품은 너
네가 품은 바다
하늘을 안은 나
나를 안은 하늘

걸으면서 쓰는 글
자면서 읽는 마음
먹으면서 아는 빛
건네면서 크는 꿈

흰꽃이 드리우는 나무에
푸른잎 누리는 애벌레는
저 하늘 멀다고 여기더니
꿈꾸고 일어나니 날개가

한 손에 책을 쥘 수 있으면
한 손에 바람을 안고서
온누리를 가슴에 품는
걸음걸이가 되네

새

호젓이 앉은 겨울새는
우리가 춥다는 때에 오고
홀가분히 나는 여름철새는
우리가 덥다는 때에 놀고

토닥토닥 손이 포근해
톡톡 드는 비가 시원해
다독다독 품이 고마워
똑똑 딱따구리 소리 반가워

우리 곁에서 노래하는 멧새는
네 둘레에서 함께 노는 풀벌레는
나랑 같이 소꿉하는 동무는
빗물 먹고 무지개 마시고 별빛 타는

나무 한 그루 보며 새가 찾아들고
멧새 노랫가락 들으며 비가 내리고
빗물 한 방울 맞으며 풀잎 춤추고
풀 한 포기 살랑이며 나비 부르고

봄이면 하늘 가르는 제비
겨울이면 바다 헤치는 오리
이 땅을 사랑하는
날갯짓으로 찾아오네

오리나 박새는 숲뿐 아니라
헛간이나 대포에까지 스스럼없이
둥지를 틀어 새끼를 돌보는데
사람은 이때 총칼 버릴 수 있을까

잼으로 졸이려고
뽕나무 곁에서 오디를 훑자니
같이 먹자면서 날아드는
까마귀 세 마리 노래 부르네

오늘 아침에 있지
마당을 쩌렁쩌렁 울리는
멧새노래를 들었어
우리 마당에 우람나무 있거든

알을 깨고 나온 새끼는
어미가 물어다주는 먹이를 찾다가
날개에 힘이 돋는 때가 되면
함께 벗님 되어 숲을 날아다녀

하루는 멧새 노래로 새롭고
아침은 이슬빛으로 맑고
낮은 햇빛으로 곱고
밤은 별빛으로 고즈넉하다

태평양 가로지르려고 제비 떠난
이 빈 둥지에는
겨우내 참새 딱새 박새
오순도순 깃들며 쉬더라

닭이 운다
새벽이슬 얼른 맛보자고
새가 노래한다
아침이슬에 무지개가 어린다고

새가 둥지 트는 곳이라면
사람이 집지을 만하고
새가 무리짓는 터라면
사람이 마을 이룰 만하고

동박새는 동백꽃도 먹고
매화도 먹고 모과꽃도 먹고
찔레꽃도 먹고 딸기꽃도 먹고
꽃노래 부른다

붉은머리오목눈이는 동박새한테
동박새는 노랑할미새한테
노랑할미새는 딱새한테
딱새는 어린이한테 노래를

생각

나무가 뿌리를 뻗고
풀이 뿌리를 내리고
씨앗이 첫 뿌리 내고
우리 생각이 뿌리깊고

퍼뜩 스치는 이 생각은
문득 깨어나서 날아오르는
저 나비 날갯짓이 일으킨
고운 빛깔 무지개였네

하나를 바라보면 하나를
셋을 마주하면 셋을
열을 헤아리면 열을
찬찬히 두고두고 맞이하네

들어주는 귀가 있으면
들려주는 입은
저절로 열려
생각을 녹이고 마음을 틔워

묻기도 하고 여쭈기도 하고
듣기도 하고 이야기도 하고
나누기도 하면서
우리 생각이 자란다

난 빈곳을 채우지 않아
난 늘 열리거나 트인 이곳에
새로 돋을 잎을 그리면서
내 온 숨결을 심지

언제나 배우는 자리
배우며 생각하는 자리
생각하며 자라는 자리
자라면서 사랑하는 자리

뽑아낸 자리에
무엇이 자라면 기쁠까를
먼저 살피고 그렸다면
언제나 후련후련 개운개운

왜?
안될 일이란 없어
왜?
안 하는 일만 있거든

눈을 보니까 초롱초롱
마음을 보니 반짝반짝
꿈을 보니까 하늘하늘
사랑을 보니 푸릇푸릇

서울

서울은 온통 잿빛이지만
책을 아끼는 손길로 마을마다
책집이 서기에 어깨동무하고
푸른길을 지을 만하지 싶다

잘 모르는 사람이 말을 어렵게 하고
제대로 모르니까 글을 꼬아서 쓰고
배울 마음이 없어 말이 자꾸 어렵고
넉넉히 배우니 이야기가 싱그럽네

벌써 해가 기우니 아쉽지?
더 놀고 싶은 네 눈빛이야
그럼 우리 더 놀아 보자
이 몸은 여기 두고서 꿈누리에서

할아버지는 셈틀 다룰 줄 모르지만
씨앗 심을 적에 속삭일 줄 알고
나무랑 이야기할 줄 알고
바람이 귀띔하는 말 다 듣더라

흔들리는 버스에서 어떻게 시 쓰느냐지만
난 어디에 있든지 생각해
오롯이 네 마음을 그리면서
너한테 띄울 내 사랑만 떠올려

허물이 있다면
허물벗기를 하고 날개를 달지
흥이 있다면
흥씻이를 하고 새빛으로 깨어나지

이 칸에서 나오면 돼
이 담을 넘으면 돼
이 수렁에서 헤엄치면 돼
겪는 그곳을 그저 바라보면 길이 보여

처음도 끝도 없다면
모든 자리는 한복판
언제나 오늘인 흐름
너랑 나는 어깨동무

어제 살던 걸음을 모아
오늘 뛰놀 자리를 짓고
모레 날개돋이할 꿈을
하루하루 가만히 누린다

한걸음 디디는 곳마다 꽃
두걸음 나아가는 데엔 빛
세걸음 뛰는 자리는 빗물
그리고 같이 가면서 노래

폭신한 땅을 덮는 들풀
너른 풀밭을 꾸미는 들꽃
깊은 숲에 아름드리 나무
이 곁에 조촐히 마을길

하늘에서 바라본다면
저 별에서 내다본다면
온누리 어느 곳도
늘 한복판이면서 빛나네

하늘에 가득한 먼지를 보아도
구름에 넘실거리는 빗물을 보아도
언제나 싱그러운 마음 된다면
오늘 여기에서 우리 얘기는 꽃

서울에 있으면 서울내기
시골에 있으면 시골지기
숲에 있으면 숲님
온누리에 있으면 온빛

손

손을 대기까지 고요히 있더니
손을 뻗으니 파르파르 떨고
손이 닿으니 살며시 춤추다가
손을 맞잡고 어깨동무하는 길

돈이 넉넉해 돈을 나눠
마음이 넓어 마음을 나눠
사랑이 너그러워 사랑을 나눠
품고 누리는 고스란히 나눠

우리 손은 포근숨결 흐르니
밥을 지으면 밥맛 좋고
집을 지으면 보금자리 되고
옷을 지으면 날개 되고

한 발 두 발 나아가고
한 손 두 손 거듭나고
하루 이틀 새로우니
어제 오늘 모두 기쁘구나

젓가락을 쥐던 손은
씨앗을 심던 손은
기저귀를 갈던 손은
꽃잎을 쓰다듬던 손은

두 손 쓰고 싶어 두 손을
한 손 쓰고 싶으니 한 손
왼손도 좋고 오른손도 좋아
빈손도 맨손도 모두 좋고

많이 해본 솜씨
새로 찾은 솜씨
처음 익힌 솜씨
이제 배울 솜씨

두 손을 모아서
짜르르르 불꽃을 일으키고는
풀꽃한테 사르르르 건네지
환하게 피어나라고

사뿐히 걷는 발걸음에
사그락 넘실거리는 가랑잎
가뿐히 나르는 손에
가볍게 나부끼는 눈송이

하늘빛을 머금는 땅
땅빛을 마주하는 바람
바람빛을 반기는 풀꽃
풀꽃빛을 그리는 손길

이 나무 곁에 저 나무
이 꽃 둘레에 저 꽃밭
저 구름 옆에 저 빗물
이 손길 가까이 그 마음

두 눈은 별을 보고
두 손은 바다 안고
두 발은 하늘 날고
두 넋은 씨앗 심고

우리 손은
밥도 옷도 집고 꿈도 짓고
우리 발은
길도 노래도 하늘도 맘껏 가고

숲

하늘을 가르며 날아온 빗물이
지붕을 어루만지니 봄노래
하늘을 누비며 내려온 눈꽃이
마당을 쓰다듬으니 겨울놀이

비가 그친 뒤에는
하늘이 한결 파랗게
눈부시게 열리면서
싱그러이 빛납니다

풀밭길을 맨발로 걷고
나무그늘을 노래하다가
구름을 동무로 삼으면
이 여름이 싱그럽구나

하늘에서 바람을 먹은
파랗게 눈부신 빗물은
이 땅도 우리 몸도
말끔히 씻어 줍니다

가늘게 뻗은 실개울을 따라
나들이를 나선 헤엄이는
너른 내를 지나
새파란 바다 품에 안깁니다

결말

풀잎결로 쓰다듬고
꽃잎내로 어루만지고
나무줄기로 품는
수수하면서 숲빛으로 숨은

푸르게 피어나는 구름을
파랗게 너울대는 들꽃을
노랗게 속삭이는 별님을
무지갯빛으로 고이 품어

이렇게 보니 이렇게 곱네
저렇게 보니 저렇게 참하네
그렇게 보니 그렇게 반갑네
아, 보는 곳마다 새삼스럽네

언제 어디에서나 빛나
누구한테서도 나란히 어려
살며시 다가가서 보자
가만히 몸을 맡겨 바위를 안자

풀밭에 누워서 자면
갖가지 풀이 지절지절
그동안 보고 겪은 얘기를
우리한테 쉼없이 들려준다

숲에서 노래하는 숲돼지
숲에서 사랑하는 숲새
숲에서 꿈꾸는 숲곰
숲에서 길찾는 숲사람

톡톡 듣는 가을비는
탁탁 오는 겨울눈은
속속 피는 봄싹은
우리 곁에서 사랑하는 꿈

우리 몸이 태어난 숲
우리 마음이 피어난 별
우리 사랑이 가는 길
우리 꿈이 노래하는 하루

나무 한 그루 심었지
나무 두 그루 가꾸지
나무 석 그루 살리고
이곳을 숲으로 사랑해

숲에서 풀 베는 사람은 없어
숲에서는 누구나 아무나
더없이 깊으며 너른
푸른 별빛을 고루 먹어

쉼

기운이 빠졌으면 멈추지
힘이 다했다면 눕지
고요고요 하늘숨을 다시 먹자
조용조용 땅숨을 거듭 마시자

슬슬 챙겨 보자
오늘 우리 나들이 가기로 했어
살살 일어나 보자
이제 우리 바람을 타기로 했어

살갗으로 마시는 바람
살갗으로 머금는 빗물
살갗으로 맞이하는 햇빛
살갗으로 마주하는 마음

잡을 수 있으면 잡지
보낼 수 있으면 보내지
나눌 수 있으면 나눠
그러니, 다 할 수 있어

손길이 살갑게 닿아 태어나고
눈길이 곱게 스며 자라고
말길이 푸르게 퍼져 크고
꿈길이 새롭게 잠들어 즐겁고

스스로 꽃피운 사랑으로 보금자리
함께 가꾸는 노래로 살림살이
오늘 주고받은 말이 하나하나 모여
곱다시 흐르는 우리 집 이야기

우리 몸이 바라는 밥은
늘 따뜻하게 살릴 숨결
우리 마음이 꿈꾸는 밥은
언제나 고이 심을 씨앗

보고 싶으니 볼 수 있고
하고 싶으니 할 수 있고
누리고 싶으니 누릴 수 있고
사랑하고 싶으니 사랑할 수 있고

춤추면 근심을 떨구지
노래하면 걱정을 떨치지
웃으면 끌탕을 씻네
사랑하면 오롯이 빛나네

어둡고 작은 고치에서 자니
빛나고 너른 들에서 깨어나고
깊고 고요한 번데기에서 자니
환하고 파란 하늘로 거듭나고

기다리지 않아
기대지도 않는데
기나긴 날을 그대로
지켜보며 스스로 길

언제나 피어나는 이야기
늘 새로서는 하루
노상 흘러가는 노래
여기에서 자라는 꽃

뛰놀 마당을 누리면
일할 자리가 피어나고
뒹굴 보금자리 지으면
노래할 쉼터 깨어나

시골

두멧시골에서 살면
멀다고 하며 안 찾아오니 조용
이토록 호젓하고 홀가분하니
마음속 헤아리며 무엇이든 짓는다

아무리 작더라도 나무는 나무
아무리 조그마해도 목숨은 목숨
아무리 짧아도 글은 글
가까이 다가가서 포근히 속삭인다

들이 있고 숲이 있으면
하루 내내 새롭게 퍼지는
갖은 춤노래랑 이야기 있어
한 해 내내 즐겁지

느긋이 마음을 쉬고
넉넉히 마음을 담아
새벽 새노래를 들으면
이 마음자리에서 피어나는 꽃

집에서 집안일로 바쁘기도 하지만
시골버스 타고 저자마실 나오면
버스에서도 길을 걸으면서도
쪽틈 내어 책을 읽어

곁말

숲에 깃드니
숲바람에 감싸인 몸 되고
서울에 깃드니
서울바람에 휩싸인 몸 되어

숱한 이슬떨이가 일군 이곳에
나도 한 땀 지어서
너도 한 톨 심어서
더욱 푸지고 한결 오붓하게

물 한 모금을
바람 두 줄기를
꽃 세 송이를
볕 넉 줌을 푸짐히

밤을 기다려 눈뜨는
낮을 생각해 꿈꾸는
오늘 다같이 춤추는
저 멧자락과 나

가랑잎은 춤추고
나뭇잎은 노래하고
꽃잎은 웃고
풀잎은 꿈꾸네

손에 호미를 쥐었지
발은 땅을 꼭꼭 밟아
눈은 바람을 읽는데
입은 별빛을 먹어

파랗게 넘실거리는 하늘
푸르게 일렁이는 숲
하얗게 일어나는 눈밭
발갛게 무르익는 감알

구름 하나 없는 하늘에
별잔치 냇물줄기 이루고
구름 가득 춤추는 곳에
제비 날고 빗줄기 내리고

나무그늘에서 책도 읽고 밥도 먹고
잠도 한숨 소꿉놀이도 살짝 누리면서
봄 여름 가을 겨울
사랑스레 흐르지

씨앗

씨앗을 심을 적에는
먼저 두 손에 고이 안고
입에 머금어 콧노래 부르고는
손가락으로 살살 훑어 묻어

그리려는 길은
지으려는 뜻이고
사랑하려는 노래이니
걸어가려는 오늘 하루

잔소리는 작은 소리
아직 자잘자잘하기에
곧 잔잔히 퍼지다가
우람한 나무로 푸르고 싶은 얘기

한 마디에 담는 말이란
씨앗 한 톨에 담는 손길
한 줄에 싣는 글이란
노래 한 자락에 싣는 바람

깨알만 한 들딸기 씨앗한테
한 줌 땅뙈기를 주면
봄에는 흰꽃잔치를
여름에는 빨간알잔치를 열어

내 눈꼽만 한 참외씨에서
샛노랗게 고운 꽃 피더니
둥그스름 푸른 알 맺다가
이토록 달디단 열매 자랐어

씨앗을 혀에 얹으면
씨앗이 품은 숨결을
살며시 녹이면서
온몸에 새기운을 담아

힘을 줄 곳이라면
이제부터 용을 쓰는
이 자그마한 새싹 곁에서
오도카니 꿈꾸는 씨앗한테

손에 얹은 씨앗에
가만히 귀를 대면
앞으로 움트고 싶은 꿈을
조곤조곤 속삭여 주지

겉은 겉이고 속은 속이네
사랑은 사랑 웃음은 웃음
시샘은 시샘 미움은 미움
그러면 어떤 씨앗 심을까

○

아이

어른

어버이

오늘

옷

이름

이야기

이웃

일

아이

멧골서 노래하는 아이는
멧자락이 쩌렁쩌렁하도록
멧꽃이 활짝 깨어나도록
푸른 숨결을 내놓는다

콩 넘어진 아이는
다치는 일 없이 벌떡 일어나
신나게 뛰놀고 달리니
늘 새로운 몸으로 피어나

사랑을 물려받아서
이곳에 꿈을 가꾸는
해님이 되려고 태어나는
아이

받아먹기만 하고 업히기만 한
갓난아기로 살아냈으니
아이를 사랑으로 낳아 돌보는
놀라운 어버이로 살아가는구나

아이는 자라서 어느 날
어버이 옷을 물려입더니
저희가 입는 고운 옷을
어버이한테 슬쩍 잇는다

아이들 돌보며 힘이 많이 들어도
끝까지 버팅기곤 하다가
요즈음 등허리 펴려 곧잘 누우니
아이들이 밥도 국도 야무지게 하네

아직 기저귀 차는 서른두 달
작은이였던 큰아이는 어느 날
천기저귀 가지런히 개는 아버지 곁에서
"나도 기저귀천 그렇게 개 보고 싶어!"

어린이랑 푸름이가 문득 읊은
마음에서 스쳐 지나가는 말은
어른이랑 어버이한테 새숨 불어넣는
마음밥이 될 마음빛 줄기

사랑받으려고 태어난 아이는
모두 보아주려고 자라서
사랑하려는 어른이 되고
모두 보아내면서 빛납니다

콩콩 뛰노는 개구리
통통 달리는 꾀꼬리
폴폴 춤추는 봄나비
살랑 꿈꾸는 어린이

아끼려는 마음은 해님 손길
돌보려는 생각은 별빛 눈빛
어깨동무 두 아이는
나란히 가지런히 고운 걸음

한여름 매미소리 풀벌레소리 읽을 때에
삶 밝히는 눈부신 숨결
어디에서 태어나는지
새록새록 느껴 까르르

두 다리는 땅을 좋아하고
두 팔은 하늘을 사랑하고
두 눈은 별빛을 그리고
두 귀는 온누리를 듣고

푸른 아이들이 쉴 수 있다면
밝은 아이들이 놀 수 있고
고운 아이들이 사랑하면서
이 보금자리가 숲이 된다

글을 쓰고 싶어 설거지부터
말을 하고 싶어 동생 돌보기
이야기 펴고 싶어 숲에 깃들고
꿈을 이루고 싶어 바람 타고 날기

어른

어른이라는 사람은
어진 넋으로 기쁘게
철든 마음을 사랑으로 심는
아이다운 빛

아이한테서 배우는 어른
어른한테서 사랑받는 아이
아이 곁에서 노래하는 어른
어른하고 춤추는 아이

천천히 크는 어린이
찬찬히 자라는 어른
새록새록 피어나는 아이
새삼스레 깨어나는 어버이

느긋이 해를 쬐고 바람 쐬는
이 짧은 틈이 반갑다면
누구보다 온누리 모든 어린이가
해를 먹고 바람 마시도록 할 노릇

달걀을 깨지 않고서
어떻게 달걀지짐을 먹을 테며
껍질 껍데기 죄 깨부수지 않고서
어떻게 사랑어린 삶을 지을까

곁말

어른들 몸이 더 세다면
아이들 업고 안으며 달리려고
어른들 팔이 무척 억세다면
아이들 부채질 해주려고

어린이하고 손잡는 이라면
푸름이랑 어깨동무하는 길이라면
우리는 누구나
어른이면서 어버이인 사랑

속삭이는 눈이 맑고
도란거리는 귀가 환하고
나란히 걷는 다리가 곧고
마주하는 마음이 곱다

풀꽃한테 귀를 기울이면
풀노래를 들려주네
바위에 앉아 눈을 감으면
바위나라 이야기를 속삭이네

나비한테서 배운 춤을
풀잎한테서 익힌 노래를
바람한테서 받은 숨결을
별님한테서 들은 살림을

날마다 그림책으로 씨앗을 심고서
즐겁게 이야기꽃이 피는 그곳은
마을을 고루 품은 고운 빛으로
어린이하고 어른이 손잡겠지

아이한테서 배우니 어른
어른한테서 배우니 아이
아이하고 놀며 살림하는 어른
어른하고 놀며 소꿉하는 아이

할아버지가 보던 책을 아버지가
아버지가 읽던 책을 내가
내가 쥔 책은 앞으로
서른 해쯤 지나면 누가 새롭게

아이더러 먼저 말하라 하니 어른
어른더러 먼저 가시라 하니 아이
아이를 넉넉히 안고 달래니 어른
어른을 포근히 안고 속삭여 아이

어른이라는 사람은
어진 넋으로 기쁘게
철든 마음을 사랑으로 심는
아이다운 빛

어버이

우리 어머니가 걸은 길을
오늘 어버이가 되어 걷고
어제 아이로 지나온 길을
우리 아이가 뛰놀며 가네

처음 쥐는 손에는 사랑을
호미를 집는 손에는 숲을
아이를 안는 손에는 꿈을
빛을 품는 손에는 노래를

아기는 어버이한테 사랑을 가르치려고 온다
아이는 어른한테 살림을 노래로 보여준다
어른은 아이한테 삶을 사랑하는 길동무
어버이는 스스로 철들며 꿈꾸려는 이슬

어머니는 어떻게 안 먹고도
밤샘으로 갖은 일 하셨나 되새기면
오로지 사랑을 마음에 담아
차분히 고요히 새힘 길어올리셨지 싶다

"아버지, 안 힘들어요?"
"즐겁게 하는걸. 힘든 줄 모르겠네."
"어머니, 안 어려워요?"
"응? 어머닌 노래하면서 한단다."

몸으로 맞아들이는 가락
손으로 받아들이는 숨결
바람이 건네주려는 구름
하루가 들려주려는 걸음

바다를 따라 걸으니 파랗게
들을 에돌아 걸으니 노랗게
하늘을 안고 걸으니 해맑게
어깨동무 하며 걸으니 곱게

사이좋게 놀고 싶은 어린이
상냥하게 만나려는 어른
서로 노래하며 웃는 아이
새롭게 꿈꾸며 크는 어버이

발바닥에 닿는 풀내음을
손바닥에 놓는 비내음을
뺨으로 스치는 눈물빛을
얼굴에서 퍼지는 웃음빛을

같이 누릴 수 있는
두 어린이 마음
함께 지을 수 있는
두 어버이 숨결

곁말

오늘

한나절 들여 할거리를
하루 쏟아 즐길거리를
이레 기울여 누릴거리를
해 바쳐 지을거리를

할 줄 알기에 스스럼없이
내 자리를 내주지
할 줄 모르니 기꺼이
내 자리를 짓지

겪어 보아도 알고
들어 보아도 배우고
읽어 보아도 익히고
풀어 보아도 깨닫고

믿으려 하지 말고
스스로 해보면 알아
저것은 저이가 해놓은 열매
나는 내가 지을 길을 가지

틀을 한 가지 세우면
어느새 다른 틀도 서며
거미줄처럼 빼곡해서
빠져나오지 못하는 수렁

하지 않아도 돼
보지 않아도 돼
다 여기 있는걸
바로 네 마음 그곳에

갑갑한 줄 몰라서
갑갑한 채 산다기보다
홀가분한 길 찾지 못하고
새로운 길 안 찾아봤으니

두려우면 두려움을 봐
싫으면 싫음을 봐
즐거우면 즐거움을 봐
사랑이면 사랑을 봐

철에 맞추어 털갈이
자리를 맞추어 바람갈이
찌끼를 씻으려 물갈이
씨앗 심으려 흙갈이

이다음 디딜 발걸음
이제 내디딜 발걸음
같이 꽃디딜 발걸음
어느새 날아오를 발걸음

안하기 안쓰기 다 좋아
안보기 안듣기 다 좋아
새로짓기 새로쓰기 참 멋져
새로보기 새로듣기 참말 훌륭

대수롭잖게 말을 뱉어
대수롭잖은 하루 되지
대수로운 오늘인 줄 느껴
스스로 대수롭게 깨어나는 나

사람들 손길에 재미난 눈빛을
바닷물 숨결에 새로운 노래를
멧자락 구름에 고요한 바람을
오늘도 똑같이 새롭게 한길로

호로롱 노래하는 새가 있고
과악꽉 노래짓는 개구리에
깔깔깔 노래부르는 아이들
다같이 재미난 오늘 책

튼튼하고 싶으니 오늘 아프네
나비가 되고 싶으니 오늘 애벌레
새별로 태어나려고 오늘 씨앗
나답게 살아가려고 오늘 노래

옷

누에실로 옷을 짓고
모시잎으로 옷을 짜고
솜틸로, 또 삼실로 옷을 엮으니
우리는 푸나무를 몸에 걸치는구나

치마 입어 봤니?
사내가 무슨 치마냐고?
가시내는 바지 잘 입던데?
모든 옷은 몸을 감싸는 천조각이야

한 땀씩 나아가고
두 올 석 올 넉 올 잇고
다섯 자락 여섯 자락 엮으니
확 다르게 해사한 옷빛 이루네

헐렁하게 걸치면 몸이 느슨
느슨하게 입으면 몸이 살랑
살랑살랑 두르면 몸이 홀가분
홀가분히 차리니 하늘로 훨훨

처음에 어떤 사람도 따로
천조각을 몸에 두르지 않았는데
이 천조각으로 서로 가르면서
어느덧 위아래로 다투고 만다

겹말

햇볕이 닿는 살갗마다
까무잡잡 튼튼하고 싱그러워
가벼운 차림으로
이 볕밥 냠냠 누리는 여름

동무한테 내미는 사랑스러운 손
들꽃한테 건네는 포근한 눈빛
별님한테 띄우는 눈부신 이야기
마음으로 담는 즐거운 노래

나누는 말마다 즐겁게
펴는 이야기마다 새롭게
즐기는 글마다 눈부시게
하루하루 자라며 어질게

풀잎을 스쳐 지날 때면
잎끝으로 살갗에 닿는
푸른 숨결을
나누어 받는다

이름

처음에는 모두 씨앗이더니
어느날 잎이란 이름
풀이란 새로운 이름
어느덧 꽃이란 또이름

빈터에 문득 푸릇푸릇
꽃송이 고이 피었는데
이름을 모르겠다면
따스히 지어서 속삭인다

멋스러워서 멋순이 멋돌이
고우니 고운순이 고운돌이
익살스러워서 익살순이 익살돌이
아름다우니 아름순이 아름돌이

하고 싶다는 생각이
즐거이 하는 길로 뻗어
하나씩 해내는 나날을 지나
새로 피어나는 꿈으로 거듭나

스스로 다그치니까
아프고 힘들고 괴롭네
스스로 너그러우니까
웃고 노래하고 춤추네

스스로 먹고 싶으니 스스로 지어
스스로 부르고 싶으니 스스로 찾아가
스스로 놀고 싶으니 스스로 활짝
스스로 일하고 싶으니 스스로 기지개

열고픈 이한테는 열쇠를
닫고픈 이한테는 자물쇠를
갖고픈 이한테는 주머니를
나누고픈 이한테는 빛손길을

나무로 우람우람 자라기까지
나무란 이름 얻고 꽃피우기까지
모두 다섯 해나 열 해를
해님 비님 바람님 고루 먹어

살아가는 대로 쓰니 글
사랑하는 대로 그리니 그림
살림하는 길로 가꾸니 사랑
사이좋은 길로 만나니 포근손

읽을 줄 아는 마음이기에
책이라고 하는 나무에 숨은
햇볕에 빗물에 바람에
멧골노래를 두루 읽는다

이야기

나란히 앉아서 속닥속닥
같이 걸으면서 조잘조잘
서로 쳐다보며 깔깔깔깔
무당벌레랑 개미 수다판

마음으로 이야기를 하니
마음으로 듣고
사랑으로 노래를 하니
사랑을 나누네

어느 곳에 있어도 보고
누구하고 어울려도 읽고
무엇을 쥐어도 돌보면서
오늘을 밝히는 이야기

풀냄새 맡으며
맨발로 풀밭 밟으니
뱀이 슬쩍 나와
풀빛 이야기 들려준다

아름답네 싶은 하루 보내며
아프면서 당찬 동무 지켜보며
아이들하고 하루 지으며
눈물짓고 웃음짓고 이야기짓고

두 손 가득 만나는
고운 이야기 서린 책을 품은
우리 마을 알뜰한 책집에
가벼이 나들이를 갑니다

수다떨기란
꽃떨기 같아서
이슬떨기를 마음에 담고서
수다꽃 하루꽃 살림꽃으로 나아가

맨살에 닿는 그대로
맨 먼저 느끼고 아는
오늘 하루 여는
새로운 이야기

가을볕 같은 숨결 먹고
겨울빛 담은 구름 마시고
봄꽃 실은 바람 안고
여름마다 품은 노래로 말하기

나무가 부르는 노래는
별이 들려준 이야기꽃
풀이 속삭이는 말은
빗물이 보여준 마실길

이웃

날개가 다 달라도
하늘을 누비는 새
날개가 다 다르며
꽃밭을 노니는 나비

때리는 놈은 때려야 살아남으니
때리느라 바빠 삶을 잊고
맞은 이는 다친 곳을 다스려야 하니
삭이고 다스리고 돌보아 삶을 짓네

풀뿌리가 흙을 붙잡으니
큰비에도 숲이 짙푸르고
나뭇가지가 지붕을 감싸니
불볕에도 집이 상큼하고

즐겁게 바라보는 눈을
스스로 사랑으로 키우는
슬기로운 살림짓기를
마음껏 누리면 이웃

모두 이웃이더라
매서운 칼바람도
이글이글 불더위도
상냥눈길도 찬눈길도 참말로

곁말

가까이하고 싶다면
느긋이 기다리면서 지켜보고
가만히 손잡으면서 아끼고
두고두고 마음으로 사랑하자

하늘을 드리우는 애기
바다를 적시는 손길
온누리 조물조물 살림
너랑 나랑 나란히 오늘

곱게 지은 빛살은 한결같네
기쁘게 여민 빛은 한꽃같아
새로 차린 빛줄기는 하늘같고
같이 누린 눈빛은 해님같지

나무는 언제나 벗님
풀은 노상 이웃님
꽃송이 먹는 새는 동무님
바람 타는 우리는 하늘님

일

막바지인 듯하다 싶으니
새로 할 일 생기고
마감이로구나 싶으니
새삼스레 즐길거리 나타나

여름에는 여름빛을
겨울에는 겨울꽃을
아침에는 아침바람을
밤에는 밤빛을 고이 누려

못할 일이 있다면
하고 싶지 않을 뿐
해내는 일이 있다면
그저 하고 싶은 마음이 맑았을 테고

무엇을 할는지 그린다면
이 일을 이루는 길을 걷고
무엇을 할는지 모른다면
어느 일도 하지 않는 곳에 머물고

버릇이란 못 고치더라
버릇은 통째로 버려야지
삶도 못 버리더라
삶은 새롭게 일굴 뿐이야

너는 말하더라
내가 혼자 한들 무엇이 바뀌느냐고
그래 틀린 말은 아닌데
나는 나부터 바꿀 셈이란다

아직 없다고 여기니
앞으로도 고스란히 없게 마련
차근차근 다스리며 배우기에
시나브로 든든하게 곁에 두고

꼭대기에 올랐다가 미끄러지든
요 밑바닥에서 헤매다가 미끄러지든
똑같이 넘어지고 똑같이 아파
어디에서든 툭툭 털고 다시서자

오늘 모두 해내도 좋고
다음에 하자고 넘겨도 좋고
오늘 다 짊어져도 즐겁고
이다음에 들어 보아도 거뜬하고

하나씩 해보면
무엇이든 다 되는데
하나도 안 건드리면
아무것도 안 되네

손에 힘이 들어가고
발에 기운이 붙으면서
스스로 그리는 길대로
차근차근 새로짓는 마음

나는 예전에 신문돌리기 하며
신문도 새벽도 아닌
내 땀방울이 묻은
하루빛을 바람에 실어 띄웠어

맡은 몫은 신나게
나아갈 길은 신명나게
걸어갈 삶은 신바람으로
이 모두 헤아려 노래로

그지없이 깜깜해 안 보이니
밑바닥에 엎드려서
온몸으로 부대끼고는
하나하나 찾아낸다

바람이 부는 날에도 울타리
바람이 없는 날에도 울타리
이 울타리가 갑자기 와르르하면
작은 손길 모아 새로 쌓고

없으니까 이제부터 짓고
있으니까 오늘부터 나누고
없다니까 즐겁게 지을 생각이고
있다니까 한결 고이 돌볼 마음이고

누워도 되고 앉아도 돼
서도 되고 기대도 돼
힘들면 힘든 대로 움직여
힘차면 힘찬 대로 하고

많으니 덜어내고
적으니 얹어놓고
넉넉하니 너 줄게
모자라니 나 좀 나눠 줘

하루가 아름답다면
오늘 웃음지었거든
하루가 고단하다면
오늘 울었어

자전거

집

짓다

자전거

자전거를 타면서
바람 사이로 스치는 별빛과
구름 둘레로 퍼지는 들노래를
차곡차곡 바라봅니다

다독다독 달래면서
다듬다듬 가다듬고
다시다시 달리다가
다같이 다사롭게

걸음을 멈추고 하늘을 바라보면
자전거를 세우고 풀밭을 살피면
부룽이에서 내려 맨발로 거닐면
온누리가 새롭게 길을 열어

마음이 흘러가는 곳을
마음으로 바라보다가
마음을 가볍게 띄우다가
마음 다해서 달려간다

달리는 차에서도
푸르게 우거진 나무를 보고
바쁜 걸음이어도
나뭇가지에 앉아 노래하는 새를 보고

지게로는 조금 나르고
등짐으로는 살짝 나르지만
차곡차곡 이 몸으로 하려고
차근차근 이 손으로 갈고닦으려고

늘 날갯짓이었지만
새로 날아오르기를
언제나 하늘이었는데
한결 빛나는 날개를

해를 먹으면서 달려
바람을 타면서 나가
꽃냄새 마시며 내닫고
풀벌레랑 노래로 가는 자전거

부릉이 멈추니 조용
부릉이 없으니 빈터 넓고
부릉이 사라져 하늘 맑아
두 다리로 달리는 푸른 고샅

빨리 달릴 줄 안다면
가만히 설 줄 알까
넉넉히 모을 줄 안다면
홀가분히 나눌 줄 알까

곁말

집

네가 가꾸는 터에 바람 한 줄기
내가 돌보는 곳에 햇볕 한 자락
우리 짓는 자리에 빗물 한 방울
서로 손길 모아 사랑을 한 타래

아늑한 보금자리에서 느긋이
포근한 살림자리에서 상냥히
즐거운 수다자리에서 신바람
고요히 저녁자리에서 별마중

우리가 사는 집은
우리가 노래하는 보금자리
서로서로 어울리는 마을은
다같이 어깨동무하는 숲

틈으로 드나드는 바람에
곁으로 흘러드는 냇물에
둘레로 감겨드는 풀꽃내에
언제나 찾아드는 멧새노래에

비가 오고 볕이 흐르고
바람이 쉬어 가면서
풀이 돋고 숲이 퍼지니
서로 어우러져 보금자리

우리가 들인 품이랑 하루를
우리 곁에 있는 숨결을
몸으로 받아들이는 자리가
밥을 누리는 곳

우리 집에서 안 키우는 텔레비전
우리 집에서 키우는 푸나무
우리 집에서 안 돌보는 신문
우리 집에서 돌보는 살림꽃

집에만 있어도,
아니 즐거운 우리 집에 있으니,
굳이 멀리 안 가도
늘 재미나고 신나며 놀라운 하루

사람이 살다가 떠나면
새가 찾아와서 잠자고
고양이가 깃들어 쉬고
햇볕이 내려앉아 꿈밭

포근한 품이니 느긋해
아늑한 곳이니 넉넉해
따스한 자리니 즐거워
오붓한 집이니 노래해

갓꽃 곁에 개나리
이 둘레에 후박나무
마을에는 쑥내음 그득그득
숲에는 새로 돋은 봄잎

이 하늘을 담은 바다
저 바다를 품은 하늘
그 하늘을 머금은 나
나랑 곁에서 노는 둥지

시끌벅적한 책숲 곁에
수다잔치 펴는 돌멩이
와자지껄한 책마을 둘레에
이야기마당 깐 멧새

마실하듯 걸어서 드나드는 곳
춤추듯 달려가며 찾아가는 곳
노래하듯 자전거로 다니는 곳
마을에 깃든 보금숲 보금자리

우리가 있는 이 집은
우리 마음이 흐르고 덮여서
늘 사랑으로 피어나
빛나는 이야기밭

짓다

호미 한 자루면 밭을
붓 한 자루면 글을
생각 한 자락이면 마음을
노래 한 가락이면 오늘을 지어

싸우는 몸짓은 사랑 아니고
겨루는 마음은 나눔 아니야
풀꽃이 나무 곁에서 자라며
해바람비 나누기에 사랑

팔을 벌려 바람 안아 봐
눈을 감고 별빛 불러 봐
몸을 누여 하늘 날아 봐
즐거이 그리면 모두 반짝여

한 칸씩 담는 그림
한 발씩 떼며 간다
한 줄씩 짓는 글꽃
한 손씩 엮어 곱다

하늘이 들려주는 노래를
별님이 알려주는 꿈을
나무님이 베푸는 밥을
내가 손수 지은 빛을

우리가 하는 말은 마음에 심는 씨앗
우리가 쓰는 글은 마음이 갈 길
우리가 지은 그림은 마음이 누릴 삶
우리가 펴는 손길은 마음이 닿는 빛

밭에서 바다처럼 바람으로 바라본다
오롯이 옹글게 온마음으로 오늘로 온다
웃음짓고 눈물짓고 새로짓고 춤짓이니
'밥·옷·집'이란 너른 살림길

그곳에서 짓는 밭은
살림밭 글밭 이야기밭이니
하루하루 새롭게 누리는
생각밭 꽃밭 마음밭을 읽어

세 해 뒤부터 돈을 벌기로 하고
세 해 동안 즐거이 배우자
세 해도 모자라면 다섯 해를 배우고
열 해도 배우며 하루를 짓자

아이가 손에 붓을 쥐면
어느새 온누리가 고요하면서
이 아이가 짓는
새로운 꿈을 같이 들여다본다

이때에 성을 낼래?
이곳에서 웃을래?
여기에서 싸울래?
오늘 새로 지을래? 어느 길을 갈래?

왜 지을 줄 아느냐면
웃음바라기로 웃음짓고
눈물씻기로 눈물짓고
마음으로 다 지으니까

우리가 하는 새로운 얼굴짓
네가 들려주는 싱그런 노래짓
내가 나누는 조용한 몸짓
찬찬히 걸어가며 바라보는 눈짓

하나를 지어 둘을 가꾸고
셋을 엮어 넷을 여미고
다섯을 품어 열을 누리고
언제나 오늘처럼 노래하지

묻는 손길은 나무 키우고
주는 눈빛은 살림 가꾸고
사는 하루는 얘기 지피고
오늘 이곳에 생각 모두고

책

철

책

좋지도 나쁘지도 않으니
마음으로 알아보아 읽고
틔우거나 열면서 읽으니
살림짓는 손길을 가꿔요

구슬땀 흘려서 짓기도
웃고 노래하며 엮기도
춤추고 놀다가 묶기도
서로 사랑하며 쓰기도

처음에는 빌려서 읽고
고마이 돌려주다가
찬찬히 살림돈 모아서
내 책으로 장만해 읽어

사이를 잇고
틈새에 바람이 흐르고
이곳에 햇볕이 스미니
넉넉하게 어울립니다

읽을 수 있으니 잇고
이을 눈 있으니 안고
안는 손 있으니 알고
알찬 뜻 있으니 열고

꽃밭에는 풀꽃 가득
책밭에는 이야기판
노래밭에는 기쁜 웃음
마을밭에는 잔치마당

오늘을 담아서 그리는 책집
어제를 옮겨서 얘기하는 책터
언제나 가꿔서 나누는 책마을
문득 다가가서 누리는 책골목

손길을 탈 때에 비로소 책
마음길 탈 때에 조용히 책
사랑길 탈 때에 드디어 책
참살길 탈 때에 어여삐 책

누구나 곁에 두면서
배울 수 있는 책은
언제나 곱게 거듭나는 손때 묻히며
나날이 빛나는 이야기꽃으로

손에 책을 쥔 사람은
온마음으로 숲을 마시며
환한 숨결로
새길을 걷지

책 하나를 사랑하면
어느 날 문득
내가 걸어가는 이 길을
널리 사랑하는 마음을 느껴

즐겁게 받고 기쁘게 누리는
하루에 곁에 두는
새로 숨결 살찌우며 꿈꾸는
이야기에 살짝 놓는

똑같은 옷을 입히고
똑같은 밥을 먹이고
똑같은 집에서 살도록 하며
똑같은 책만 읽히면? 아아아······

우리가 읽는 책은
우리를 기다리던 책
우리가 쓰는 글은
우리를 지켜보는 사랑

같이 볼까?
함께 읽을까?
같이 갈까?
함께 노래하며 춤출까?

겉으로 보며 하나를 알고
속으로 보며 모두 알고
겉을 읽으며 한 가지 느끼고
속으로 마주하며 오롯이 사랑하고

차곡차곡 그리고 읽어서
새롭게 담아내어 펴는
언제나 싱그러운 책을
슬며시 내려놓는다. 하늘을 보려고

한 쪽을 읽으면
한 해 동안 지은 땀방울을
열 쪽을 넘기면
열 해 내내 심은 꿈을

모든 책은 새책이면서 헌책
모든 책은 삶책이면서 빛책
모든 책은 꿈책이면서 길책
모든 책은 숲책이면서 풀책·꽃책·나무책

모든 책은 숲에서 왔어
모든 책은 마을에 있어
마을책집에서 책을 만나
마을책숲에서 푸르게 꿈꿔

어린 마음을 달래는 책
푸른 눈빛을 가꾸는 책
젊은 몸짓을 빛내는 책
오랜 숨결을 사랑한 책

하루하루 새롭게 열고
어제오늘 빛나는 아침으로
밤마다 하늘 가득 눈부시고
여기에 그림책 살며시

너나없이 같이 읽고
오래오래 새로 읽고
두고두고 다시 읽고
상냥한 바람 같은 그림책

눈물웃음 터져나오네
무엇이든 해볼만하네
생각날개 피어오르네
재미난 들꽃 같은 만화책

모래알이 귀띔하는 말을
철새텃새 노래하는 말을
풀꽃나무 속삭이는 말을
넉넉한 바다 같은 노래책

살림하는 길을 알려줘
살아가는 곳을 들려줘
사랑하는 넋을 보여줘
새로운 별빛 같은 숲책

어깨동무하며 읽는 마음
손을 맞잡으며 읽는 보람
어질게 슬기롭게 신나게
곱상한 숨결 같은 얘기책

오늘을 담는 듯하면서
모레를 싣는 듯하다가
어제를 찍는 듯하구나
살뜰한 손빛 같은 사진책

물이 흐르는 소리를 듣고
꽃이 피는 숨결을 만나고
흙이 살리는 몸짓을 보고
상냥하게 슬기로운 배움책

눈으로 읽어도 좋아
눈감고 읽어도 되지
눈뜨고 읽으면 새로워
눈틔워 읽으니 아름답네

책마루에 들어서면
갖은 나무 꽃 풀
온갖 새 짐승 벌레
어우러진 숲바람이 흐르네

아름다운 그림책을 알아보고
사랑스런 만화책을 눈여겨보고
즐거운 이야기책을 곁에 두면서
마을책집으로 사뿐사뿐 나들이

언제나 서로서로 새롭게 잇는
책으로도 이야기로도 잇는
나무그늘 되어 주면서 잇는
곱게 하루 짓는 마음을 찾는 마을책집

모든 책은 마음
모든 책은 사랑
모든 책은 숲
모든 책은 노래

책은 바다를 건너고
책은 하늘을 날아가고
책은 온누리를 지나고
책은 징검다리가 되고

작지도 않고 크지도 않은 책은
곱지도 않고 밉지도 않은 책은
좋지도 않고 나쁘지도 않은 책은
그저 우리 마음 빛깔

책은 삶을 곱게 다룬 그릇
책은 숲을 새롭게 살린 집
책은 생각을 슬기롭게 갈무리한 숨결
책은 우리가 즐겁게 짓는 오늘

아이를 돌보는 어버이가 읽는
어른을 지켜보는 아기가 읽는
이 땅을 가꾸는 어른이 읽는
저 하늘 꿈꾸는 아이가 읽는

책에서 빛이 샘솟고
빛에서 숲이 깨어나고
숲에서 책이 자라고
우리 마음에서 노래가 솟구치고

철

봄에는 무릇무릇 무럭무럭
여름에는 푸릇푸릇 파랑파랑
가을에는 노릇노릇 울긋불긋
겨울에는 고요고요 꿈누리

아침이 밝으면 깨어나는 바람은
풀이랑 나무를 간질여서
활짝 짓는 웃음빛으로
새 이야기를 그리라고 이끕니다

오는 꽃봄이 그립지만
가는 눈겨울 서운해서
꽃샘바람 문득 불어
오들오들 추워도 웃는

겨울은 눈부신 하늘
가을은 싱그런 들녘
여름은 즐거운 바다
봄은 해맑은 하루

짬조름 바닷바람 품으며
마을마다 포근히 뻗는
후박나무 곁으로
갯기름나물 번지는 봄

늦가을 내리는 서리는
겨울로 성큼 다가서는 이슬
늦겨울 내려앉은 소리는
봄으로 물씬 다가서는 아침

겨울 저물며 봄이 빛나고
봄이 지나며 여름 환하고
여름 식으며 가을 해맑고
가을 거치며 겨울 새롭고

나이로 하는 일에는
위아래를 가르고
철 맞추어 하는 일에는
누구나 노래하며 즐겁게

여기 봐
가을에도 새싹 돋아
저기 봐
겨울에도 눈밭에 꽃피어

차가운 바람이 부는 철에는
싱그러운 겨울을 먹고
뜨거운 볕이 쪼이는 철에는
맑은 여름을 마시고

찔레가 흐드러지는 끝봄에는
여름을 더 시원히 맞이하라는
감꽃이 떨어지는 여름 어귀에는
가을을 더 설레며 꿈꾸라는

아침에 미닫이 활짝 열면
눈부신 햇살에 따스한 햇볕
환하게 퍼지는 햇빛은 모두
아름다이 기지개 켠 오월

따사롭게 내리쬐니 봄
푸르게 어루만지니 여름
새롭게 피어나니 가을
하얗게 꿈꾸니 겨울

봄에는 마음을 심고
여름에는 웃음을 묻고
가을에는 사랑을 담고
겨울에는 꿈을 갈무리

겨울이 저물기에 땅이 녹고
봄이 깨어나기에 꽃이 피고
마음이 자라기에 말이 늘고
생각이 흐르기에 꿈이 크고

터

터

포근히 드리우는 겨울볕
고루 먹는 마당 풀꽃
따스히 내리쬐는 봄볕
듬뿍 즐기는 마을 나무

함께 짓는 이야기마당
서로 돌보는 보금자리
같이 손잡는 마을쉼터
우리가 이루는 책꽂집

날아오르는 새처럼 날고
노래하는 새답게 노래하고
사랑하는 새로서 사랑하고
둥지 트는 새랑 숲둥지

바라보는 눈에는 바람을
마주하는 손에는 빛살을
같이하는 길에는 꿈씨를
노래하는 마음은 사랑을

들빛을 담고
구름빛을 엎고
빗물빛을 실어
씨앗 한 톨 자란다

짓는 손에는 노래
빚는 눈에는 웃음
가는 길에는 사랑
하는 삶에는 바람

한눈 돌리면 풀밭
한숨 고르면 꽃물결
한길 가누면 노래춤
한몫 나누면 무지개숲

바라보는 눈이 있어
어루만지는 손으로
마주하는 눈빛 밝아
어깨동무하는 손길로

바람이 내려앉아 쉬는
해님이 드러누워 자는
별빛이 마실하며 노는
이 고운 보금자리

함께 짓는 터전이라면
넉넉히 가꾸어서 주고
느긋이 반기면서 받아
늘 새롭게 이야기빛

이곳에서 노래하니
저곳에서 웃고
이쪽에서 춤추니
저쪽에서 활짝 피어나

나무가 자라니 새 깃들고
새 노래하니 어린이 찾고
어린이 노니 어느덧
보금자리 뚝딱뚝딱

우리 걸음자리에는 꽃길이
우리 살림자리에는 꽃숲이
우리 어울자리에는 꽃삶이
우리 웃음자리에는 꽃말이

꽃을 들인 곳에는 숲이
책을 들인 터에는 사랑이
마음을 들인 데에는 생각이
꿈을 들인 자리에는 빛이

우리가 노래하니 이곳은 숲
우리가 꿈꾸니 여기는 마을
우리가 사랑하는 이 보금자리
우리가 살림하면서 오늘빛

풀꽃나무

풀꽃나무

이슬을 안고 환한 풀잎
구름을 품고 밝은 멧골
햇살을 담고 고운 나무
바람을 먹고 튼튼한 나

모시는 모시옷 모시떡 되고
뽕은 오디에 누에실로 가고
솜은 이불에 솜옷에 따습고
마음은 기쁘게 사랑이 되네

높이높이 자라는 나무는
새한테 둥지가 되고
숲짐승한테 그늘이 되고
사람한테 열매 집 종이로

발등에 앉아 쉬는 방아깨비
무릎에 앉아 노는 무당벌레
손등에 앉아 수다 벌나비
머리에 앉아 노래 여름빛

지그시 바라보니
물끄러미 쳐다보니
가만히 마주하니
들꽃이 날 보고 웃어

풀은 나비와 벗하고
꽃은 새랑 동무하고
나무는 바람과 살고
숲은 모두랑 어깨동무

풀은 모두를 푸르게 품고
꽃은 누구나 곱게 곰곰이
나무는 나부터 날개를
숲은 수런수런 수다밭으로

네가 아무리 흔들더라도
때로는 밟거나 밀치더라도 베더라도
풀은 죽는 일이 없지
게다가 씩씩히 씨앗을 남겨

입에 넣지 않아도
우리 눈으로 살갗으로 마음으로
풀기운 나무기운 숲기운
모두 받아들인다

갓 돋을 적에는 말랑
싹 내밀 적에는 푸릇
줄기 오를 적에는 냠냠
잎 뻗을 적에는 살랑

옷이 되어 주고
떡이 되어 주고
나물뿐 아니라 풀벌레집 되는
모시 한 포기

가랑잎은 새로 땅이 되려는 빛
풀잎은 풀벌레한테 들려주는 노래
꽃잎은 모든 숨을 가꾸어 주는 꿈
나뭇잎은 집이 되어 포근한 한마당

포근하게 드리우는 겨울볕을
품처럼 푹신하며
풀처럼 푸르고
앙금을 풀어 주는 넋

나무가 우거져서
여름이 시원하고 겨울이 포근
풀꽃잔치를 벌이니
봄이 싱그럽고 가을이 해맑고

하늘
하루
흙

하늘

하늘은 우리 마음 가득해
서로 아끼는 눈빛으로 밝게
모두 잊은 찬먼지로 뿌옇게
오늘 그리는 생각을 그대로

겨울빛을 머금는 온누리는
곱디곱게 꿈꾸는 하루로
다가오는 해봄에 활짝
피어날 그림을 가슴에 품고

해가 진다고 알리는 저녁놀
해가 뜬다고 밝히는 아침놀
밤이면 별이 돋으며 고요해
새벽은 별이 자면서 북적여

구름은 나들이
나서고 싶은 날이면
비가 되어
이 땅을 찾아오니까

하늘은 언제나 새파랗게
빛나는 바람을 품고서
온누리를 고이 어루만져
나한테 찾아온다

바쁘기에 바쁜 걸음 좋아
느긋하니 느긋 몸짓 좋아
바쁘더라도 하늘 올려다보고
느긋하니까 풀꽃하고 속삭여

폭하게 내리쬐는 볕으로
늦가을 들판이 누렇고
포근히 드리우는 볕으로
한겨울 마당이 느긋느긋

벼락 치는 날이면
고개 들어 하늘 봐
얼마나 번쩍번쩍 이 땅을
새롭게 가꾸는 빛일까

하루

손이 가는 곳에는 마음
눈이 멎는 데에는 사랑
꿈이 닿는 여기는 웃음
우리가 있는 오늘은 빛

오늘을 이루는 숲은
우리가 바로 어제까지
모레를 꿈꾸면서 심은
작은 씨앗입니다

하루는 해가 찾아들고
오늘은 새가 노래하고
언제나 바람이 해맑고
우리는 오순도순 놀아

힘이 든다면 쉴 때
힘이 난다면 놀 때
힘이 빠진다면 웃을 때
힘이 솟는다면 춤출 때

하루를 짓는 말은
오늘을 새로 살아내며
즐겁게 어우러지고 싶은
새로운 꽃씨

오늘을 오롯이 살면서
하늘을 하얗게 누리고
아침을 알알이 그려서
저녁을 고요히 맞이해

눈을 맞추니 좋아
말을 맞추니 재미나
일손을 맞추니 신나
하루를 맞추니 알뜰살뜰

온누리에 빛이 퍼지니
풀은 푸르고 열매는 붉고
웃음이 환한데다가
글씨를 그리며 생각을 나누네

이제껏 배운 살림에
새로 익히는 노래를 얹어
오늘부터 다시 살아가는
즐거운 하루

갈림길이라는 하루를 맞이하면서
어느 갈림길로 가더라도
그 갈래에서 꽃 한 송이
만나면 넉넉해

두 손으로 빚는 그림
두 팔로 누리는 하늘
두 귀로 여는 바람
그리고 노래하는 하루

사랑으로 연 마음
마음으로 연 하루
하루로 연 기쁜 노래
노래로 연 고운 꽃밭

오늘 스스로 즐기는
어제 새롭게 생각한
모든 하루를 그리며
모레로 나아가는 길

날마다 쏟는 사랑어린 땀이
온누리 고루 스며들면서
새로운 빛으로 깨어날 테니
아름다운 하루

너른마루에 앉아서 햇살을
너른바다를 가르며 물살을
너른들판을 달리며 빛살을
고루 받아안는 하루

흙

개구리한테 둠벙이랑 풀밭 주면
해마다 무더운 철에
아주 시원스런 노래물결을
넉넉히 베풀어 주지

우리가 짓는 보금자리에는
우리가 일구는 보금살림을
우리가 쓰고 읽는 보금책을
우리가 부르는 보금노래를

물결치는 머리에는 시내가
찰랑대는 머리에는 골짜기가
차르락거리는 머리에는 샘이
너울너울 머리에는 바다가 숨쉬어

받고 싶으니 주고
주고 싶어서 받고
나누고 싶어서 가꾸고
사랑하고 싶어서 짓고

가랑잎을 떨구어 새흙 지어야
이듬해에 나무가 튼튼해
가으내 시들어 고꾸라지고 씨앗 남겨야
새해에 새싹으로 새롭게 깨어나

곁말

물구나무서기로 짚은
나무가 뿌리뻗어 잡은
새가 내려앉아 콩콩 뛰는
우리가 같이 디딘 땅

비 오시면 땅이 녹고
녹은 땅에 싹이 돋고
싹 돋으니 꽃이 피고
꽃이 피니 어느새 봄

땅바닥에 납작 엎드려
흙알갱이 얘기 듣는다
기지개 활짝 펴고서
하늘빛 듬뿍 머금어

눈이 덮는 들판이 푸르고
비가 감싸는 바다가 파랗고
바람이 품는 숲이 맑고
눈빛이 스미는 손길이 즐겁고

바람한테서 배우고
비한테서 듣고
풀벌레한테서 보며
흙을 사랑하는 길을

ㄱ   아이 어른

- 어린이는 놀면서 가르치는 마음. 어른은 일하면서 배우는 마음. 어린 이는 신나게 놀면서 삶이란 이렇게 아름답고 기쁘다고 가르치는 마음. 어른은 실컷 일하면서 살림이란 이렇게 눈부시고 사랑스럽다고 배우 는 마음.

- 아이한테 "그만 놀아!" 한다면 아이더러 죽으라는 소리. 어른한테 "그 만 일해!" 하면 어른더러 죽으라는 뜻. "신나게 놀았으면 씻고 먹고 푹 쉬다가 자렴" 하고, "신나게 일했으면 씻고 먹고 푹 쉬고서 자요" 하고 속삭이면 된다. 우리는 놀기에 가르친다. 우리는 일하기에 배운다. 아 이한테 섣불리 가르치려 말고 새롭게 배우자. 어른은 배우려고 슬기롭 게 철든 넋.

- 아이는 아이로 살아가면 넉넉하고 어른은 어른으로 살림하면 알차다. 아이도 어른도 굳이 어떤 틀에 갇힐 까닭이 없다. 아이를 배움터(학교·학원)에 자꾸 밀어넣으면서 그만 살림길을 여는 즐거운 하루가 아닌, 굴레·수렁·틀에 가두는 메마르고 딱딱한 쳇바퀴에 고인다.

- 아이가 어른 말을 잘 듣기를 바란다면, 어른이 먼저 아이 말을 잘 들으

면 된다.

- 아이는 '학생·사회인·직장인'이 되어야 하지 않는다. 아이는 오로지 '사람'으로 나아가면 아름답고, 어른은 늘 아이 곁에서 함께 '사랑'으로 살아갈 노릇. 아이를 길들이려 하면서 '다짐(약속·규칙·규정)'을 지키라고 몰아세우는데, 우리가 '어른'스럽다면 아이한테 다짐을 내밀지 않는다.

- 아이는 소꿉을 놀며 느긋이 살림을 익히면 즐겁다. 아이는 뛰고 달리고 춤추고 노래하는 하루를 누리면서 일놀이를 배우면 사랑스럽다. (몸놀림·손놀림) = (놀이·놀다) "아무것도 안 하는 허튼짓"이 아닌, "즐겁게 하루를 살면서 슬기로운 어른으로 자라나는 사랑스러운 오늘"이 '놀이'.

- 어른은 늘 기쁘게 일하며 아이를 돌아보면 가만히 빛난다.

- 아이들 곁에서 즐겁게 오늘을 노래하는 어른으로 살아가는 길을 그린다. 아기로 태어나 아이로 자라온 나날을 새록새록 되새기면서 스스로 사랑을 돌보고 가꾸면서 어진 사람으로서 살림꽃을 피우자는 꿈을 그린다.

- 아이는 놀이터가 있어야 하지 않지. 예부터 어른은 아이한테 놀이터를 따로 내주지 않았다. 일하고 살아가는 곳이 모두 일터·놀이터요, 아이는 스스로 어디서나 놀이터를 지으며 놀이도 스스로 짓고 자라기에 튼튼하고 슬기롭다. 어른은 아이 곁에서 스스로 일을 지으며 살아가기에 아름답고 사랑스레 자란다. 이리하여 아이어른은 함께 즐겁다.

- 나라를 받치는 톱니바퀴가 아닌, 스스로 나를 살피면서 저마다 다르게 빛나는 숨결을 밝혀 사랑으로 살림을 가꾸는 어른으로 살아갈 아이.

- (아이 = 새) : '어른이 아닌, 나이만 먹고 늙은 사람한테 길들거나 물든 아이'가 아니라면 모두 새. '밝게 반짝이는 눈망울로 마음껏 날아오르 듯 노는 숨결'일 적에 아이. '슬기롭고 어질면서 상냥하고 즐겁게 사랑 을 지어 물려주는 아름다운 사람'일 적에 어른. 언제나 새답게 새로서 날아오르며 노는 아이.

- 아이돌봄(육아) = 아이 돌보기(돌아보기) : 아이한테 뭘 시키거나 해주 는 길이 아닌, 아이가 스스로 그리고 생각해서 짓는 소꿉살림을 사랑 으로 지켜보기.

- 어린이를 헤아리지 않는 나라는 숲을 잊고 말아 죽음길로 간다.

- 아이는 바로 어제조차 굳이 안 떠올린다. 그야말로 '오늘 하루'만 생각 하고 그래서 논다. '어제 아닌 오늘'을 '모레 아닌 오늘'을 볼 뿐이다.

- 아이는 '어버이를 사랑하기'에 따라간다. 아이는 스스로 소꿉놀이를 하 면서 천천히 살림을 익히고 삶을 사랑하는 길로 나아간다. 지식·이혼· 학교·정부·종교는 삶·사랑·숲·살림하고 등지면서 아이를 길들이기에 못난 어른 흉내를 내며 '청소년범죄'로 기운다.

- 아이는 '놀이·노래'를 거쳐 '소꿉·춤'으로 가고, 심부름을 맡으면서 살림 을 하나씩 깨닫고, 어느새 스스로 듬직히 일꾼으로 일어나서 새길을 닦는 철든 숨결인 사람으로 선다.

- '혁명'하지 말자. 그저 '갈아엎'자. '사상·철학'하지 말자. 아이들하고 숲에서 함께 노래하면서 '생각'하자.

- 집 : 아이는 집을 보면서 동무를 사귀지 않는다. 아이가 집을 가리거나 따진다면, '집을 가리거나 따지는 어른'한테 물들거나 길든 탓. 아이는 저희 집을 내세우거나 낮추지 않는다. 마음껏 뛰고 달리고 놀고 구르고 춤추고 노래하는 집을 사랑한다. 비싼집도 싼집도 좋아하거나 사랑하거나 찾거나 반기지 않는다. '보금자리를 이룰 집'을 바란다. '보금자리'란 새가 숲에서 나무 곁에 마련하는 쉼터이다. 그러니까 그냥 '집'이기만 하면 자칫 굴레(감옥)가 될 수 있다. 새가 숲에서 나무 곁에 마련하는 삶터인 '보금자리'로 나아갈 적에 비로소 사람이 사람답게 살아가며 사랑한다. '부동산·주거대책'이란 이름으로는 서로 다투거나 할퀴다가 아픈 사람이 넘치는 수렁(지옥)으로 간다.

- 나무를 심는 마당을 누구나 누리는 숲을 품으면서 아이한테 물려줄 수 있어야 비로소 집.

- 뛰어놀기에 즐겁다. 뒹굴기에 느긋하다. 달리며 땀을 내니 신난다. 노래하니 넉넉하고, 춤추니 물빛으로 감돌며 새롭다. 우리는 이 별에서 하루를 사랑이라는 기쁨빛으로 지으려고 태어났다고 생각한다. 고단하거나 아프거나 슬퍼 보일 수 있으나 눈물이며 멍울도 삶을 사랑으로 짓는 따사로운 밑거름이 된다.

- 어른끼리 나라살림을 맡기에 자꾸 셈·값·돈을 따진다. 아이들이 나라살림을 맡으면 기쁨·사랑·보람을 바탕으로 노래·이야기·춤이 어우러지는 놀이마당으로 누구나 얼크러지는 잔치를 이룬다. 아이들한테 안 묻

고 가르치기에 배움책이 그토록 따분하고, 늘 셈겨눔에 얽매인다.

• 어른이란 사람은 왜 안 물어보고, 왜 안 배우고, 왜 안 놀고, 왜 아이를 바라볼 틈이 없이 서울살이(도시문화생활)에 스스로 갇혀서 쳇바퀴를 도는 굴레를 아이한테 물려주려 할까?

• 사랑 : 같이 아이를 낳고서, 학교에 안 보내고 언제까지나 소꿉놀이를 하면서, 살아갈 짝(배우자)을 찾는 꿈을 그리면 사랑으로 간다.

• 할머니 : 들꽃처럼 수수하게 빛나면서 품는 사랑으로 언제나 아이를 상냥하고 아끼고 돌보며 지켜보는 숨빛을 씨앗으로 물려주는 자리에서 살림꾼이라는 길을 걸어온 순이.

• 사랑 : 남이 나를 사랑해 줄 수 없다. 내가 나를 사랑한다. 내가 너를 사랑해 줄 수 없다. 네가 너를 사랑한다. 사랑은, 이렇게 스스로 사랑하는 둘이 문득 맑고 밝게 마주하기에 새길을 찾아서 맺고, 이때에 아기를 낳는다. 아무나 '어버이'가 되지 않고, 아무나 '어른'이라 하지 않는다. 홀로 즐거이 사랑이기에 '어른'이다. 함께(둘이) 새롭게 사랑이기에 '어버이'이다. 스스로 신나게 사랑이기에 '아이'이다. 사랑이 아닌 사람은 모두 '늙은이'이다.

• 이웃·동무 : 겉눈 아닌 속눈으로 보고 만나는 사이. 말이 오가기에 이야기라고 하지 않는다. 마음을 담고 생각을 실어 사랑으로 가려고 하는 말이기에 비로소 이야기라고 한다. 한글로 옮겼기에 글이 아니다. 스스로 하루를 오롯이 헤아리면서 사랑으로 짓는 마음을 옮기기에 글이라고 한다.

• 사랑을 잊으니 사랑하고 멀고, 미움을 잊으니 미움하고 멀다.

• 사랑은 못 가르친다. 늘 누구나 저마다 스스로 짓는 별빛일 뿐이다.

• 곁님·아이·풀꽃나무·해바람비를 맞아들일 줄 알기에 책집마실을 하고 책을 사귄다. 마음을 틔우고 열고 돌보며 춤·노래·사랑으로 간다. 스스로 별빛이 되면, 손에 쥐는 무엇이나 빛난다. 스스로 햇빛이 되면, 손수 짓는 무엇이든 반짝인다. 스스로 꽃빛이 되면, 스스로 가는 길마다 아름답고 즐거워 사랑이다.

• 아이가 느긋하면서 즐거이 지내는 곳은 집(보금자리)이다. 아이를 오롯이 바라보는 어버이한테서 사랑을 받으며 스스로 새롭게 사랑을 길어올리는 집(보금자리)을 그리는 아이라고 할 만하다.

• 시골은 서울하고 먼 곳이 아닌, 해바람비·별·풀꽃나무·벌레·벌나비·짐 승·바다·풀꽃나무·들내숲을 빛으로 맞아들여 스스로 빛나는 곳이다.

• 잿빛집(아파트) = 돈 = 서울살림(도시생활) : 아이·살림·사랑을 몽땅 버리는 길. 숲을 짓밟고 마을을 깨부수는 틀. 마당에 나무를 심고, 밭에 꽃·푸성귀를 가꾸는 살림을 버리는 굴레.

• 슬기 : 스스로 빛나는 눈.

• 사슬 : '가르치는 자리(교사)'에 있는 어른이란 이름인 분들치고, 스스로 모든 틀을 깨부수고서 새롭게 사랑을 지으려는 마음은 거의 없거나 아예 없지 않은가?

- 동무는 나이를 안 가린다. 동무는 겉모습을 안 따진다. 동무는 말씨나 몸짓을 안 쳐다본다. 동무는 오직 마음빛을 바라보면서 포근하게 기대거나 받쳐주기에, 함께 노래하고 놀며 즐거이 오늘을 누리는 사이.

- 사람은 늘 하늘빛이요 숲빛이며 물빛이자 별빛인 씨앗님인데, 이따금 스스로 빛씨인 줄 잊어버리며 뒹구르르 헤매곤 한다. 그러나 뒹굴며 헤매기에 삶을 찾고 살림을 지으며 사랑을 펴겠지.

- 나 : 오늘모습을 꾸밈없이 느끼면 새걸음을 즐겁게 내딛는다. 오늘모습을 꼴사납게 여기면 뒷걸음이나 옆걸음조차 아닌 쳇바퀴에 사로잡힌다.

- 삶죽음 : 삶이라면, 늘 새롭게 만나는 오늘. 죽음이라면, 더는 만나지 않는 어제. 몸뚱이를 끝까지 붙잡아야 삶이 되지는 않는다. 마음이 없이 얼굴만 쳐다본들 삶이나 사랑이 아니다. 마음이 있어 함께할 적에 삶이듯, 마음으로 하나라면 몸을 내려놓고서 떠난 분은 언제까지나 우리하고 함께 속삭이고 노래하고 춤추고 노는 줄 천천히 느낀다.

- '아이'란 숨결을 새삼스레 생각해 본다.
  1. 어른이 시키고·보여주고·하는 대로 따른다.
  2. 스스로 생각하고·보고·그리는 대로 배우고 자란다.
  3. 언제나 어른을 돕고·이끌고·사랑한다.
  4. '아이한테서 배우고 살림하는' 어른한테서 새빛이 우러나오면 이 새빛을 보며 기뻐 웃고 춤추고 노래한다.
  5. 아이는 참어른답게 사랑이 빛나는 말을 배우면서 물려받을 노릇.
  6. 아이들은 어버이라는 품에서 자라기에 말을 익히고 삶을 바라보

며 사랑을 깨닫는다.

7. 먼 옛날부터 배움터(학교)·길잡이(교사)가 없더라도 수수한 어버이·어른이 먼저 수수께끼를 새로 펴면서 말빛·이름길을 들려주고, 어린이는 동무하고 수수께끼를 새로 지으면서 말놀이·소꿉놀이를 즐겼다. 어휘력·관찰력이 아닌, '즐겁게·새롭게 말하기·보기'이다.

8. 멍하니 있으며 먼길을 보는 눈을 스스로 찾는다.

9. '약'이 아닌 '약손'을 바란다. 겉치레(물질) 아닌 사랑(속씨)을 바란다.

10. 어른을 사랑하는 아이는, 스스로 나아갈 길을 사랑하는 춤짓.

11. 아이가 어버이를 바라보며 하는 말은 올망졸망 물결치는 노랫가락.

12. 아이는 마음으로 숨빛을 즐겁게 심고 돌보면서 스스로 노래하는 길을 홀가분히 걸어가는 사람.

13. 노는 아이는 오직 스스로 어떤 마음빛인가 하나만 생각한다.

14. 아이는 어리지 않다. 둘레에서 자꾸 '어리다'고 말하니까 스스로 어린가 하고 받아들인다. '아이=알·알다·앎'이요, '어른=얼·어르다(얼우다)·어루만지다'이다. 아이는 모두 새롭게 깨달은 숨결로 이 땅에 찾아오는 빛이요, 어른은 새롭게 입은 몸으로 이웃님을 어루만지면서 새삼스레 삶을 짓는 숨결이다.

• '어른·어버이'란 숨결도 새록새록 돌아본다.

1. 나이를 더 먹은 사람이 아닌, 슬기로운 넋으로 어떤 일이든 가볍고 눈부시게 할 줄 이는, 철든 사람.

2. 낳고 돌보는 길을, '살림을 슬기롭게 짓는 사랑'으로 펴는 사람.

3. 아기가 시키는 대로 고분고분 따르는 사람.

4. 아이가 무엇을 바라는가를 마음으로 느끼고 읽어서, 고스란히 맞아들여 새롭게 크는 사람. 아이한테서 배우려 하기에 비로서 어른·어버이.

5.   어른은 아이들이 배울 만하고 물려받을 만한 말을 쓸 노릇.

6.   어버이 = 배우는 품·배우는 집. 다만 '학교'는 아니다.

7.   '졸업장·자격증'을 돈으로 주고받는 학교·학원·대학교를 그대로 두거나 키우기에 말썽·잘못은 자꾸 생긴다. '허울·겉모습·치레'가 아닌 '손길·눈길·마음'으로 마주하는 마을·집·살림이 되어야 말썽·잘못을 털고서 사랑으로 가는 삶이 된다.

8.   사랑이 아니라면 아이를 낳지 말아야.

9.   아이를 풀어줄 때에 풀어주려면, 24시간을 같이 살면서 살림을 함께 배워야.

10. 아이를 사랑하는 어른은, 아이였던 스스로를 사랑하는 눈빛.

11. 어버이로서 아이를 마주보며 받는 말은 알뜰살뜰 너울대는 춤가락.

12. 아이한테서 받은 사랑으로 새록새록 기운을 내어 아이를 슬기롭게 돌보며 이슬떨이가 되는 길로 씩씩하게 나서는 어버이.

13. 노는 어른은 오롯이 스스로 어떤 사랑빛인가 하나만 생각한다.

14. 아이는 몸이 작고·힘이 작고·쥐는 크기가 작을 뿐, 아이어른은 똑같이 사랑을 보고 나란히 꿈·삶을 짓는다. 아이한테 자꾸 '어리다'거나 '작다'고 말하지 말자. '아이 이름'을 부르자. 그냥 '아이'라고 부르거나. 다 알면서 이 별에 어버이 곁으로 찾아와서 소근소근 별노래를 들려주는 숨빛이 바로 아이. 아이 이야기에 귀를 기울이지 않으면 어른도 어버이도 아니다.

- 옮기다 : 나는 글을 따로 안 쓴다. 글을 쓸 생각이 없다. 스스로 짓는 삶을 스스로 받아들여서 한껏 누리고서 말로 담고, 이 말을 다시 글로 옮길 뿐.

- 달아나기 : 달리며 놀 수 있는 곳을 찾아 달아나야 나다운 나를 찾는다.

- 글을 쓰는 사람 스스로 꽃살림을 지으면 꽃글(글꽃)도 흐른다. 글을 쓰는 사람 스스로 살림노래를 펴면 꽃노래(노래꽃)도 핀다.

- 우리가 스스로 삶을 짓는 길을 그리는 일이란, 언제나 마음에 씨앗처럼 담을 생각을 말로 나타내며 빛난다. 먼먼 옛날부터 이 땅에서 사랑으로 살림을 지어 삶을 누린 이야기를 말로 옮긴다.

- 책읽기 : 이웃 생각을 귀담아듣기 + 동무 마음에 눈빛 틔우기 + 푸른별 새길을 사랑으로 찾기.

- 예부터 어버이는 아이한테 "말을 가르치지 않"았다. 그저 "말을 물려주"었다. 예부터 아이는 어버이한테서 '삶말'을 물려받아서 스스로 새

롭게 짓는 살림을 보태어 가다듬고, 이 물줄기(말줄기)가 오늘에 이른
다. 총칼찌꺼기(일제강점기 잔재)는 이제라도 좀 씻거나 털 노릇. 우리
스스로 생각하는 마음을 밝혀야지 싶다.

- 빨리 죽을 생각이 없어서 빨리 읽지도 쓰지도 않는다. 머리를 거치고
마음을 지나 눈빛에 닿고 손끝으로 옮겨서 반짝반짝 글씨로 태어날 때
를 기다리다가 넌지시 샘물로 길어올린다.

- 어린이책 : 어린이부터 누구나 사랑(어깨동무하는 즐거운 사랑)을 읽
는 책.

- 글쓰기, 그림그리기, 빛꽃담기(사진촬영)는 누구한테서나, 스승한테서
나, 배움터에서 배울 일이 아니다. 스스로 누리면서 하면 된다. 스스로
삶자리에서 즐거이 살림하며 사랑으로 여미면 넉넉하다. 순이네 돌이
네를 수수히 담으니 아름답다.

- 배움책(교과서) : 배우는 책이다. 모두 밝히거나 참거짓을 들려주는 책
은 아니다. 배움책으로 더러 참거짓을 밝히지만, 배움책 이름으로 뒤
집어 씌우는 거짓이 있다. 더 외우거나 알려고 읽을 책이 아니다. 스스
로 이 별에서 사랑으로 짓는 숨결을 생각하고 나누려 읽는 책이다.

- 모든 책은 새로 빛나려고 잠들어 꿈꾼다.

- 마음에 사랑을 기울여서 쓰고 읽을 뿐.

- 온누리에 '나쁜 일'이 수두룩하다고 보기에, '안 나쁜 일'을 찾게 마련.

온누리에 '사랑'이 가득하다고 바라보면, 시나브로 '사랑'을 찾아서 마음으로 품는다.

- 숨은책 : 책은 숨은 적이 없다. '스스로 새롭게 배우려는 눈'을 뜨면 늘 곧장 알아보고, 이 마음이 없으면 '늘 안 보일' 뿐.

- 글바치(작가) : 글을 쓰는 사람이라면, '학교·종교·나라·정당·단체·기관' 어디에도 깃들지 않는 홀가분한 날개로 살아가면서 '아름답게 사랑하는 즐거운 길' 한 줄기만 밝힐 노릇. 글바치는 직업(전업작가)일 수 없다. 글바치는 오직 홀가분님(자유인)이기에 손에 붓을 쥐어 삶을 그린다.

- 나무 : 나무를 알고 싶다면 나무한테 다가가서 가만히 볼을 대고서 살며시 안으면 된다. 나무는 사람처럼 입으로 말하지 않는다. 나무는 나무대로 나무답게 이야기를 들려준다. 마음으로 다가서면서 마음을 틔우는 사람이라면 많이 살피거나 알아야 하지 않다. 우리 집 마당에서 자라는 나무를 살피고 알면 된다. 마을나무를 알고, 이웃집 나무를 알면 된다.

- 들을 말 : '듣고 싶지 않은 말'에 귀를 닫고 '듣고 싶은 말'만 들으려고 하면 언제나 '듣고 싶지 않은 말'이 끝없이 찾아들고 '듣고 싶은 말'이 사그라든다. '듣고 싶지 않은 말·듣고 싶은 말' 사이에 갇혀 쳇바퀴를 도는 길을 끝내고서, '들을 말'을 헤아리고 '들려줄 말'을 지을 노릇이다. 어떠한 말을 스스로 듣고서 어떠한 말을 새롭게 스스로 지어서 들려줄 적에 '사랑'으로 나아가는가를 살피면 된다.

- 말글 : 말로 그리지 못하면, 글로 그리지 못한다. 말은 머리로 추슬러서

하고, 글은 써놓고서 자꾸자꾸 고친 다음에 내놓는다. 말은 한 마디를 하기까지 머릿속으로 끝없이 생각한 끝에 내놓고, 글 한 줄을 쓰자면 먼저 떠오르는 대로 '밑글'을 써 놓고서 '끝없이' 손질하고 보태고 고치고 깎은 끝에 내놓는다.

- 관광(구경) : 온누리 어느 곳도 구경터일 수 없다. 나라(정부)는 자꾸 목돈을 들어서 구경터(관광지)를 때려짓는데, 우리가 즐거이 마실을 갈 만한 곳이란, '이웃이 사랑으로 살림을 지어서 가꾼 삶터'이다. 그리고 '풀꽃나무를 비롯한 이웃숨결이 푸르게 돌보며 어우러지는 숲터'일 테지.

- 서울하고 시골 : '시골·숲·바다'에서 살며 이따금 '서울'로 놀러가는 살림을 지을 적이 즐거우면서 아름답다. "살림터 = 시골, 구경터 = 서울"이고, "사랑터 = 숲, 놀이터 = 서울"이라고 할까. 푸르게 파랗게 하얗게 노랗게 빨갛게 꽃으로 피어난다.

- 암수 : 나무나 꽃에 '암나무·수나무'나 '암꽃·수꽃'이 있으나, 온누리에 가득한 풀꽃나무는 그저 '풀꽃나무'이다. 머나먼 다른 나라는 바다·하늘·땅을 암수로 갈라서 가리키지만, 이 나라는 바다·하늘·땅을 그저 바다·하늘·땅으로 바라본다. 사람도 '사람'일 뿐이다. 우리말은 'man·woman'으로 안 가른다. 사람이기에 사람을 보고 사랑을 하는 살림을 읽는다면 스스로 빛난다.

- 노래 : 스스로 노래하는 사람은 스스로 노래할 만한 살림을 거느린다. 스스로 노래하지 않는 사람은 다른 사람이 노래하는 소리를 듣거나 구경한다. 스스로 생각하는 사람은 스스로 일어나고 움직이고 놀고 일하

면서, 스스로 마음을 다스린다. 스스로 생각하지 않는 사람은 다른 사람이 하는 말을 고스란히 받아서 옮긴다.

• 마음읽기 : 마음으로 마음을 읽고 살피고 헤아리면서 마주하면 헤매거나 헷갈리지 않는다. 마음으로 안 읽을 뿐 아니라, 마음을 안 읽으려 하기에 헤매거나 헷갈린다. 글이나 책은 무늬(글씨)로 읽지 않는다. 글씨가 반듯하기에 줄거리·이야기가 반듯할까? 틀린글씨가 없기에 올바를까? 사람들이 많이 읽기에 아름답거나 사랑스럽거나 훌륭할까? 속빛을 놓치거나 잃으면서 겉모습에 휘둘리면, 겉치레가 마치 참빛인 줄 잘못 알기 일쑤이다. 마음을 잃지 않으면 '거짓을 참으로 여기는 말을 퍼뜨'린다.

• 갈등 : '꼬인 실타래 풀기'(갈등 해결 수업)는 '안 나쁘'지만, 정작 우리가 제대로 마음을 기울일 대목은 '스스로 슬기롭게 사랑하는 살림을 가꾸고 지으면서 나누는 삶'이다. 다만, 다투니까 다툼을 풀기도 해야겠는데, 처음부터 사랑이 없는 마음밭에서는 다툼만 불거지지 않을까.

• 책 : 종이꾸러미에 담아야만 책일 수 없기에, 눈망울을 보면서, 이웃이자 동무로 만나면서, 생각을 주고받는 하루를 누리면서, 언제 어디에서나 '책읽기'를 한다.

• 집 : 으리으리하게 집(건물)을 세워야 책숲이나 책집이 퍼지지 않는다. 함께 보고 느끼며 받아들여서 배우고 사랑할 숨결을 이야기로 퍼기에 모든 사람·마을·숲은 고스란히 책이요 책숲이며 책집.

• 다큐·동화 : 모든 삶은 다큐이자 동화(또는 소설)이다. 그러니 굳이

어느 쪽으로 가려 하거나 기울 까닭이 없이 '우리 이야기'인 삶을 고스란히 보고 느끼고 담아서 펴면 된다. 글·그림·사진 모두.

- 동시 : 오늘을 사랑으로 노래하며 숲이 피는 글.

- 길동무 : 책은 우리 삶에 크게 이바지한다고는 느끼지 않으나, 오랜 슬기를 언제나 새롭게 돌아보도록 북돋우는 숲빛을 종이꾸러미에 얹으면서 아이들한테 물려주는 길동무이다.

- 이야기 : 웃는 삶이건 우는 삶이건 오롯이 사랑으로 삭이면서 새롭게 들려주기에 노래. 글이라곤 모르던 사람이어도 언제나 말로 삶을 갈무리하여 이야기로 엮었고 노래로 들려주던 살림. 글하고는 등진 채 살림을 꾸린 수수한 순이돌이는 누구나 노래님.

- 글바치(작가) : 예부터 임금붙이·글바치는 중국을 섬기는 바보짓을 일삼으면서 스스로 깎아내리는 틀에 갇혔다.

- 생각 : 새롭게 나아가려고 짓는 길을 말로 마음에 심어서 깨어나는 빛.

- 생각하는 사람 : 스스로 삶을 새롭게 가꾸려 하면서 스스로 살림을 짓는 길로 나아가는 사람. 모든 배움길은 '생각을 빛내는 마음'에서 태어난다. 스스로 생각하기에 말 한 마디를 짓고 엮어서 나눈다. 스스로 생각하기에 말을 익히고 편다.

- 말 : 말은 언제나 글이나 책이 아닌 삶하고 살림에 사랑으로 흐른다. 말뜻을 풀거나 말밑을 캐는 바탕은 '글'이 아닌 '말'이요, '말에 깃든 삶·살

림·사랑'이요. '사람을 품은 숲'이다.

- 고양이 : 고양이를 사랑하는 이는, 골목과 마을할매를 사랑하는 이는, 고
  양이·골목·마을할매를 고스란히 사랑하기에, 이 결을 그대도 맞아들이면
  누구나 다 다르게 빛나는 글·그림·사진을 어느새 품는다고 느낀다.

- 시 : 시를 안 써도 된다. '노래'를 부르고 쓰고 나누면 넉넉하다.

- 장난스러이 꾸미는 글·그림으로 이쁘장하게 옷을 입히고 이름을 붙이
  지만, 곰곰이 뜯으면 '싸움(전쟁)'으로 내모는 말이 가득하고, 서울살이
  (도시생활)에 가두는 틀을 쉽게 엿볼 만하다. 오늘날 '동시'이든 '어른
  시'이든 삶이 드러나는 글은 드물다. '삶인 척'하는 글이 수두룩하고, 어
  린이한테는 이쁘장하게 치레하고 어른한테는 아귀다툼판에서 다친 생
  채기를 드러내는 글이 가득하다. 소리내어 자꾸 되읽으며 마음을 살찌
  우는 든든하며 푸른 살림꽃이나 숲빛이 드러나지 않는다면, '동시·어른
  시'란 이름을 왜 붙여야 할까?

- 시골아이 아닌 서울아이가 들꽃을 제대로 다시 바라보면서 처음부터
  사랑으로 마주하는 길을 넌지시 들려주는 처음책 노릇을 할 그림책이
  다. 시골아이는 처음부터 그림책이 없어도 된다. 들숲바다가 모두 그
  림책이라서. 해바람비가 언제나 그림책이라서. 풀꽃나무는 곁에서 그
  림책이라서.

- 책집마실 : 두고두고 되읽을 책을 찾아서 품으려는 길. 나는 책집에 가
  서 '고르기(선별)·시키기(주문)'를 안 한다. 그곳에 있는 책을 읽고서 마
  음을 울리는 책을 장만한다.

- 보고, 느끼고, 읽고, 새기고서, 새길을 지으려고 책읽기를 할 뿐.

- 풀밥(채식·비건) : 가려서 먹으려는 생각이라면, 아무것이나 먹어서는 스스로 몸을 살리지 못하는 줄 안다는 뜻일 테니, 가려서 말하려는 생각을 키워, 아무 말이나 옮거나 쓰지 않을 적에 마음을 살리는 줄 알아갈 테지.

- 씨앗 = 풀꽃나무 = 숲 = 사람 = 사랑.

- 길들다 = 길에 들다. 첫째, 스스로 가다. 새길·노래·즐거움. 둘째, 시켜서 가다. 굴레·쳇바퀴·고단함.

- 사람은 스스로 꿈꾸기에 아름다운 숨빛이다.

- 책과 이야기는, 수수한 줄거리를 바라보는 눈빛을 가다듬고, 수수한 삶을 사랑하는 손길을 추스르면 된다. 엄청나게 놀랍거나 대단하거나 드문 줄거리를 찾을 까닭이 없다. 스스로 짓는 살림을 그리고, 스스로 나누는 사랑을 펴면, 모든 책은 다 아름답다.

- '아름책' 지은이·펴낸이는 사랑 받은 기쁨을 책으로 남겨서 나누려는 마음이 가득하다. 그러니 우리가 그대로 느껴서 펴면 그냥 즐겁지. 둥지에 깃든 별 그림처럼. '바보책' 지은이·펴낸이는 "미운아이 떡 하나 더 준다"는 옛말처럼 사랑을 못 받고 살았다는 생채기·멍울·아픔이 가득해서 곁에서 있는 그대로 알려줘도 막 성내고 불같이 뛰어오르지.

- 헤매는 사람은 스스로 헤매는 줄 모르고, 다른 헤매는 사람한테 헤매

는 길을 벗어나는 열쇠를 알려준다고 헤맨다(착각).

- 길은 누구나 스스로 찾기에, 어느 누구도 길을 가르칠 수 없다. 그래서 길을 찾은 사람은 길을 가르치지 않는다. 그러면 누가 길을 가르칠까? 바로 우리 스스로.

- 이쪽에 서려면 이쪽 잘못·민낯을 못 본 척해야 한다. 저쪽에 서려면 저쪽 잘못·민낯을 못 본 척해야 한다. 둘 다 크고작게 잘못을 했더라도 더 큰 잘못을 가려서 말하지 않으면 죽일놈으로 몰면서 이쪽도 저쪽도 나란히 헐뜯는다. 다시 말해서, 우리가 이쪽이든 저쪽이든 자리를 잡아 버리면, 그만 새길(대안)을 안 바라는 마음으로 기울고 만다. 이쪽이든 저쪽이든 서로(상대방) 헐뜯는 길을 바란다. 우리는 이쪽도 저쪽도 아닌 '나'를 바라보아야 비로소 '사랑(참된 풀잇길)'을 바라보고 바랄 수 있다.

- 하루만 빛날(생일)이지 않다. 하루만 섣달꽃(크리스마스)이지 않다. 어느 하루를 바라보며 한 해 내내 꽃스럽게 살아가려는 마음인가 하고 스스로 다스릴 노릇.

- 진작·빨리 알아봐야 하지 않다. 빨리 읽어치워야 하지 않다.

- 어느 하루(생일·크리스마스)만 추키면, 그날도 삼백예순닷새도 빛이 바래고 늙는다. 들뜨지 말되, 가라앉을 까닭이 없다. 밤낮은 밤낮으로 흐르고, 여름겨울은 여름겨울대로 흐르니, 이러한 길이 흐르는 동안 스스로 꿈을 그리며 오늘을 사랑으로 지을 노릇.

• 책은 속으로 읽는다. 책은 마음으로 읽는다. 책은 이야기를 받아들이는 눈길을 가꾸려고 읽는다. 책은 너랑 내가 어떻게 다르면서 같은가 하는 수수께끼 같은 사랑을 스스로 알아차려 삶을 노래하려고 읽는다.

• 책이란 대단하지 않다. 숲하고 사람 사이에 살그머니 있는, 사이라서 얼결에 가운데에 있는, 멋스런 이야기꾸러미인 책이다.

• 스스로 읽기에 가꾸고, 배우며 읽기에 돌보고, 어깨동무로 읽기에 사랑하고, 새롭게 읽기에 빛난다.

• 새책집은 마을에 새바람을 일으키는 숲터. 헌책집은 마을에 오랜빛을 퍼뜨리는 숲터. 모든 책은 저마다 다른 나무가 저마다 다른 숨결로 거듭나면서 우리 곁에 새삼스레 너울거리는 푸른씨앗.

• 나무를 바라보는 눈으로 책을 마주하기에 누구나 푸르게 빛난다. 나무를 돌보며 품는 마음으로 책을 장만해서 아끼기에 누구나 푸릇푸릇 자란다. 나무를 심듯 책을 곁에 놓기에 보금자리에 푸르게 싹트는 이야기가 샘솟는다.

• 글쓴이·펴낸곳 이름이 아닌, 나무로 살아온 책을 눈여겨보면 사뭇 다르다. 줄거리 아닌, 사람이 스스로 사랑한 삶을 차곡차곡 여미어 아이한테 물려주어 숲하고 새삼스레 어우러지는 길을 밝히는 이야기를 읽으면 누구나 언제나 즐겁다.

• 달은 별이 아니라서, 스스로 빛나지 않는다. 서울(도시)은 우리가 모두 저마다 빛나는 별인 줄 잊도록 내몰아, 불빛에 기대면서 밀쳐대는 얼

거리이다. "별빛이란 밤빛"을 잊고서 달빛만 본다면, 사람빛을 잊고 사
랑빛도 잊겠지.

- 삶이란, 사랑으로 마주하면서 시나브로 태어나는 빛. 죽음이란, 이 몸
을 내려놓고서 문득 새로 떠나가는 길.

- 발바닥 : 발바닥이 삶자리에 있는 사람은, 글보다는 살림을 짓고 아이
를 돌보며 숲을 품는다. 손바닥이 삶자리에 있는 사람은, 집을 짓고 옷
을 짓고 밥을 지으면서 아이들한테 이야기를 지어 들려준다.

⊏   말글

- **글이란 무엇일까 하고 생각해 본다.**

1. 글도 그림이다. 생각을 눈으로 읽을 수 있도록 그렸기에 글. 생각을 누구나 눈으로 읽도록 즐겁게 그렸기에 글.

2. 그린 소리. 눈으로 보도록 담아낸 그림을 간추린 무늬.

3. 그려서 읽은 말·삶.

4. 우리말 : 스스로 생각을 새롭게 가꾸어 빛내도록 북돋우는 가장 쉽고 즐거운 살림말·사랑말 = 이곳에서는 누구나 '우리'라는 마음으로 쓰는 말 = 너도 나도 고르게 '우리'라고 느끼며 쓰는 말.

5. 꾸밈글이 아닌 사랑글을 손수 쓴다면, 꾸밈책이 아닌 사랑책을 스스로 찾아낸다. 거짓말이 아닌 살림말을 스스로 펴면, 거짓책이 아닌 살림책을 스스로 알아본다. 사랑이란 어른 누구나 하면서 나누는 길. 살림이란 아이랑 어른이 어깨동무하면서 즐기는 길.

6. 수수하게 짓는 손길이기에 밥옷집을 펴서 즐겁게 나누면서 스스로 살림이 피어난다. 수수하게 쓰는 낱말이기에 생각을 펴고 즐겁게 북돋우면서 이야기로 빛난다.

7. 소리를 무늬처럼 그리다.

8. 글쓰기는 쉽다. 아이랑 놀다가, 집안일 하다가, 자전거 타다가, 풀벌레랑 수다 떨다가, 비를 맞다가, 바람 마시다가, 문득 쓰면 모두

글이다.

9. 오늘날 숱한 글꾼은 '돈꾼'이 되어, 그만 겉글(겉치레 글쓰기)에 사로잡히면서 속글(스스로 마음을 사랑하는 글)을 밀쳐낸다. 스스로 돈꾼·겉꾼이 되고 글꾼·속꾼이 아닌.

10. 머리로 쓰려 하니 꾸민다. 이때에는 겉글이요, 껍데기글. 머리를 비우고 맨몸에 맨손에 맨발로 옮기니 짓는다. 이때에는 속글이요, 마음글이며, 씨앗글.

11. 품위 있는 말은 권력자·집권층·임금·우두머리·학자·지식인·공무원·관리가 쓴다. 품위 없는 말은 놀고 노래하고 춤추는 어린이가 기쁨·보람·사랑을 담아서 쓴다. 품위(계급·위아래) 없는 말이기에 기쁨과 사랑이 흘러넘친다. 어린이는 날개말·사랑말을 쓴다. 품위(계급·위아래) 있는 말이기에 스스로 굴레에 갇히며 이웃을 사슬에 가둔다. 권력자나 학자나 공무원은 굴레말·사슬말을 쓴다.

12. 어른은 아이들이 배울 만하고 물려받을 만한 말을 쓸 노릇. 아이는 참어른답게 사랑이 빛나는 말을 배우면서 물려받을 노릇. 주고받을 말이란, '날개말 + 사랑말'이다. 치우고 씻고 털 말은 '사슬말 + 굴레말'이다.

13. '어떤' 이야기라도 좋으나, '아무' 이야기나 하지는 말자. '어떤' 사람을 만나고 '어떤' 책을 읽어도 좋으나, '아무' 사람을 만나거나 '아무' 책을 읽지는 말자. '어떤·아무'를 가리자.

14. 아이들은 어버이라는 품에서 자라기에 말을 익히고 삶을 바라보며 사랑을 깨닫는다. "어버이 = 배우는 품 + 배우는 집"인 셈.

15. '살림·육아·등짐·두 다리·자전거·대중교통·풀꽃나무·숲·풀벌레·새·개구리·바람·해·구름·별'을 함께할 적에 스스로 사랑하는 글이 태어난다.

16. '일하는 아줌마·아저씨'가 쓰는 투박한 글이 사랑스럽다. 우리 모두 '수수하게 일하는 아줌마·아저씨'가 되면, 아이를 사랑하는 어른으

로서 빛난다. 전업작가·인기작가·직업작가 아닌 살림꾼인 아줌마 글님·아저씨 글님이 되면 즐겁고 아름답다.

17. 글멋 = 보여주려는 글 = 자랑. 삶글 = 사랑하려는 글 = 나눔.

18. '우리말'은 '토박이말'이 아닌, 스스로 '나'를 찾도록 생각을 갈무리하는 첫 실마리인 씨앗이 될 말.

19. "삶자락에 살림하는 손길과 사랑하는 눈빛으로 숲·시골을 품고 아이랑 어깨동무하는 길"로 가는 글이어야지 싶다.

20. 어린이가 즐겁게 쓸 수 있도록 '생각을 담는 길인 말'을 밝혀서 들려주는 몫을 할 '사전'이다.

21. 국어순화 : '이런 말을 쓰면 틀렸다·잘못'이 아니라, '그런 말을 쓰면 생각을 여는 길이 갇히기 쉬우'니까, 생각을 스스로 열도록, 쉽고 부드럽고 상냥하게 어린이 눈높이로 말·글을 가다듬자는 뜻.

22. 글쓰기 = 삶쓰기 = 오늘쓰기 = 마음쓰기 = 사랑쓰기 = 숲쓰기 = 꿈씨쓰기.

23. 글을 읽으며 글쓴이 나이를 따지면 늙는(낡는)다. 글을 읽으며 글빛을 헤아리면 글쓴이와 함께 빛난다.

• 그림책이란, "그려서 품는 꿈·삶"을 들려주는 책. "소리에 빛깔을 입힌 길"을 담는 책.

• 노래(시) : 소리에 얹는 가락이자, 생각이 물결·바람처럼 흐르는 마음. 목소리만으로는 노래가 아닌 '외침'일 뿐이다.

• 겉모습·껍데기 = 사실 = 올림말 늘리는 사전 + 엉성한 뜻풀이.

• 속모습·알맹이 = 진실 = 제대로 짚는 뜻풀이 + 말밑·말결 밝혀서 나누기.

곁말

- 말을 말다이 알려면 겉이 아닌 속을 보면서 삶을 읽고 살림을 가꾸어 사랑으로 가는 실마리를 찾아나설 노릇.

- 낱말을 더 많이 알아야 글을 더 잘 쓰지 않는다. 아는 낱말이 적더라도 삶을 말에 어떻게 얹어 살림빛을 노래하는가를 읽어내어 다룰 줄 아는 사람이기에 글을 즐겁고 아름다우며 사랑스레 쓴다.

- 모르는 말을 찾으려고 낱말책을 들추면 모를 뿐이다. 배울 말을 알려고 낱말책을 펴면 늘 새롭다.

- 글자취(기록) : '글로 남은 자취'만으로는 말을 알 길이 없다. '마음에 새긴 자국'을 함께 읽어야 말빛을 제대로 안다.

- 동시 : 예전에는 '동심천사주의'였다면, 요새는 '말놀이'란 이름을 붙이지만 '말장난 + 서울바라기'에 갇힌 어린이 글꽃이 수두룩하다. 모든 말에는 삶이 깃들게 마련인데, "삶을 노래하며 어린이란 푸르게 어깨동무하는 글"이 아닌 "말맛(문학·예술적 표현) + 교과서 학습"만 하는 바람에, 오히려 생각날개를 꺾는다. "삶을 노래하는 글꽃"에 "어린이 스스로 살림길을 짓는 하루를 사랑하는 글꽃"을 읽기를 빌 뿐.

- "노래 = 말꽃"이요, "시 = 언어예술"일 텐데, 한자·영어·옮김말씨가 가득한 장난질을 모조리 걷어내고서, 그야말로 생각이 꽃처럼 피면서 날개를 달아 나비다이 날아오르도록 가다듬을 노릇이다.

- 민낯을 말하기에 글. 민낯을 말하지 않으면 눈가림이나 눈속임. 참을 말하기에 글. 참을 말하지 않으면 거짓.

- 말밑(어원) : 먼 옛날부터 수수한 어버이는 수수하게 살림을 짓는 수수한 보금자리에서 수수하게 태어나는 아이들한테 수수하게 말을 들려주면서 삶을 스스로 깨닫도록 북돋았다. 수수한 어버이가 살림을 지으면서 쓰던 모든 말은 숲에서 수수하게 태어났다. 숱한 말은 수수한 눈빛으로 스스로 빚거나 엮은 삶노래.

- 말밑읽기(어원분석)는, 말밑을 이루는 삶·살림이 숲에서 깨어난 사랑으로 어떻게 노래를 이루는가를 헤아리는 길. 말밑을 읽기에 말뜻을 제대로 알아차린다. 말밑을 모르기에 말뜻을 엉뚱히 넘겨짚는다. 말밑을 찾고 살피기에 말결을 곰곰이 짚으면서 말빛을 드러낸다.

- "오늘은 이야기로 짓는 수수께끼를 누구나 스스로 찾아나서는 놀이요, 노래인 삶을 즐거이 사랑하며 일으키는 숨결을 밝히고 빛내는 하루"로 나아간다.

- 감 : 사람들이 많이 찾는 글감·그림감이 아닌, 스스로 사랑하는 삶을 보낸 이야기를 가만히 담아내면 넉넉하다. '목소리'가 아닌 '삶'을 담을 노릇이다. 삶을 사랑하면 다 된다. 글감·그림감은 먼곳에서 찾을 까닭이 없다. 바로 스스로 살아온 길을 사랑이란 눈빛으로 옮기면 된다.

- 고운말은 고르고 고른 말일 뿐 아니라, 고루 가꾸는 말이요, 곰곰이 생각을 기울이는 말. 이쁜말은 겉으로 좋아 보이도록 꾸미는 말. 참말은 착한 숨빛이 가득찬 마음으로 펴는 말. 귀염말은 귀엽게 굴면서 누가 좋아해 주기를 바라는 말.

- 글을 잘 쓰는 사람이 있고, 글을 잘 쓰는 척하는 사람이 있다. 삶을 그

대로 글로 옮기는 사람이 있고, 삶을 꾸며서 글로 또다시 꾸미는 사람이 있다. 글은 모름지기 글쓴이 삶을 사랑으로 가다듬어서 풀어내면 된다.

• "나누는 말"이기에 '이야기'라고 하는데, "마음에 흐르는 뜻을 생각하여 소리로 담아낸 말"을 나누면서 피어나는 '이야기'에는 온갖 삶·살림이 깃든다. "정보 = 이야기"로 여길 만한데, 이 얼개를 헤아린다면, 말로 나타내지 않고도 마음으로 나누어서 삶·살림을 읽는 이야기가 더없이 많다는 대목까지 깨달을 만하다.

• 위가 있으면 아래가 있고, 왼쪽(좌파)이 있으면 오른쪽(우파)이 있다. 그런데 '사랑'이 있으면 얄궂은 모든 찌꺼기는 가뭇없이 사라진다. '사랑이 아닌' 채 '둘 가르기'를 자꾸 해대면, 사랑을 잊은 채 싸움으로만 달려간다. '위아래'도 '왼오른'도 '좋고나쁨'도 '싫고반가움'도 아닌 '사랑'으로 가자.

• 이야기 : 마음을 열고서 생각을 바꾸고 삶으로 이어가려는 길. 마음을 안 열고, 생각은 가두고, 삶은 바꾸지 않으려고 하는, '종교·사회·권위'란 틀을 내세우는 이들하고는 '이야기'를 하지 못한다.

• 종교 : 시키는 말을 그대로 따르면서, 새길을 받아들이지 않아 굳어버린 틀.

• 노래(시) : 새롭게 바라보는 눈빛은 늘 모두 노래로 피어난다.

• 우두머리 : '우두머리'는 시키는 대로 고분고분 따르며 톱니바퀴 구실을

하는 사람을 바란다. '사람'은 일을 즐겁게 맡아 살림을 노래하는 일꾼을 바라고, 놀이를 신나게 누리며 사랑으로 춤추는 놀이둥이를 그린다.

- 부러움에 사로잡히면 스스로 빛을 잃는다. 스스로 즐겁게 펼쳐서 누리는 길로 나아가면, 남을 부러워할 일이 없다. 모든 새가 꾀꼬리나 종달새여야 할까? 모든 새가 독수리나 매여야 할까? 모든 새가 똑같은 날개여야 할까? 모든 나비가 똑같은 빛깔에 무늬에 크기여야 할까? 모든 꽃이 똑같은 날에 똑같은 빛깔에 무늬에 크기로 피어야 할까?

- 법(法)이란 : 슬기로우면 길. 억지라면 틀. 슬기로우면 글. 억지라면 굴레. 슬기로우면 그림. 억지라면 수렁. 슬기로우면 삶이자 앎. 억지라면 껍데기.

- 스스로 꿈꾸기에 스스로 이룬다. 스스로 노래하기에 스스로 아름답다.

- 배움길 : '가르치려고 가르치는 틀'이 아닌, '사랑하고 살림하며 살아가는 길'이기에 서로 빛난다.

- 시골(토박이·북중미 인디언) : 지난날에는 '살빛 = 흙빛'이었다. '흙빛 = 숲빛'이다. '흙사람 = 숲사람·들사람'이다. 텃사람(토박이)이든 흰사람(백인)이든 땅을 바라보는 길에 서면 흙빛이었으니, 흙·숲·들을 읽고, 바람·해·눈비를 읽고, 풀꽃나무를 읽어야 "비로소 보는 빛"이 있다.

- 이름바꾸기 : 아무리 이름을 바꾼들 안 바뀐다. '이름바꾸기'가 아닌 '이름을 바라보는 눈길'부터 바꿀 노릇이요, '이름짓기'를 하면서 '삶을 새로 보는 눈길·몸짓·손빛'을 지을 노릇이다.

- 오늘날 어린이책에 쓰는 말 : 그림책·만화책·어린이책에 어떤 낱말을 어떻게 추슬러서 담아내느냐에 따라 그 나라 앞빛이 확 달라진다. '어린이나라'가 '아름나라'이니까.

- 눈 : '눈으로 본다고 여기지만 막상 눈으로 못 알아보는 숨빛'이기 일쑤인 사람은, 눈으로 보아도 안 믿고, 코앞에 있어도 못 알아본다. 스스로 눈을 못 뜬 채 금긋기로 나아갈 적에는 '옳고그름 다툼판 수렁'에 잠길 뿐, '사랑으로 어깨동무'하고는 내내 못 만난다. 두 눈을 감고서 보자. 이윽고 두 눈을 떠서 고요히 보자. 다시 두 눈을 감고서 읽자. 그리고 두 눈을 떠서 새롭게 읽고 사랑하자.

- "깨끗한 사람은 없다"는 거짓말을 일삼는 사람이 많다. 글바치·벼슬꾼 사이에 수두룩하다. 이들은 아기를 보고도 버젓이, 아이 앞에서 함부로, 이런 막말을 읊는다. 스스로 더럽거나 지저분하거나 추레한 이들이 그들 밥그릇을 거머쥐면서 눈가림을 하려고 "깨끗한 사람은 없다"고 뻥을 친다. 어쩌다 잘못·말썽을 일으켰다면 톡톡히 값을 치르고 고개를 숙이면서 티끌을 씻으면 누구나 새롭게 "깨끗한 사람"으로 거듭난다. 잘못을 하나도 안 저질러야 할 삶이 아닌, 참길로 나아갈 삶이다. 미처 몰라서 잘못·말썽을 지질렀으면 뉘우치고서 거듭날 삶이어야 아름답고 즐겁다.

- 막국수는 막 삶아서 건진 국수. 막걸리는 막 내려서 거른 술. '막'이란 '갓(이제 바로)'을 뜻한다.

- 까닭(근거)은 없지만, 사랑하기에 반가이 읽고 즐거이 나눈다.

- 사전 : 모든 글·책은 사전(말꽃)이다. 스스로 쓰는 글은 "내 이야기"를 차곡차곡 담아서 여미면 된다. "남 이야기"를 따오거나 베끼거나 훔칠 까닭이 없다. 스스로 살기에 스스로 쓰고, 스스로 노래하며 스스로 사랑이 깨어난다.

- 멋 : 더 멋스러운 풀꽃나무나 책·말글은 없다. 모든 풀꽃나무·책·말글은 저마다 다른 빛살·무늬·숨결로 멋스러우면서 눈부시다.

- 서울 : 다들 서울(도시)에서 산다지만, 숲 없이 버틸 삶터는 없다. 노래(음악)는 '가락숲'이다.

- 새말 : "굳이 까닭을 찾자면 모두 사랑입니다" 하고 말한다. "왜 쓰느냐?"나 "왜 읽느냐?"나 "왜 사느냐?"나 "왜 숲이냐?" 하고 물을 적에 "모두 사랑입니다." 하고 대꾸한다. 손발로 스스로 하다 보면, 스스로 삶을 깨우쳐, 사랑을 펴게 마련이다. 책은 안 읽어도 즐겁다. 책을 온몸으로 온삶에서 길어올리면 누구나 스스로 새말(사투리)을 짓는다. 우리는 책이나 사전으로 말을 배우지 않는다. 언제나 스스로 짓는 온삶으로 말을 배우면서 저마다 쓸 새말을 손수 짓는다. 새말은 멋스럽지 않게 짓는다. 옛말은 멋스러이 흘러오지 않았다. 새말은 새롭게 가꾸려는 온삶에 깃드는 말이고, 옛말은 예부터 슬기로이 흘러온 온삶이 서리는 말이다. 아이가 어버이 곁에서 듣는 말은 늘 '새말'이다. 새하루·새삶·새사랑이지. 그래서 "사투리 = 새말 = 삶말 = 사랑"이라 할 만하다.

맺음말

'옆'하고 '곁'은 다릅니다. 다르기는 한데 둘이 얼마나 어떻게 다른 가를 찬찬히 짚거나 생각하는 이웃님은 뜻밖에 드뭅니다. 어린이부터 읽을 우리말꽃(국어사전)을 새롭게 여미려고 애쓰는데 언제쯤 매듭을 지으려나 아직은 모릅니다만, 너무 미루지는 않을 생각입니다. 그저 차근차근 가다듬고 추스르는 하루하루입니다.

저는 열린배움터(대학교)를 이태 남짓 다니고서 그만두었습니다. 바깥(사회)에서 보면 '고졸'입니다. 푸른배움터(중고등학교)만 마친 배움끈으로 그냥그냥 몸을 쓰며 밥벌이를 할 수 있었습니다만, '고졸'인 채 글이나 책하고 얽힌 일을 하는 사람이 하나도 안 보이던 1998년에 신문기자나 출판사 일꾼이 되어 보면 어떠할까 하고 생각했고, 출판사 영업부 일꾼을 거쳐 《보리 국어사전》 편집장 노릇을 했고, 이윽고 '돌아가신 이오덕 어른'이 남긴 글하고 책을 갈무리하는 일을 맡았습니다.

이 책에서 밝히기도 했습니다만, 혀짤배기에 말더듬이로 그렇게 놀림받고 시달리며 겨우 살아남은 어린 나날을 치르면서, 또 고샅부리라서 마을 알개(깡패)한테 툭하면 얻어맞으면서 돈을 빼앗기는 나날을 겪으면서, 또 싸움터(군대)로 끌려가서 스물여섯 달을 주먹다짐과 막말과 노리개질(성폭행)을 견디면서 살아남는 사이에, 또 책마을에 깊이 박힌 슬픈 민낯을 속속들이 들여다보면서, "왜 살아야 하나?"를 끝없이 스스로 되물었어요. 이러한 삶길에 '곁말' 한 마디는 늘 제 이름이었습니다. 열여덟 살부터 서른아홉 살까지는 '함께살기'란 이름으로 살아내려 했습니다. 고우나 미우나 '함께살기'로 여겼어요. 서른아홉 살부터 오늘까지는 '숲노래'란 이름으로 살아갑니다. 앞으로 쉰아홉 살에 이른다면 제 곁말을 또 새로 지으리라 생각해요. 어쩌면 마흔아홉 살에 일찌감치 새이름을 지을 수 있습니다.

이 《곁말》에는 "곁에 두는 살림말·사랑말·삶말"하고 "숲을 품는 오늘길·마음길·생각길"처럼 작은이름을 달아 보았습니다. 이 책을 읽는 분들 누구나 곁에 살림하고 사랑하고 삶을 빛내는 말 한 마디를 스스로 지어서 놓아 보시기를 바랍니다. 어느 말을 어떻게 쓰든 스스로 숲이 되어 오늘을 마음으로 사랑하는 생각을 즐거이 가꾸어 보시기를 바라요. 처음도 끝도 이웃님한테 여쭐 말은 같습니다.

고맙습니다.
그리고 사랑합니다.
ㅅㄴㄹ

맺말

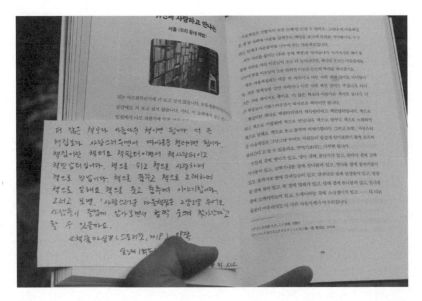

곁말, 내 곁에서 꽃으로 피는 우리말
초판 1쇄 발행 | 2022년 6월 18일

밑틀   숲노래
글·사진   최종규
펴낸이   이정하
디자인   정연경

펴낸곳   스토리닷
주소   서울시 서초구 방배동 934-3 203호
전화   010-8936-6618
팩스   0505-116-6618
ISBN   979-11-88613-25-0 (03800)

홈페이지   blog.naver.com/storydot
SNS   www.facebook.com/storydot12
전자우편   storydot@naver.com
출판등록   2013. 09. 12 제2013-000162

스토리닷은 독자 여러분과 함께합니다.
책에 대한 의견이나 출간에 관심 있으신 분은 언제라도 연락주세요. 반갑게 맞이하겠습니다.